LIVERPOOL-SUR-SOMME

L'autrice a reçu une bourse du CNL pour l'écriture de ce roman.

ISBN 979-10-352-0633-8

Éditrices : Gaïa Marty et Charline Vanderpoorte
Assistante d'édition : Juliette Gaillard
Illustration de couverture : Christophe Merlin
Maquette de la couverture : Florie Briand
Maquette intérieure : Amandine Chambosse

Loi n° 49-956 du 16 juillet 1949 sur les publications destinées à la jeunesse

MARTINE POUCHAIN

LIVERPOOL -SUR- SOMME

EDITIONS
THIERRY
MAGNIER

Martine Pouchain n'a pas aimé l'école, ni le lycée, elle n'a jamais été prof. Et si elle a fini par avoir son bac, c'est grâce à ses notes en philo et en français. Son père était artisan peintre – en bâtiment, elle est devenue artisane romancière après l'envoi d'un roman médiéval à Gallimard en l'an 2000. La Picardie, la Sologne, la Bourgogne, puis Paris pendant vingt-cinq ans, et la voilà de nouveau amiénoise. Un peu oursonne l'hiver, mais papillonne – oui, c'est le féminin de papillon – dès le printemps, pour se rendre dans les salons, collèges, lycées, avec d'autant plus d'allégresse que ce n'est plus elle qu'on somme d'apprendre et de réussir les examens. Écrire, c'est sa façon de célébrer la vie.

Bibliographie :

Meurtres à la cathédrale, Gallimard jeunesse, 2000
La Fête des fous, Gallimard jeunesse, 2001
Le Monstre des marais, Gallimard jeunesse, 2002
Printemps volé, Pocket jeunesse, 2005
Aldébaran 33°N 77°E, Magnard Jeunesse, 2005
Le Fils du loup bleu, Nathan, 2006
Fugue majeure, Nathan Poche, 2006
La Couleur du crime, Flammarion, 2006
Chevalier B., Sarbacane, 2007
Les Ostrogoths, Les 400 Coups, 2007
Un hanneton dans le plafond, Nathan, 2008
Amour sorcier, Flammarion, 2009
Ce que j'aime c'est, Sarbacane, 2010
Johnny, Sarbacane, 2010
La Ballade de Sean Hopper, Sarbacane, 2010
Dans l'enfer de Bagdad, Oskar, 2011
Trois gouttes de sang, Flammarion Jeunesse, 2011

Sako, Oskar, 2011
Prisonniers des Templiers, Oslo poche, 2011
Délinquante, Sarbacane, 2011
Traverser la nuit, Sarbacane, 2012
Sabotage, Oskar jeunesse, 2013
Zelda la rouge, Sarbacane, 2013
Dylan Dubois, Sarbacane, 2015
Gloria, Sarbacane, 2017
Fil de fer, Flammarion, 2018
Sous-sol, Sarbacane, 2022
Il était un petit navire, coll. Grands romans,
Éditions Thierry Magnier, 2022

« Elle m'a expliqué un jour que le bonheur
ne se trouvait pas au bout de la route,
quelle qu'elle soit, car il était lui-même la route.
Elle m'a aussi recommandé d'être gentil, car la vie
est peuplée de gens qui mènent une dure bataille. »
Bob Dylan, *Chroniques*, volume 1, Fayard

« Ta tâche n'est pas de chercher l'amour,
mais simplement de chercher et trouver
tous les obstacles que tu as construits
contre l'amour. »
Djalâl ad-Dîn Rûmî, *Le Livre du dedans*

On rentrait de la communion d'un cousin à Briquemesnil. C'est pas loin de chez nous, Briquemesnil. Mon père connaissait chaque méandre de la route sur le bout de ses ongles rongés. Le problème, c'est que quand on connaît le chemin par cœur, on finit souvent par s'imaginer qu'on pourrait le faire les yeux fermés.

Et la plupart du temps, on a tort.

Surtout après une ripaille où personne n'a lésiné sur la bière, puis le vin, puis le pousse-café.

Ma mère, qui ne boit presque pas, avait pourtant proposé de conduire. Mais quand il était saoul, mon père, il se prenait pour Dieu personnifié, valait mieux pas le contredire.

J'en ai profité pour lui réclamer la place qu'il me refusait toujours quand il était à jeun, celle du mort. Ma mère a protesté, en vain.

– Pour une fois, lui a rétorqué mon père tout plein de bons sentiments éthyliques. Il est grand maintenant, hein mon Kevin ?

– Il a neuf ans et demi.

– Ben oui, c'est un homme maintenant. Hein, mon grand ?

– Oui, chuis un homme !

Ma mère n'était pas de taille à lutter avec son alcoolémie. Elle était debout depuis l'aube, il était très tard, elle était épuisée, elle a lâché l'affaire. Je crois qu'elle n'a pas encore fini de le regretter.

En plus, ça n'avait rien de très rigolo d'être devant. La nuit on ne voit pas grand-chose et j'étais si fatigué de m'être amusé toute la journée que je me suis endormi au bout de cinq minutes. Le temps que les foutus arbres commencent à surgir là où mon père les attendait pas. Il y en a un qui s'est carrément jeté dans le pare-brise et la voiture a fait un tonneau. Ma mère, qui était à l'arrière avec mon petit frère, s'est cramponnée au siège bébé pour le protéger. Ils sont les seuls à s'en être bien tirés.

Mon père n'a pas survécu à ses blessures, il a fallu abattre l'arbre, et j'ai regretté de pas être mort aussi quand le chirurgien a dit qu'il allait falloir me couper les jambes au-dessous du genou, que c'était pas de chance vraiment, *les deux d'un coup c'est rare,* il a dit.

Je sais qu'il y a des enfants qui jouent sous les bombes en Syrie et ailleurs, d'autres qui meurent de faim, et d'autres encore qui se noient dans la Méditerranée, et que j'aurais donc dû m'estimer heureux. Mais doit pas y avoir beaucoup de gosses de neuf ans qui s'estiment heureux quand on leur annonce un truc pareil.

Ma mère, elle, ne pensait qu'à se réjouir parce que j'étais vivant. Elle a même eu l'air si soulagée quand on lui a dit que j'allais devenir les quatre cinquièmes de moi-même, au lieu d'être mort comme elle l'avait d'abord redouté, que j'ai essayé d'avoir l'air content. Les parents se rendent pas toujours compte du mal qu'on se donne pour leur faire plaisir.

Je vous garantis que j'en ai bavé à l'hôpital. Et après, chez nous aussi.

À me bagarrer avec les médocs, avec l'infirmière qui venait refaire mes pansements tous les jours, avec ma mère qui buggait chaque fois qu'elle voyait mes coutures et semblait redécouvrir qu'il me manquait quelque chose, avec mes rendez-vous de prothèses. Elles me faisaient mal au début, mais c'était ça ou le fauteuil roulant. J'ai dû réapprendre à marcher pendant que mes potes s'éclataient au volley sur le terrain vague, ça m'épuisait.

Je me suis mis à détester le volley, détester le terrain vague, détester mes potes. Pas un ne l'est resté d'ailleurs, de près ou de loin. On n'a plus fait qu'échanger une ou deux phrases gênées de-ci de-là. Je les trouvais immatures, pathétiques presque, même les plus vieux, on n'avait plus rien en commun.

J'avais le moral tellement démoli qu'il m'est arrivé de ruminer qu'avec la pente abrupte qui mène au canal, je pourrais me casser la figure sans le faire exprès, la nuit de préférence. Il suffisait que je prenne un peu d'élan et hop !

Mais si je faisais un truc pareil, qui prendrait soin de ma mère et de Juju ? J'étais le seul homme de la maison maintenant, mon devoir était de les protéger. Et si je n'avais pas le début d'une idée sur comment m'y prendre, je ne doutais pas que c'était mon devoir.

Au fil de l'aiguille, la vie s'est mise à me raconter des histoires comme quoi il restait des tas de choses intéressantes à faire que je n'avais pas encore faites et je me suis laissé tenter. Je ne pensais pas encore aux filles, je n'imaginais pas à quel point ce serait compliqué, vu qu'avec un corps normal, déjà…

Je m'appelle Kevin. Kevin Dupré.

Je sais, c'est nul, Kevin.

C'est la faute de mon père qui trouvait trop mignon le gosse de *Maman, j'ai raté l'avion*. Mon petit frère a eu plus de chance, c'est notre mère qui a choisi Julien, à cause de Julien Doré. Ça se discute Julien Doré, mon père a dit *c'est une pédale*, mais il s'en foutait vu qu'il avait choisi le mien, de prénom, et que j'étais son fils préféré.

Kevin.

Aux gens qui me demandent d'où ça vient – c'est-à-dire personne ou presque –, je dis que c'est irlandais. J'ai regardé sur Internet, ça veut dire *le bien planté* en gaélique. *Le bien planté*, j'invente pas. C'est comme qui dirait de l'humour noir si on considère ce qui m'est arrivé. À sa décharge, mon père pouvait pas savoir, même si c'est sa faute aussi, personne pouvait.

Sami, je l'ai aimé tout de suite.

Avant de le rencontrer, je ne savais pas qu'un humain aussi gentil pouvait exister. Il dit que c'est un truc qu'on lui a souvent reproché, sa gentillesse, ce qui le perturbe, parce qu'il ne comprend pas qu'on puisse reprocher de la gentillesse à quelqu'un. C'est peut-être pour ça qu'il a du mal à garder ses amoureuses. Les femmes ne trouvent pas ça sexy, un homme gentil, elles préfèrent les guerriers.

Sami est arrivé chez nous, à Ailly-sur-Somme, avec l'idée dans l'air écologique du temps d'ouvrir une boutique équitable où même les plus nécessiteux pourraient se fournir. L'Air du Temps, il avait décidé de l'appeler.

Il a fait le siège de la mairie pour convaincre les administrés de lui allouer un bout d'usine désaffectée en échange de ses travaux de réfection. La cité étant devenue quasi insalubre, la mairie n'osait pas réclamer un loyer que pour ainsi dire personne n'aurait pu payer. Beaucoup squattaient. Quand une famille partait, les employés municipaux se grouillaient de venir murer portes et fenêtres, oubliant souvent la porte qui donne sur le jardin, et d'autres prenaient le relais.

Les édiles se demandent depuis des lustres que faire de ces vestiges patrimoniaux faute d'argent pour un chantier d'envergure. Tant de projets avaient fini par avorter qu'ils ont accueilli à bras ouverts celui de Sami. Il présentait l'inestimable avantage de ne rien coûter à personne, sauf au principal intéressé.

Qui d'autre aurait pu imaginer qu'un jour ce bâtiment de brique rouge perclus de courants d'air ressemblerait à une épicerie ? C'était un des plus costauds de l'impasse de l'Usine avec celui des pompiers installés au treize, mais tout y était à faire, isolation, électricité, plomberie, tout.

Sitôt l'autorisation obtenue, Sami s'est mis à l'œuvre, avec ardeur.

Pendant un an et demi, les gens l'ont regardé colmater, poncer, enduire, percer, isoler. De loin, sans se mêler, avec une curiosité incrédule. Sami faisait tout lui-même, le week-end surtout et le soir puisqu'il était encore couvreur en journée, et tant qu'il restait suffisamment de jour pour y voir clair. Très vite, il a dormi là, dans ce qui allait devenir l'arrière-boutique et qu'il avait isolée et électrifiée en premier pour y installer son campement provisoire. Rarement, quelqu'un lui a donné un coup de main, à part Bernie qui venait d'être licencié de son entreprise de peinture en bâtiment et faisait du black de-ci de-là.

Plus ça prenait tournure, plus la jalousie s'insinuait.

– Si ça se trouve, c'est une foutue bonne idée qu'il a eue. Pourquoi on l'a pas eue avant lui ?

– Parce que tu te vois épicier, toi ?

– Bah, ça doit pas être sorcier.

– Où est-ce qu'il a bien pu trouver le fric ?

– Quelqu'un a dû le pistonner à la mairie...

– Ou alors c'est un coup des émirats.

– Qu'est-ce que tu déconnes ?!

J'ai commencé à lui rôder un peu autour, sans me décider à lier connaissance. À cause de mon cerveau qui me disait que les gens *normaux* n'ont pas forcément envie de parler à un handicapé. Avec un pantalon, ça ne se voit pas tout de suite, ma démarche est juste un peu moins souple qu'avant. Ça ne se voit pas mais tout le monde le sait que j'ai perdu mon intégrité. Les nouvelles faisant vite le tour, Sami devait le savoir aussi. Alors je n'osais pas.

Sami non plus, il faut croire. Il est timide. Quand je passais devant le chantier, il me souriait en travaillant ou en nourrissant les chats. Surtout un, qu'il avait trouvé enfermé dans un morceau de l'usine désaffectée et qu'il avait soigné, nourri, bichonné. Le félin lui était reconnaissant, venait à heures fixes, s'installait sur le rebord de la fenêtre de la future arrière-boutique, au soleil. Et si les travaux n'étaient pas trop bruyants, il risquait une patte à l'intérieur.

Moi aussi je me rapprochais, un peu, mais je ne m'étais pas encore aventuré à poser une patte à l'intérieur.

Un jour, Sami m'a dit :

– Je viens de faire du thé, tu en veux ?

Pas du tout le genre de chez moi, le thé, jamais de ma vie je n'en avais bu.

On a bavardé. Sami n'est pas quelqu'un qui parle beaucoup, il préfère écouter. Ça se voit tout de suite qu'il peut tout entendre et garder pour lui. Sa gentillesse aussi se voit tout de suite. Elle est plus forte que lui, plus forte que tout. Même à ceux qui lui font du mal, il n'arrive pas à en vouloir longtemps sans leur trouver des raisons. Évidemment, il y en a qui en profitent mais il n'est pas con non plus – tant qu'il n'est pas amoureux du moins. Je ne le savais pas encore que l'amour peut rendre con n'importe qui.

« Mon bonheur est d'augmenter celui des autres.
J'ai besoin du bonheur de tous pour être heureux. »
André Gide, *Les Nourritures terrestres*

Sami m'a apprivoisé.

Je lui ai raconté l'accident, le désespoir dont je n'avais encore parlé à personne, même au psy.

On a droit à un psy commis d'office quand on a un accident d'intégrité de soi-même.

– Tu en veux à ton père ? m'avait demandé le psy.

Évidemment que je lui en voulais, mais je ne voulais pas que le psy cafte à ma mère et compromette mon avenir d'homme de la maison. Alors j'ai rien moufté, nada, que couic, bouche cousue. D'ailleurs c'est Flora qui aurait dû en voir un, de psy, vu comment ça la bouleversait quand je me cassais la figure en montant l'escalier à la force des bras parce que j'allais trop vite. Elle a fini par m'installer dans la chambre parentale du rez-de-chaussée et elle a pris la mienne au premier étage. Elle a dit que ce serait plus pratique quand Juju se réveille d'un cauchemar la nuit. J'ai dit *d'accord*, ça lui faisait plaisir et j'avais beaucoup plus de place pour mes affaires.

Je lui ai raconté mes pieds.

Ils les ont jetés dans la poubelle de l'hôpital. Je ne les ai pas vus faire, je dormais, mais ça me turlupinait tellement que j'ai asticoté l'infirmière. Au bout d'un moment, elle en a eu marre et elle m'a avoué en me faisant jurer de pas le répéter que les petits bouts finissent dans les poubelles jaunes et les gros, ils les brûlent, alors sans doute les miens, on les avait cramés. De toute façon, j'en aurais fait quoi, à part les enterrer dans le jardin ? Ils avaient beau être cramés, ça ne les a pas empêchés de me faire mal pendant des années. Je ne savais pas qu'on pouvait avoir mal à un endroit de soi-même qui n'existe pas. C'est comme si tu disais *j'ai mal aux ailes* alors que… non, c'est pas pareil.

Je lui ai raconté mes moignons.

Ils me dégoûtaient au début, je m'habituais pas. Dans mes rêves j'étais encore normal, alors des fois, je n'avais pas envie de me réveiller, et d'autres fois, je me réveillais et je tombais parce que je me souvenais plus que j'avais plus de pieds. Le cœur de ma mère défaillait quand ça arrivait, et je me sentais coupable en plus.

Je lui ai raconté la pitié.

La pitié est ce qu'on a inventé de pire dans le genre amour. J'aime encore mieux qu'on se fiche de moi ou qu'on me traite de demi-portion.

– Pauvre gamin, disaient les gens. Pauvre Flora, elle a pas de chance, il l'aura fait chier jusqu'au bout – parlant de mon père –, qu'est-ce qu'elle va devenir avec ses garçons ? Le grand surtout.

Je lui ai raconté comment j'ai réappris à marcher.

Comme un loupiot, pas trop vite, en faisant gaffe à la pente – heureusement, grâce au réchauffement climatique, il ne neige plus. Il a fallu que je m'applique à trouver une démarche naturelle pour rendre mon handicap insoupçonnable à première vue. Et me discipliner pour laver tous les soirs les bonnets en silicone qui maintiennent la prothèse, moi qui râlais déjà de devoir me laver les dents... Il faut aussi que j'enduise mes moignons de vaseline s'ils sont trop secs, de talc si j'ai transpiré, de cortisone s'ils sont irrités. L'avantage c'est que le matin, j'ai pas besoin de mettre mes chaussures, elles sont déjà au bout de mes jambes. C'est mes jambes qui ne sont pas au bout de mes cuisses. Rien n'est parfait.

Je lui ai raconté mes aspirations.

Avant cette saleté d'accident, j'avais le rêve olympique de sprinter plus vite que mon ombre, même que j'étais le meilleur de ma catégorie au cent mètres à l'échelon régional. Pas officiellement vu que j'étais trop jeune pour la compétition.

– Je me demande quoi faire comme métier plus tard, du coup, j'ai conclu sur une note d'avenir.

Sami m'avait écouté, sans rien dire. J'ai eu peur d'avoir trop parlé. Je n'avais pas parlé comme ça depuis… je n'avais pas parlé autant de toute ma vie.

Il a réfléchi un peu, bu une gorgée de thé, et il a dit :

– L'essentiel, c'est d'aimer ce qu'on fait. Rien ne presse, réfléchis. En attendant quand tu as du temps libre, viens bavarder avec moi, ça me fera plaisir.

Et il a posé sa main sur mon épaule en guise de solennité, et ça m'a électrisé le cœur.

– Je te prêterai des livres, il a ajouté.

J'ai commencé à regarder mes moignons d'un autre œil et à me dire que ça aurait pu être pire. Je n'étais pas obligé de jouer sous les bombes en Syrie, je ne risquais pas trop de mourir de faim, et il y avait peu de chances pour que je me noie dans la Méditerranée, alors je me suis trituré les méninges pour me trouver un futur qui vaille la peine.

C'est pas évident par les temps qui courent. Il n'y a pas que ma vie qui s'est rétrécie, la planète aussi s'en est pris plein la tronche.

Mettre le feu aux abattoirs, repeindre les avions en vert sur le tarmac, libérer les animaux élevés intensivement, faucher les cultures transgéniques, vider les méga-bassines, vandaliser les antennes 5G étaient les seules activités que mon intérêt trouvait dignes. En plus tranquille et moins illégal, il y avait ministre de la Santé, pour obliger la Sécu à rembourser une pilule de mort subite sans douleur au cas où la situation se catastrophiserait encore plus.

Sami n'a pas validé.

– La vie nous réserve toujours des surprises, il a dit. Il faut lui faire confiance.

Il ne croyait pas si bien dire.

En attendant, la fin du monde prenait son temps et il a fini par ouvrir son épicerie.

Quand il a ouvert L'Air du Temps, on l'a boycotté.

Mais Sami n'étant pas du genre qu'on décourage facilement, il a amadoué le monde en lui faisant goûter les confitures, les pâtés, le jus de pomme. Et le monde s'est rendu compte que ça lui évitait de faire la queue au supermarché où tout est moins bon sans être forcément moins cher, sauf le PQ et le pack de mousses.

Bien sûr, il y en a qui ont continué à faire la gueule comme quoi les Arabes, vu qu'ici le RN fait un tabac dans les urnes, mais ils ont eu vite fait de s'apercevoir que Sami était plutôt un cadeau qu'un problème.

Aider, c'est sa vraie vocation, et l'épicerie, c'est l'outil de sa vocation. Il aurait pu faire Mère Teresa ou Abbé Pierre mais c'était déjà pris et il n'aimait pas trop la religion qui allait avec. Il était tombé au bon endroit. À Ailly, il y a de quoi faire question pauvreté, alcoolisme, enfance battue et tout ça. Si on ne s'en vante pas, c'est par peur des flics et de la psychiatrie.

Je me suis pris à son jeu. Je l'aidais à mettre les articles en rayons et à recompter la caisse le soir. J'ai toujours été bon en maths pratiques. Je me sentais utile.

Sami, lui, râlait que j'avais mieux à faire.

En réalité, non. Comme il ne voulait pas qu'on l'accuse d'exploitation de mineur, il me donnait des trucs.

– Prends des fraises pour ta mère, elles sont arrivées ce matin. Prends des yaourts nature aussi, ils seront périmés demain mais vous pouvez encore les manger pendant au moins quinze jours. Les périmés ont meilleur goût, tu verras.

Avant que je franchisse le seuil chargé de provisions gratuites, il m'ajoutait un livre. Lu et relu, à en juger par son aspect : corné, souligné, écartelé.

– C'est un de mes préférés. J'aimerais savoir s'il te plaît aussi. On pourra en parler après si tu veux.

C'était *L'Épopée de Gilgamesh*, le plus ancien roman de l'humanité consigné par écrit et inventé il y a trente-cinq siècles en Mésopotamie.

– Ce n'est pas facile à lire, il m'avait prévenu, il n'y a pas d'images. Mais si tu fais l'effort de t'accrocher un peu, peut-être que tu auras envie de connaître la suite. C'est plein d'aventures trépidantes et philosophiques, tu verras.

Je reviens avec les fraises et les yaourts à la maison, Flora est contente. Elle pourrait trouver à redire que je suis tout le temps fourré à l'épicerie au lieu d'être avec ma vraie famille, mais mon infirmité me confère l'impunité magique. Et grâce à ce que Sami nous donne, elle peut mettre un peu d'argent de côté pour les imprévus. Comme quand il a fallu acheter des pièges pour les rats qui avaient élu domicile chez nous. On les a attrapés facilement mais avec Juju, on ne voulait pas les faire mourir. On avait regardé des vidéos de rats qui prouvaient leur intelligence et leur aptitude compassionnelle. Alors on allait les relâcher la nuit dans la partie rupine d'Ailly. Une aubaine gastronomique pour eux.

Tout est parti en vrille par un après-midi de juin qui crépitait, papillonnait, gazouillait, zinzinulait, fredonnait, roucoulait dans l'azur. Les papillons qui avaient survécu aux pesticides butinaient les fleurs rescapées des désherbants, et les gendarmes copulaient tête-bêche des heures durant en arpentant la terre cuite par le soleil.

J'avais quatorze ans presque et demi et j'avais pris des habitudes avec Sami et l'épicerie. Je feuilletais le journal derrière la caisse quand je suis tombé sur l'info.

Je me suis demandé depuis si je n'aurais pas mieux fait de me taire.

– Patron, viens vite, ça urge !

Je l'appelle *patron* souvent, ça part tout seul, c'est plus fort que moi. Sami n'aime pas, il dit qu'il n'est le patron que de lui-même comme tout un chacun et évidemment, il a raison. Mais j'ai remarqué que *patron* commence de la même façon que *papa* et que ceci explique peut-être cela. Oui, ça fait un peu psychologie de comptoir.

Comme Sami sait que je ne suis pas du genre à déranger quelqu'un pour du pipeau, il rapplique fissa de l'arrière-boutique où il passait ses commandes.

– Ça va ?

– Moi oui, mais toi j'ai dans l'idée que tu ferais bien de t'asseoir.

Et je lui tends le *Courrier picard* auquel il n'est pas abonné mais qu'il reçoit de temps à autre, pour incitation. Il y jette un œil sans comprendre ce qu'il est censé voir.

– Elon Musk a envoyé Trump sur Mars ? Ils ont trouvé une panacée pour zigouiller les virus qui roupillent dans le permafrost ? Non attends, je sais, Macron a divorcé pour épouser Édouard Philippe ! Mais ce serait en première page...

Je lui mets le doigt sur la nouvelle encore plus sensationnelle que tout ce qu'il vient d'énumérer. Et elle ne le fait pas rire du tout. Il déglutit, pâlit et va chercher ses lunettes dans l'espoir qu'elles empêcheront les caractères imprimés de gigoter.

J'ai la mémoire des chiffres et c'est souvent moi qui valide le bulletin de Sami au Bilboquet, le bar-tabac où les rêves des Carmichaëliens se diluent. Il joue les mêmes depuis des années, sous prétexte que statistiquement ça ne change rien, que c'est même peut-être un atout. Aujourd'hui les statistiques sont d'accord avec lui.

Toujours incrédule, Sami feuillette les pages, vérifie la date, renifle le journal, balaye le magasin du regard au cas où quelqu'un serait planqué dans les rayons tout prêt à jaillir pour savourer la bonne blague.

– Alors ?

– Les erreurs d'impression, ça arrive, il me répond.

Après vérification sur le site de la Française des jeux, le doute n'est plus permis. Je suis fier parce que j'ai insisté pour qu'il joue cette semaine.

– C'est de l'argent fichu en l'air, avait-il protesté en me donnant néanmoins dix euros.

Ce n'était pas tout à fait de l'argent fichu en l'air le concernant, puisqu'il avait déjà gagné plusieurs fois. Cent, cinq cents, mille euros, et même une fois cinq mille euros. Son idée, quand il avait commencé à jouer des années auparavant, c'était de réunir un petit pécule pour monter son affaire. Ça, plus ses économies, lui avait permis d'acheter les matériaux et le mobilier sans recourir au banquier.

Après l'ouverture de l'épicerie, il avait continué à remplir un bulletin par semaine et les statistiques avaient de nouveau été sympas avec lui puisque son dernier gain avait financé l'achat d'une vitrine réfrigérée verticale pour remplacer l'ancienne, achetée d'occase et qui venait de rendre l'âme.

Enfin convaincu de l'authenticité de l'info, Sami est passé en mode arrêt sur image. Avec le son en boucle comme dans un gif.

– Quatre millions quatre… quatre millions quatre… quatre millions quatre…

« Accueille-les tous de bon cœur ! Même si c'est une foule de chagrins qui saccage tout dans ta maison, et la vide de ses meubles, traite chaque invité avec honneur. Il fait peut-être de la place en toi pour de nouveaux plaisirs. »

Djalâl ad-Dîn Rûmî, *L'Auberge*

Une nouvelle comme celle-là était de nature à réveiller la Belle au bois dormant, à briser les charmes et à plonger la cité dans le chaos.

Comme d'habitude, la porte de l'épicerie était ouverte et la mèche a été vendue, on ne sait pas comment.

C'était l'heure où Bernie tirait, comme d'habitude, sur une cigarette en buvant sa bière assis sur le rebord de la fenêtre de l'arrière-boutique. Possible qu'il en ait parlé en achetant ses cigarettes au Bilboquet qui est un centre de dispersion majeur de l'information même si elle en ressort presque toujours déformée.

Le vieux au déambulateur était, comme d'habitude, collé à la façade à rien faire, rien dire, fumer ses roulées, mais contrairement à ce que certains pourraient s'imaginer, il n'est ni sourd ni muet.

Ma mère a pu faire suivre l'info après que je lui ai envoyé un SMS pour lui annoncer la nouvelle.

Sami lui-même était si chamboulé qu'il en a peut-être touché un mot au livreur.

– Quatre millions quatre.

– Quarante-quatre millions ?

– Quatre cents millions ?

– Non, quatre...

– Putain, mais alors t'es riche, Sami ! Putain de putain, je connais un millionnaire !

Le monde était trop ému pour maîtriser sa communication et le scoop s'est répandu comme une traînée de poudre supersonique. Le bouche à oreille portable a fait le reste. Le petit goût amer de la jalousie est tout de suite remonté aux lèvres de certains.

En fin d'après-midi, l'épicerie enregistrait une affluence historique et une fête mémorable s'ensuivit grâce à Sami, dont le premier réflexe de nanti a été de sacrifier le stock de champagne qui reposait dans le frais du cellier.

Passé voir de quoi il retournait, le chat en quête de ses croquettes du soir a battu en retraite.

Je suis le seul avec Sami à accompagner la frénésie générale avec du jus de pomme. Et si personne n'y trouve à redire me concernant à cause de mes antécédents paternels et de mon jeune âge, l'abstinence de Sami suscite aussitôt des commentaires raffinés.

– C'est parce que t'es musulman que tu bois pas ?

– Il y a beaucoup de gens qui fêtent Noël sans être chrétiens, rétorque Sami.

Mais personne n'a compris. Ici, la religion la plus répandue, c'est la muflée du samedi soir dont les non-pratiquants sont illico excommuniés. Et ça ne s'est pas arrangé depuis que la planète s'énerve, l'idée générale qui se défend étant qu'on va tous crever de toute façon alors autant s'éclater un bon coup avant.

Moi je dis que par souci de cohérence, ils pourraient aussi arrêter de faire des mômes, surtout si c'est pour pas s'en occuper ou les conduire en état d'ivresse.

– C'est pas grave si t'es musulman, dit Totor.

– Je n'aime pas le goût de l'alcool, tente Sami.

Ça fait marrer tout le monde. On lui explique que l'alcool, c'est pas un goût, preuve par l'exemple.

– Le vin, ça a pas le même goût que la bière.

– C'est pas de l'alcool, la bière, dit Totor.

– Le pastis non plus, ça a pas le même goût.

– Et la vodka…

– Et le Picon…

Tout y passe.

On le tanne tellement qu'il finit par s'enfiler un verre de champagne cul sec pour prouver qu'il n'a pas de préjugés. Et qu'il est plus libre qu'eux qui ne peuvent pas se retenir de picoler. Ça, c'est moi qui l'ajoute, intérieurement. Sami le pense peut-être mais jamais il n'oserait le dire pour cause de gentillesse incarnée.

Sur sa lancée il siffle un deuxième verre, histoire qu'on lui fiche la paix une bonne fois ou bien parce que c'est pas tous les jours qu'on devient millionnaire. Comme il manque de pratique il est vite pompette. Se met à rire beaucoup, parler fort et même, après que Bernie a ramené un ampli de chez lui, à danser !

La femme de Bernie adore chanter, ça vitamine son quotidien sacerdotal d'auxiliaire de vie. Dès que son homme a fini d'installer le matériel, elle s'empare du micro pour ne plus le lâcher. *Les Champs-Élysées, Poupée de cire poupée de son, Alexandrie Alexandra, Il jouait du piano debout,* tout le répertoire des seventies y passe.

Les plus jeunes ricanent que *c'est de la daube*, et quand les périmés se mettent à danser ça les achève. Ils trouvent ça indécent de voir les vieux danser, alors ils débarrassent le plancher et vont se rouler des joints sous le pont. À chaque âge ses plaisirs.

J'avoue ne pas être loin de penser comme eux en voyant Sami se dandiner. Ça lui enlève de la dignité. Il danse mal en plus.

J'aime mieux regarder Fanny.

Depuis toujours cette fille m'époustoufle. Depuis la maternelle où je la dévorais du regard à travers le grillage, pendant la récré. Je ne voyais qu'elle dans la cour des grands avec ses yeux pâles et sa rousseur exubérante. On a grandi. Ses seins ont commencé à faire leurs intéressants sous son débardeur et ma puberté est venue se cogner dessus. Depuis ça n'a fait qu'empirer. Ses seins aussi ont empiré, elle prend sûrement la pilule. C'est flippant, ça veut dire qu'elle en a besoin ou qu'elle pense que l'occasion pourrait se présenter, et je ne risque pas de figurer sur le podium des élus depuis mon accident.

Elle dit que jamais elle n'aura d'enfant parce qu'elle veut pas être esclave.

– Je sais pas encore quoi faire de ma vie et avoir des gosses, ça la rétrécit trop vite. D'abord, ça vaut pas le coup de les déranger, faudrait d'abord réparer la maison pour pas les faire vivre dans un taudis.

– La maison ?

– Ouais, la planète, ducon.

Si seulement elle n'avait pas attrapé je ne sais où cette façon de vous convaincre que vous êtes quelqu'un d'important, juste avant de vous cingler avec une phrase du genre *bon, j'ai pas que ça à faire, salut !* Elle m'a tellement emberlificoté les neurones que je n'arrive pas à me raisonner. Je me fais encore des imaginations contre vents et marées qu'elle est la femme de ma vie. Il paraît que parfois les rêves se réalisent quand on y pense très fort avec tout le tintouin de détails. À force de pratique, je suis passé maître de la précision croustillante mais les résultats se font attendre. Je dois manquer de conviction.

C'est peut-être la preuve d'un vrai amour, celui qui fait mal, toujours.

Steevy lui tourne autour comme une mouche à miel et ça la fait rire. Faut vraiment pas être dans son état normal pour se bidonner des blagues de Steevy. Mais je ne vois pas comment je pourrais la persuader de craquer pour un type à qui il manque un cinquième de lui-même.

Y a des moments où je vendrais mon âme pour être paraplégique, avec des jambes qui servent à rien mais qui décorent.

À plus de minuit, ça rigole, ça danse, ça chante, et ça s'exclame encore dans la brume éthylique. Tout ce qui me rappelle mon père et que je déteste.

Flora n'est pas là. Elle s'est contentée d'une apparition en début de soirée pour féliciter Sami avant de s'éclipser sous prétexte que mon Juju requiert des soins dévolus à son jeune âge, comme par exemple se coucher tôt. Moi je crois plutôt que c'est un prétexte pour pouvoir roucouler téléphoniquement avec son Vince. Encore une belle occasion loupée de se rapprocher de Sami qui est ce qui pourrait lui arriver de mieux et réciproquement.

Et je dis pas ça parce que c'est ma mère.

Enfin si.

Si seulement Vince n'avait pas croisé son chemin…

Ma mère s'appelle Flora et je l'appelle plus souvent *Flora* que *maman*, n'en déplaise aux gens qui trouvent que ça manque de respect d'appeler sa mère par son prénom. Je m'en fiche du respect, c'est l'amour qui m'intéresse. Et de l'amour, j'en ai. Surtout pour elle. Et puis *Flora*, c'est quand même mieux que *maman*. Toutes les mères s'appellent *maman*.

Il y a six mois, je me suis douté qu'il se tramait quelque chose en constatant sa bonne humeur quotidienne qui ne lui était pas arrivée depuis longtemps. C'était même pire que de la bonne humeur, c'était de la poudre de fée Clochette. Plus rien n'avait d'importance de ce qu'on pouvait faire Juju ou moi, plus rien n'était grave, même ce qui d'ordinaire la contrariait ne lui arrachait plus un froncement de sourcils. Elle souriait à tout-va, aux gens, aux murs, une vraie Joconde. Les seuls moments où elle s'assombrissait encore, c'est quand son regard se posait sur mes moignons. Je me sentais presque coupable.

Un jour elle nous a dit :

– Un ami va venir manger à la maison demain soir, je vous demande de lui faire bon accueil.

Comme Juju s'est tout de suite inquiété de savoir comment on faisait le *bonaqueuille*, elle lui a expliqué qu'il suffisait d'être gentil et poli et souriant.

À moi, elle a précisé qu'elle l'avait rencontré récemment, qu'il bossait chez Amazon comme cadre des relations humaines, que sa copine l'avait largué – pourquoi ? – et qu'il avait du mal à s'en remettre.

Pauvre chéri.

Elle a dit que c'est attendrissant un mec qui s'est fait larguer.

Elle a dit qu'elle ne pensait pas que ça durerait mais que le mec l'avait rappelée, invitée, alors elle lui avait tout de suite joué cartes sur table – c'est-à-dire Juju et moi – et il n'avait pas sourcillé.

Elle s'est demandé comment j'allais le prendre.

Elle s'est demandé aussi si c'était une bonne idée de se remettre avec quelqu'un. Elle n'était pas sûre d'être prête, mais elle avait envie d'essayer parce que ça ne court pas les rues les types de trente ans célibataires que leur copine a largués.

Le lendemain, elle s'est adonisée avec sa plus belle robe, du rouge à lèvres et elle a fait des frites et des œufs à la mayonnaise qui sont sa spécialité. Elle m'a dit aussi de ramener une terrine de poulet d'élevage en plein air de L'Air du Temps, et il a fallu qu'on s'habille correctement et qu'on se lave le museau. Et puis Vince est arrivé et il nous a fait le *bon accueil*, c'est-à-dire qu'il a fait semblant de s'intéresser à nous.

– Qu'est-ce que tu veux faire quand tu seras grand ? il a demandé à mon Juju.

– Je suis grand, j'ai presque six ans !

– Oui, bien sûr, je voulais dire, encore plus grand. Comme ça…

Il a montré comment avec la main à hauteur d'homme pour que Juju comprenne.

– Ah oui. Ben… dresseur d'ours.

– Oh, je vois… mais je crois que les cirques maintenant… C'est original.

Puis son regard a glissé sur moi, hésitant. Allait-il me demander comment j'envisageais l'avenir ? Ça se voyait qu'il avait du mal à formuler, il se torturait. Je suis allé à sa rescousse.

– Personnellement, j'hésite entre funambule et explorateur, mais je penche pour explorateur. Le pôle Sud, ça me dirait bien. L'avantage, c'est que je risque pas d'avoir les pieds gelés. Mais j'ai peur que tout ait fondu d'ici là.

La conversation en revanche est illico entrée dans une phase glaciaire et Flora, consternée, m'a jeté un regard de biche blessée comme quoi je lui flinguais la romance. Alors j'ai eu pitié et on s'est dérobés avec mon Juju pour qu'elle puisse reprendre le fil.

On s'est installés dans ma chambre qui est plus grande et plus confortable puisque c'est l'ancienne chambre parentale, et je lui ai lu *Les Trois Brigands*[1] pour l'endormir. Trois fois. Il a capitulé au milieu de la troisième.

L'autre avantage de ma chambre parentale, c'est qu'elle se trouve au même niveau que le séjour, et que la porte demeurée entrouverte permet de pratiquer l'espionnage de force mineure. Ce n'est pas glorieux, mais en tant qu'homme de la maison, je suis forcé de m'intéresser aux fréquentations de ma mère. Je suis d'ailleurs dégoûté de constater à quel point elle manque de discernement.

– J'ai envie de toi, chuchotait Vince.

Ils en étaient à la préface. Ma mère jocondait avec indulgence, presque avec minauderie, du genre qui m'a tout de suite donné envie de zapper la suite. De toute façon, après, c'est comme si tu regardais toujours le même film. Peut-être pas les détails, j'en sais rien, j'ai pas l'expérience, mais les grandes lignes. Alors quand c'est ta mère le personnage principal en plus…

Je me suis réconforté en me disant qu'après tout, elle pouvait s'amuser un peu, ne serait-ce que pour constater à quel point Vince n'arrive pas au genou de Sami, question tout. Sauf qu'elle ne risque pas de comparer vu qu'elle

1. Tomi Ungerer, *Les Trois Brigands*.

ne l'a jamais envisagé. Même quand elle venait s'enquérir auprès de lui si ma présence assidue ne le dérangeait pas.

Je vais pas me mentir non plus, ce n'est pas comme si Sami avait montré de l'inclination pour elle. Le fait est qu'il n'en montre pour personne en particulier. Il m'a dit un jour que les femmes qui ont traversé sa vie ont toutes fini par le quitter parce qu'il ne voulait pas d'enfant.

– Pourquoi t'en veux pas ?

– Le monde est tragique. Je ne vois pas l'intérêt de déranger quelqu'un.

Sur ce point, il rejoint Fanny. Je dois reconnaître que ça se défend comme opinion philosophique. Concernant Sami, je crois que c'est aussi une façon de se punir d'avoir fui sa patrie ou de rester fidèle à celle qu'il a aimée là-bas avant de venir. Mais peut-être aussi qu'en devenant adulte on attrape une propension naturelle à courir à sa perte.

Pour en revenir à Vince, je ne le connais pas mais je n'ai pas besoin d'être sorcier pour deviner qu'il ne fait pas l'affaire. Je le sens, on va dire. Ou bien c'est mon petit doigt. Le bon côté, c'est que ça nous a valu des frites qui sont le meilleur légume que je connaisse.

La soirée millionnaire s'est un peu éternisée. Ce qui arrive souvent quand on boit à l'œil.

Quand il n'y a plus eu de champagne, on a réglé son compte à la bière. Sami a mis le holà quand les plus imbibés ont réclamé de la gnôle. Il ne voulait pas risquer une aggravation de la violence intrafamiliale qui se débrouille déjà très bien en temps ordinaire, ni la mauvaise publicité pour tapage nocturne.

Fanny était partie depuis longtemps, je n'ai pas vu avec qui.

Ses deux verres de champagne ne lui faisant plus d'effet depuis longtemps, Sami montrait moins d'entrain et semblait avoir envie que les fêtards rentrent chez eux. Au moment où le monde s'est enfin décidé à partir, on a retrouvé Totor ratatiné derrière la caisse. Après avoir tenté de le remettre debout en pure perte – il arbore des formes véhémentes et il n'y a pas plus lourd que celui qui ne coopère pas –, Bernie a aidé Sami à le charger sur une brouette et il est parti avec son chargement en direction de la rue numéro quatre où demeure Totor. En espérant que la brouette tienne en dépit de l'excédent de poids imprévu par le fabricant.

Le dernier noctambule évacué, le chat est réapparu comme par magie pour implorer ses croquettes par la seule force de son regard culpabilisant.

Le lendemain matin, Sami a ouvert le volet, le teint cireux et l'air hagard d'un qui a brassé des millions toute la nuit.

Il limace machinalement d'une tâche à l'autre, remet de l'ordre dans un rayon, s'interrompt pour vérifier la liste des livraisons, change le prix d'un paquet de biscuits sous prétexte qu'il est trop cher, se penche sur les cageots de pêches pour ôter trois fruits trop mûrs qui faisaient les délices des moucherons, réceptionne les arrivages du jour, passe les commandes pour remplacer la bière et le champagne engloutis la veille.

Ça apaise, de s'occuper de choses concrètes, ça tient l'angoisse à distance. C'est un moment de vie qui ne doit être facile à gérer pour personne, quatre millions quatre. Même si comparé à ce que gagne Ronaldo c'est de la roupie de moineau, ça donne le vertige.

Si j'avais quatre millions quatre, j'achèterais une maison avec jardin pour que ma mère et Juju soient à l'abri et être dégagé de mes obligations familiales. Après quoi je pourrais décider de ce qui est bon pour moi indépendamment. Par exemple faire le tour du monde. Pas que ça me pèse d'être l'homme de la maison, mais quand même.

– Qu'est-ce que je vais faire de tout cet argent ? marmonne Sami.

Bien sûr, il avait des idées sur quoi en faire quand il a commencé à jouer, mais c'était il y a longtemps. Il n'avait pas d'épicerie à l'époque. Maintenant que c'est fait, il faut qu'il trouve autre chose.

Je lui suggère la maison, mais il m'objecte que n'ayant pas de famille à mettre dedans, il préfère habiter au-dessus de la boutique, c'est plus pratique. Ça me rassure, moi aussi je préfère qu'il reste là, près de moi.

Il nous prépare un thé, s'assied dans le bureau pour le déguster. Je prends le tabouret de la caisse et je pousse une pile de factures pour poser mon mug. Une mouche nous volette autour avec son lancinant murmure. On est tous les deux épuisés par les émotions de la veille et le bourdonnement de la mouche nous hypnotise, jusqu'au moment où Sami brusquement se lève pour lui ouvrir la fenêtre. Soulagé de la voir prendre le chemin de la liberté, il se tourne vers moi, comme illuminé :

– J'ai fait une liste !

– Une liste ?

– Il y a dix ans, ou quinze, je ne sais plus, j'avais fait une liste des choses que j'aimerais faire si je gagnais un jour… une somme conséquente.

– Génial !

Sauf qu'il n'a pas la moindre idée de l'endroit où il a rangé cette foutue liste.

Dans le bureau ? Dans l'arrière-arrière-boutique, cette partie pas encore aménagée où il range ses archives ? Il a beau ne pas en avoir beaucoup, ça fait quand même une belle botte de foin.

Sami déjeune à la hâte d'une boîte de biscuits périmés et se met à chercher.

Pétunia vient faire diversion vers treize heures trente avec une tarte aux fraises tout juste sortie du four. C'est une bonne cliente, une habituée, on dirait un pilier si l'épicerie était un bar vu qu'elle y passe tous ses après-midi à nous raconter sa vie comme une série avec plusieurs saisons qui n'en finissent pas.

Pétunia en réalité ne s'appelle pas Pétunia. Son vrai nom, c'est Monique, ce qui est nettement moins poétique. La poésie, c'est Sami qui l'a ajoutée :

– Quel beau rouge, vous ressemblez à un pétunia ! s'était-il exclamé de sa voix grave et douce la première fois qu'elle est venue acheter son pain chez lui.

Monique en avait rougi de confusion assortie à son chemisier et personne ne l'a plus jamais appelée autrement que Pétunia. Sauf les grincheux et ceux qui ne fréquentent pas L'Air du Temps.

Sami feuillette, ouvre, referme, soupire, obsédé par sa liste. Mes soupirs gustatifs finissent néanmoins par avoir raison de son entêtement et il consent à faire une petite pause. Toute petite. Murmure un *mmum* de politesse après deux bouchées distraites.

– Il faut mâcher avant d'avaler, se consterne Pétunia, tu vas te fabriquer un ulcère.

– Tu sais que je pourrais les vendre, tes tartes ? dit-il pour se faire pardonner sa distraction.

Loin de la consoler, ça l'indigne.

– Je les fais pour toi, ces tartes ! Je m'en fiche de l'argent !

Elle fait sa bourgeoise. En tant que retraitée de l'Éducation nationale, elle vit dans une des maisons retapées par l'OPAC où tout a été refait à neuf et paye donc un loyer, ce qui fait d'elle une privilégiée. Ma mère paye aussi, mais beaucoup moins, notre maison n'étant pas retapée. Pétunia se cale dans le fauteuil en osier que Sami garde pour elle dans l'arrière-boutique et sort pelote et aiguilles de son sac pour s'adonner à sa dernière lubie, le tricot.

– Comme Pénélope, se justifie-t-elle pour échapper au cliché de la vieille qui tricote.

Elle envisage un pull pour Sami. Bleu, assorti à ses yeux.

Mais Pétunia n'a ni la patience, ni la pratique, ni la concentration de Pénélope. Et si comme Pénélope, elle détricote et retricote, ce n'est pas pour laisser le temps à

Sami de revenir puisqu'il n'est jamais parti, c'est parce qu'elle saute souvent des mailles. Pour l'instant, ça ressemble davantage à un gros tas de laine bleue qu'à un pull. Le chat, en revanche, semble apprécier.

– L'amour… il y en a tant qui s'effiloche. Si on pouvait l'attraper pour en faire des écharpes, le monde aurait le cœur au chaud pour toujours, rêve-t-elle tout haut.

Tout en tricotant elle bavarde, pour remplir le silence et pour tenir à distance sa peur des millions de Sami. Elle raconte les amants qu'elle a eus, elle ne sait plus combien parce que quand on aime, on ne compte pas, en plus de ses deux maris, divorcée du premier, veuve du dernier, avec un grand amour malheureux au milieu sur lequel elle ne s'étend pas comme si les choses importantes devaient rester dans leur cocon de silence. Ses souvenirs, on les connaît presque par cœur, mais il lui arrive encore parfois de nous surprendre avec des fioritures intéressantes.

– Vous auriez dû me voir autrefois…

Autrefois = avant d'être vieille, quand elle était belle à tomber.

– Je n'avais qu'à lever le petit doigt, et hop !

Je suis sûr qu'elle enjolive.

J'aide Sami à chercher.

Trois fois, des clients nous dérangent dans notre chasse au trésor mais finalement, c'est moi qui finis par la retrouver, la fameuse liste. Sous une ancienne déclaration d'impôt, dans le tiroir du bureau : une page et demie de l'écriture serrée de Sami que j'ai failli prendre pour un poème. Un souhait par ligne. Trente lignes par page. Une vie n'y suffirait pas.

Surtout la vie de quelqu'un qui a passé le cap de la quarantaine.

ouvrir une épicerie
faire construire une grande maison, une école
apprendre à jouer du saxophone
un vélo de course
une maison à la campagne
une à la mer (ou à la montagne ?)
un camping-car
apprendre l'allemand
passer une semaine à Venise (avec qui ?)
aller écouter les baleines
faire un jardin potager : pommes de terre, carottes, choux, salades
un voyage en montgolfière
retourner vivre en Irak ?
aller vivre au Canada ?
des chaussures sur mesure par un cordonnier parisien
un cheval (ou deux pour éviter qu'il s'ennuie)
etc.

Je brandis ma trouvaille. Sami m'embrasse, dit que c'est lui qui devrait m'appeler *patron* – c'est l'exagération émotionnelle –, et passe le reste de l'après-midi à biffer ce qu'il n'a plus envie de faire.

~~faire construire une grande maison, une école~~
~~apprendre à jouer du saxophone~~
un vélo de course
~~une maison à la campagne~~
~~une à la mer (ou à la montagne ?)~~
un camping-car
~~apprendre l'allemand~~
~~passer une semaine à Venise (avec qui ?)~~

– Pourquoi tu n'irais pas t'installer dans le Sud ? suggère Pétunia avec inconséquence. Tout le monde y va, ça ne doit pas manquer de clients. Il paraît que six personnes sur dix rêvent d'habiter là-bas.

– C'est triste que si peu de gens soient satisfaits de leur sort, dit Sami.

Elle opine. Tricote encore une rangée, laisse échapper un juron, zut ! Détricote, réenfile une à une les mailles sur l'aiguille.

– Tu n'as plus besoin d'être épicier maintenant, tu pourrais écrire des poèmes toute la journée. Il suffit de bien placer ton argent…

Avant d'être épicier et couvreur, Sami a été étudiant en lettres, en Irak, il y a longtemps. Ce n'est pas un métier, étudiant en lettres, mais les carrières que ça ouvre sont quand même plus stylées qu'épicier ou couvreur. À l'époque, il écrivait un mémoire sur *L'Épopée de Gilgamesh.*

– Je n'ai pas envie d'arrêter l'épicerie, proteste Sami en barrant une ligne. J'adore voir mon étal gorgé de fruits et de légumes frais, mes rayons remplis de produits fabriqués tout près d'ici, ça me rend fier, ça me rend heureux même presque… et ça ne m'empêche pas d'écrire si j'en ai envie.

~~appareil à raclette~~ (pas très utile et pas besoin de gagner quatre millions pour ça)

~~décapotable~~ (la frime, ça n'a jamais été son truc)

~~zodiac à moteur~~ (où est-il allé chercher une idée pareille ?)

~~lave-vaisselle~~ (il ne voit pas l'utilité pour lui tout seul)

~~etc~~.

Sa liste rétrécit comme peau de chagrin et frise bientôt l'anorexie. Dépité, Sami verse à nouveau de l'eau bouillante sur les feuilles de thé noir. Et c'est pendant cette pause qu'il apprécie tout particulièrement, *cette parenthèse dans l'espace temps*, qu'il est à nouveau visité par l'évidence.

– Je sais pourquoi je ne sais pas quoi faire de cet argent ! s'exclame-t-il tout guilleret, comme si son problème venait de se volatiliser. En réalité, je n'ai pas besoin de cette liste, j'ai déjà tout.

– Tout ?

– Oui. J'ai l'épicerie, je peux ajouter deux trois bricoles dedans, mais pour l'essentiel, ça va. Les gens aiment faire leurs courses ici, ça améliore leur quotidien, et moi j'aime les gens. J'aime qu'ils me confient leurs malheurs, j'aime les réconforter, je me sens utile.

Il jubile en nous regardant comme un saint qui vient d'être visité par les anges.

– En trois mots, j'ai tout ! il répète.

– Sauf l'amour, objecte Pétunia.

– Ce n'est pas tout à fait vrai, il y a plusieurs sortes d'amour et puis surtout, l'amour, ça ne s'achète pas.

Et il ajoute, plus mélancoliquement :

– Le vrai, en tout cas.

Mais il retrouve vite sa bonne humeur.

– L'avantage du célibat, c'est que personne ne me reproche de garder les mêmes chaussettes trois jours… ou quatre, philosophe-t-il.

– Il n'y a personne pour te les rapiécer non plus, lui rétorque Pétunia.

Elle a des idées à l'ancienne sur la répartition des rôles. Surtout s'agissant de Sami qu'elle révère et dorlote tantôt comme une mère, tantôt comme une amoureuse. C'est du moins ce qu'elle prétend sans qu'on sache si c'est du flan ou quoi. Parce qu'à quatre-vingts ans passés quand même…

« Lorsqu'un homme à l'âme basse tente de mesurer le bonheur
d'un sage, ce bonheur fuit comme l'eau entre ses doigts,
mais dans la main du sage, il est aussi ferme et brillant
que de l'or. On n'a que le bonheur qu'on peut comprendre. »
Maeterlinck, *La Sagesse et la destinée*

Le lendemain matin, horreur et disparition, une ardoise *fermé pour cause de réflexion* est suspendue sur le volet clos de l'épicerie, Sami est parti. Sans rien dire à personne.

Pas même à moi.

Pas même à Pétunia, qui du coup va chercher son fauteuil pliant pour tricoter devant la boutique puisque celui en osier est à l'intérieur.

– Il va revenir incessamment, c'est sûr, je vais l'attendre, dit-elle.

Elle n'ajoute pas *de pied ferme* par considération pour moi.

J'ai répertorié les expressions qui utilisent le mot *pied* pour s'illustrer. Vraiment beaucoup. Je pourrais dire par exemple que *j'ai les pieds sur terre*, et même *bon pied bon œil*, et si je ne suis pas *parti d'un bon pied* dans la vie, je ferai toujours en sorte de ne pas être le genre de type qui *met les pieds sous la table* quand il rentre du boulot. Je ne me *moucherai pas du pied* non plus, et je ne les *traînerai pas*, mais je le *prendrai* parfois, j'espère. Il n'y a pas de raison, même si je n'en ai pas. Pour finir, je m'estimerai heureux si j'ai pas trop *cassé les pieds* des gens avant de *partir les pieds devant*. Il y en a plein d'autres, je suis sûr.

Gérard, dit Gégé, dit le vieux au déambulateur, est là, appuyé au mur près de la porte. Lui aussi attend, c'est un contemplatif. Il parle si rarement que ceux qui ne le connaissent pas pourraient s'imaginer qu'il est muet alors qu'il est seulement économe. Il n'aime pas les phrases convenues, même courtes, même *bonjour*, elles ne lui viennent pas. Un hochement imperceptible en tient lieu.

S'il sait presque tout sur presque tout le monde, de lui en revanche, on ignore presque tout, sauf que toute sa famille travaillait à l'usine Carmichaël, père, mère et oncles, de notoriété publique. Lui en revanche est parti jeune homme, puis revenu bien des années plus tard, déjà bien décati, habiter la maison familiale. Personne n'a la moindre idée de ce qu'il a fait pendant tout ce temps. Son regard bleu ne laissant rien présumer, il est une énigme pour presque tout le monde. Il pourrait tout aussi bien être un tueur en série ou un curé qui a violé un tas de mouflets et que personne ne penserait à venir chercher ici. Aujourd'hui, il semble devenu inoffensif et n'est plus capable de grand-chose, à part lever le coude quand l'occasion se présente.

Pendant que Pétunia tricote et détricote et que le vieux Gégé fume ses roulées en humant l'air du temps, je fais des allers-retours jusqu'à la rivière pour me désénerver.

Je descends la rue numéro deux où demeure Fanny. Elle est là comme souvent, assise sur le rebord de sa fenêtre du premier étage. Elle fait mine d'être occupée sur son portable. Peut-être qu'elle est vraiment occupée sur son portable et qu'elle peut faire plusieurs choses à la fois. Comme par exemple me regarder l'air de rien.

Fanny est en lycée professionnel pour devenir menuisière. C'est sa première concession au monde des adultes. Elle envisageait la profession d'hôtesse de l'air mais on lui a opposé qu'elle était trop petite.

Pour attraper les gilets de sauvetage ? Pour faire la démonstration en étant vue de la majorité des passagers ?

Elle était si dépitée le jour où on lui a dézingué son rêve de voler qu'elle s'était confiée à moi – quand on est dépité parfois, n'importe qui fait l'affaire.

– C'est vrai que t'es pas grande, j'ai dit, mais les mecs adorent les filles petites.

On lui avait dit qu'elle n'était pas assez mince non plus.

Pour empêcher de gaspiller le kérosène dû à l'excédent de poids ?

– C'est vrai que t'es…

Ma spontanéité me joue souvent des tours. J'avais avalé le bout de ma phrase, trop tard pour que Fanny ne présume pas de la suite. Ce qui m'a valu un regard de travers.

– Qu'est-ce que t'allais dire ? Grosse ? Ronde ? Boulotte ? Enveloppée ?

– Nan, je t'assure.

– Tu crois qu'un mec qui veut devenir pilote on lui dit *ah pas question, monsieur ! Vous êtes trop petit, trop gros, trop moche* ?

– Personne dit que t'es moche. Moi j'aime pas les filles maigres, je bafouille pour rattraper, elles sont pleines de zigzags, c'est pas accueillant…

– Putain, Kevin…

Ça avait signé la fin de sa confidence.

Le fait est que je ne sais pas toujours m'y prendre avec ma sincérité. Au début, je pensais naïvement qu'il suffisait quand on est amoureux d'en informer l'élue, mais non. Pour parler aux filles, il y a un minimum requis. Au collège, on nous a donné des cours d'éducation sexuelle mais on ne nous a pas expliqué le chemin à suivre pour se retrouver en situation.

J'ai potassé *La Drague pour les nuls* pour compléter. En fait, je ne l'ai pas, ce bouquin, je n'ai pas atteint ce degré de lose quand même. Je n'ai pas le livre, je veux dire. J'ai juste tapé sur le moteur de recherche : *Comment draguer une fille,* et j'ai trouvé des sites où ils donnent des techniques. Ça ne m'a pas semblé tellement édifiant.

Ils disent de faire *un triangle avec les yeux*. Tu regardes l'œil gauche de la fille, puis l'œil droit, puis la bouche et tu recommences trois fois, ou quatre. C'est ésotérique.

Ils disent de pas trop parler vu que si tu lui plais, la fille s'en tape de ce que tu racontes, et si tu lui plais pas, de toute façon c'est mort, alors autant s'économiser. Il suffit de lâcher un ou deux trucs intelligents d'une voix calme et posée. Calme. Et posée.

J'ai vérifié *posé* dans le dico pour être sûr, c'est vaguement le synonyme de *prétentieux*, je me disais bien. Déjà que Fanny me chambre quand j'assaisonne mes phrases de mots peu usités.

Un jour que j'avais frappé à sa porte pour lui proposer une promenade vespérale, elle s'était esclaffée :

– *Vespéral ?* Tu t'entraînes pour *Des chiffres et des lettres* ou quoi ? Tu te prends pour qui sans déc ?

Je me prends pour qui, elle est marrante. Moi qui croyais qu'elle serait bluffée par ma culture… Vexé, j'étais.

– Je me prends pour un mec à qui il manque le tiers de lui-même et qui compense.

– Faut toujours que t'exagères. Il te manque pas plus d'un cinquième.

Elle est bonne en maths aussi, mais je ne suis pas sûr qu'elle ait dit ça pour me réconforter. D'ailleurs, elle avait refusé la promenade vespérale.

Autant dire que *posé*, j'y crois moyen.

Sur le site, ils disent aussi de faire un compliment. Pas le genre *t'es belle* qui rase les pâquerettes, non, c'est mieux de viser une fringue ou un bijou. Ce n'est pas évident avec une fille toujours en jean et tee-shirt, ou sweat quand il fait froid. Ça peut venir à l'idée de personne de prétendre qu'elle a du swag même si ça n'empêche pas sa beauté. Je pourrais lui parler de son pendentif en forme de hibou mais si je lui dis *il est joli ton hibou*, elle va mal le prendre, non ? Et ça risque d'être pire avec une voix *posée*.

Ils disent d'ajouter la touche fun, en sortant une vanne. Les filles aiment qu'on les fasse rire – les mecs aussi, je signale en passant. J'ai cherché la blague cool, pas macho, pas genrée, pas raciste, pas spéciste… je n'ai pas trouvé mais je ne désespère pas.

Le dernier conseil c'est de faire sentir à la fille qu'elle a en face d'elle un homme, un vrai, qui sait quoi demander à la vie. Pas un mou sans inspiration future.

Je ne suis pas sûr que ce soit un bon conseil, vu qu'on a vite fait de déborder. Il m'a suffi de repenser à la dernière phrase proférée par mon père, *ben oui, c'est un homme maintenant, hein mon grand ?*, et de constater où elle nous a menés.

À l'époque de Gilgamesh, les relations conjugales étaient carrément plus rustiques. Par exemple, Enkidu vivait heureux parmi les bêtes sauvages quand les dieux lui avaient envoyé une prostituée pour le civiliser. N'y voyant pas malice, Enkidu avait profité de l'offrande en faisant l'amour pendant sept jours et sept nuits.

Je n'irais pas jusqu'à dire que je regrette l'époque de Gilgamesh, je n'ai pas envie de me faire honnir mais il paraît qu'il n'y a rien de mieux qu'une pro pour les travaux pratiques.

Quand c'est les dieux qui l'envoient en plus…

Je fais le tour du pâté de maisons et je repasse devant Fanny, toujours perchée à sa fenêtre comme Juliette attendant Roméo en faisant semblant de broder… en l'occurrence, de textoter. Et la voilà qui m'appelle ! Joie !

– L'épicerie est toujours fermée ?

Patatras ! Je retombe illico dans les bas-fonds du romantisme.

– Ouaip, lui réponds-je néanmoins.

– Ma reum va être vénère, on n'a plus de pâtes ni d'œufs, il exagère !

Il = Sami.

– Et comment vous faisiez avant lui ?

– C'est loin. Je me rappelle pas… comme tout le monde, je suppose.

– Si tout ce qui te préoccupe quand Sami disparaît c'est les pâtes, tu devrais pouvoir survivre en allant au supermarché. C'est à peine un chouïa plus loin.

Elle hausse les épaules.

Il y en a qui disent que l'amour est une maladie. C'est le genre de circonstance où je suis tenté de le croire. Je me demande ce qui m'a pris de tomber amoureux de cette fille. Ce serait cool d'inventer une substance pour se désaccoutumer.

Dégoûté de ma romance, je suis rentré me légumiser devant la télé.

Je zappe, je m'endors, je me réveille, je me fais un sandwich au beurre de cacahuète et comme je n'en peux plus de me morfondre, je retourne grenouiller dans l'impasse de l'Usine. Où même Pétunia n'est plus. C'est alors qu'une angoisse aux petits oignons se jette sur moi comme quoi Sami ne va plus jamais revenir.

Elle est récurrente chez moi, cette angoisse. Chaque fois qu'il ferme deux jours pour rendre visite à ses fournisseurs, même s'il me prévient, le premier jour ça va, mais au milieu du deuxième, bim ! Je commence à psychoter et l'oufissime terreur m'étreint.

Cette fois, il ne m'a même pas prévenu, alors inutile de dire que je ne suis pas loin de disjoncter.

L'envie me prend soudain d'aller chercher mon frère chez son « assmat » pour me réconforter.

Personne n'arrive à me faire rire ni à m'énerver comme mon Juju dont la vie toute fraîche n'a pas encore été bousillée par les désillusions. Je m'inquiète pour lui souvent. Il a encore des jambes, mais il va en faire quoi ? Je me raisonne que ça ne se fait pas de se servir d'un mouflet comme médicament pour les nerfs... Et puis c'est loin, à l'autre bout d'Ailly.

Je recommence à crapahuter dans nos cinq rues classées patrimoine historique de mes deux.

Faut voir comment les gens y vivent historiquement.

Je suis trop jeune pour connaître l'histoire mais Pétunia me l'a racontée. Elle est bien placée vu que son père y faisait l'instituteur et c'est pour ça qu'elle est revenue y vivre une fois retraitée.

Ça aurait pu s'appeler Manchester ou Liverpool, pas à cause du foot, mais parce que ça ressemble au Nord industriel de l'Angleterre. Ce sont des Écossais pourtant, les frères Carmichaël, qui ont fait construire des petites maisons à la fin de l'avant-dernier siècle, pour loger leurs ouvriers près de leur usine de jute. En brique rouge, toutes pareilles, prolongées d'un petit jardin, dans cinq ruelles numérotées de un à cinq qui coulent en pente abrupte vers la Somme.

Ça partait d'un bon sentiment philanthropique à la mode à la fin de l'avant-dernier siècle de bâtir des mini-villes où on trouvait tout le nécessaire dont on pouvait avoir besoin : la crèche, l'école, la maternité, le médecin, et le lieu de travail. Pour les patrons de l'usine c'était idéal : les ouvriers n'avaient que cent pas à faire pour passer de leur lit aux ateliers, cent autres pour mettre leurs gosses à la crèche ou à l'école, donc plus de raison valable pour arriver en retard.

Le coton est venu chambouler la belle organisation, beaucoup moins cher à fabriquer, même en comptant le transport. Tout a fini par tomber en ruine, même les gens, dont beaucoup sont restés parce qu'ils ne savaient pas où aller.

La nature a repris son aise à l'intérieur des bâtiments de l'usine qui n'ont désormais plus que des murs pour ressembler à ce qu'ils étaient. C'est dangereux d'y aller, mais les gosses y vont quand même parce qu'on ne sait pas toujours quoi faire ici, à part adopter un rat.

Je me souviens quand j'étais petit, on faisait semblant d'être sur un circuit dans les carcasses de voitures rouillées. La rupine surtout, que tout le monde préférait et qui avait dû appartenir à un patron. On avait mis des bâches pour pouvoir continuer à s'asseoir sur les banquettes défoncées. Elle servait aussi de rendez-vous d'amour le soir venu, mais comme tout le monde était au courant, la discrétion n'était pas garantie. Elles sont encore là aujourd'hui, de plus en plus décaties.

On rampait sous les pilotis du bâtiment adossé à la Somme pour fumer en cachette au bord de l'eau. Moi, je ne fumais pas. Je me contentais de respirer la fumée des autres en écoutant leurs vantardises sexuelles qui n'étaient le plus souvent que pipeau.

Il y a longtemps que la vie ici n'est plus que mouise et pipeau.

Je suis saisi de terreur soudain à la pensée que la mienne, de vie, pourrait finir par ressembler à ça : tournicoter dans une cité pourrie jusqu'à ce qu'alcoolisme et misère s'ensuivent à cause de mes antécédents paternels.

Et je m'enfonce un peu plus dans mon désarroi.

Moi je dis que ça devrait pas exister des endroits pareils.

Moi je dis que dès qu'une occasion se présente, je me casse.

« La véritable "vie vivante", c'est tout juste si nous ne la ressentons pas comme un travail, comme une carrière, presque, et nous sommes tous d'accord, au fond de nous, que c'est mieux dans les livres. »

C'est Dostoïevski qui le dit dans *Le Sous-sol*, et c'est si vrai que ça me déprime.

Sami m'a dit que j'étudierai sans doute Dostoïevski en terminale et que c'était *nourrissant*. Il m'a prêté *Le Sous-sol* en me conseillant de le lire à petites gorgées et de prendre le temps de méditer sur ce que je lisais.

– C'est bien d'avoir une longueur d'avance, ça donne de l'assurance, et ce sera un premier pas de fait. Si ça ne te plaît pas, ce n'est pas grave, réessaye dans six mois. C'est le genre de lecture qui s'apprivoise.

J'ai suivi son conseil des petites gorgées. J'ai adoré et détesté à la fois, persuadé que si je parvenais à l'âge adulte, j'allais devenir ce genre de type tourmenté, tant je me sentais concerné, mais en pire, vu que je n'ai pas de jambes et que je n'écris pas.

Tant qu'à broyer du noir, je suis allé me poser en face du terrain de volley sous la nationale. J'évite en temps ordinaire mais au point où j'en étais, ça pouvait difficilement être pire.

Il y a presque toujours quelqu'un en train de jouer, d'anciens potes ou des non-potes, mais je les connais tous de près ou de loin parce que tout le monde connaît tout le monde dans un village, alors dans un morceau de village, en plus.

Il y a ce couillon de Steevy avec ses petites jambes maigres qui prolongent son short. J'aime encore mieux pas en avoir plutôt que des comme ça. Non, en fait.

Il y a Momo, le plus sympa de la bande. Il y a Jordan. Alvin n'est pas là. N'est pas souvent là depuis qu'il est dans le commerce parallèle. Il redoute que ça discrédite le sérieux de son entreprise stupéfiante.

Je les regarde jouer un moment et ça me fait rudement plaisir de constater que ça me désespère moins qu'il y a cinq ans de ne plus pouvoir bondir en détente, prévenir les déplacements, et sauter au filet. Ça remet un peu de baume au cœur de ma journée comme quoi l'espoir est permis.

En venant récupérer le ballon dans le caniveau où il a roulé, Momo me glisse :

– Il est peut-être reparti en Irak ?

Il se doute que si je suis là, désœuvré, c'est à cause de l'évaporation de Sami, il titille la blessure.

– Dis pas de conneries, dit un autre joueur dont je ne me rappelle plus le nom mais dont je sais qu'il voterait Rassemblement national s'il jugeait utile de voter. Pourquoi ils retourneraient chez eux quand on leur offre tout le confort ici ?

– Il s'est peut-être fait enlever ? dit Jordan. Maintenant qu'il est riche, ça vaut le coup de le torturer pour lui extorquer le code bancaire.

– Ouais, renchérit le facho. Si ça se trouve, ils vont même le tuer après pour l'empêcher de parler.

Aucun d'eux n'ignore l'affection que j'ai pour Sami et ils s'en donnent à cœur joie pour me saper le moral. Pas par méchanceté, juste pour pimenter leur quotidien.

Et la matinée passe.

Et l'après-midi s'étiole.

Et Pétunia revient rôder devant la boutique avec des douceurs vespérales comme si ça pouvait magiquement faire revenir Sami. Des crêpous, sorte de mini-crêpes, taille blinis, qui ont le goût de crêpe en plus sucré à cause de la farine de châtaigne qu'elle ajoute.

– Je les ai particulièrement bien réussis aujourd'hui, elle se complimente, la bouche pleine, en me mettant le plat sous le nez pour que j'y goûte. Dommage que Sami ne soit pas là.

Le vieux au déambulateur qui est en train de se rouler une cigarette refuse d'un secouement de tête la friandise que Pétunia lui tend. Les seules offrandes qu'il accepte sont liquides et alcoolisées.

Je mange dix crêpous d'affilée en méditant sur les bourrelets de solitude des gens qui n'ont pas le minimum d'amour autour d'eux. Ça réconforte, le sucré, quand l'horizon est vide.

Pétunia s'installe sur son fauteuil de camping pliant pour tricoter. Pourvu qu'on n'attende pas Sami aussi longtemps que Pénélope.

La voilà qui reprend l'histoire de sa vie depuis le début en y ajoutant des fioritures.

En somme, tout a l'air normal si on fait abstraction du volet désespérément clos de l'épicerie.

J'écoute vaguement les anecdotes abracadabrantesques d'institutrice d'une époque où les profs ne redoutaient pas de représailles sanglantes de leurs parents d'élèves.

– Le respect sapiential avait le dernier mot en ce temps-là !

– C'est des histoires à dormir ! éructe soudain le vieux Gégé.

C'est le genre de phrase qu'il est capable de sortir au moment où on s'y attend le moins.

– Quoi ?! On t'a demandé ton avis peut-être ? s'indigne Pétunia. Qu'est-ce que tu en sais de ma vie d'abord ?

Faut pas sous-estimer les vieux. Ils ont des ressources insoupçonnées en matière de révélations, contrairement à ce que leur apparence inoffensive laisse présumer.

Si ça se trouve, Pétunia et Gégé ont une love story d'autrefois en commun. Si ça se trouve, c'est lui le grand amour malheureux sur lequel elle ne s'étend pas. À moins qu'il lui ait mis un râteau du temps qu'il était jeune et beau, quoique j'ai du mal à l'imaginer jeune et beau. Ou le contraire. Ou alors...

Ça me désennuie d'un coup, mais ce n'était qu'une fausse alerte. La conversation retombe comme un soufflé qu'on a tardé à sortir du four. Maintenant qu'il a aligné six mots, le vieux recommence à s'économiser et Pétunia s'en tient là. Elle en saute une maille de contrariété. Ne s'en rend compte qu'au milieu du rang suivant. Aussi est-ce contre le tricot qu'elle peste, et détricote, et détricotant, s'aperçoit qu'elle en a loupé une aussi cinq rangs plus bas. Sami n'est pas près d'avoir son pull.

– Dire que c'est censé calmer les nerfs ! elle chouine.

– Tu devrais faire une écharpe, c'est plus facile, non ? je lui suggère.

– Rien du tout. J'arrête ! elle déclare en fourrant laine et aiguilles dans son sac. De toute façon, c'est un passe-temps de vieux, le tricot !

Elle ne manque pas d'air.

Je suis rentré chez moi et j'ai regardé sur Internet à *crêpous* : ça n'existe pas.

Mais c'est rudement bon.

Le surlendemain, le *fermé pour cause de réflexion* consterne. Le monde se sent laissé pour compte, il a peur que Sami ne s'avise qu'un millionnaire a mieux à faire que se la jouer épicier. Son passé d'étudiant en lettres pourrait lui donner l'idée de remettre le couvert pour devenir prof, loin d'ici.

– Et nous alors ? On les fait comment, nos courses ?

– Z'allez voir qu'il va pas revenir maintenant qu'il est riche !

– On le reverra jamais, c'est sûr…

– Il a eu vite fait de nous reléguer aux oubliettes.

– Le pire, c'est qu'il faut retourner au supermarché.

Le monde n'est pas sentimental, il a l'esprit pratique.

Certains profitent de l'occasion pour fredonner des litanies *érénistes*.

– Je vous l'avais bien dit qu'y a rien de bon à attendre des Arabes ! Ces gens-là sont pas fiables.

Parce qu'il y en a des électeurs Bleu Marine qui viennent s'approvisionner chez Sami mine de rien.

– Toi, c'est pas pareil… ils disent à Sami comme pour le dédouaner de ses origines.

Depuis qu'il a gagné au loto en revanche, c'est une autre ritournelle. Millionnaire, faut pas déconner. Pour un footballeur, ça va, mais pour un épicier !

Je rumine H 24 le *il est peut-être reparti en Irak* de Momo et ça ne me fait pas du bien. Surtout que Momo doit savoir de quoi il parle sur la question de repartir quelque part vu qu'il est un petit chouïa arabe lui aussi. Ça l'a déjà sans doute titillé, même si son pays d'origine c'est la France, il se projette.

C'est la fin du monde un peu. Et la fin du monde, vaut mieux pas y penser trop longtemps.

Pour continuer à vivre, on est obligés d'inventer qu'on va planter des arbres, des idées, qu'on va élever des ours blancs et emballer les déchets nucléaires dans des matières révolutionnaires.

On est obligés de rêver à des lendemains radieux.

Obligés, on est.

Je me baguenaude au bord de la rivière, je regarde les poissons : quelques petits carpeaux frétillent sans se douter qu'ils feraient mieux de s'abstenir de grandir. La plupart des pêcheurs les relâchent mais ça ne doit pas être rigolo tous les jours de vivre avec un hameçon dans le palais.

La Somme fait sa fofolle, se divise, se rassemble, se redivise, abandonne des étangs sur son passage. On a de la marge avant de manquer d'eau en Picardie et il y a davantage que du menu fretin côté poissons : brochets, anguilles, sandres… Deux gars d'ici tuent le temps et se partagent une canette en attendant que ça morde.

Une vieille promène son fox-terrier sur le chemin de halage de l'autre rive quand le voilà soudain qui fonce sur trois colverts aventurés sur la berge. Les canards lui échappent d'un coup d'ailes, vont se poser quelques mètres plus loin sur l'eau profonde, se marrent. À deux doigts de se jeter à la baille, le chien continue d'aboyer, frénétique, et la vieille à s'époumoner, *ici Sweetie, ici !* pour qu'il entende raison. La bestiole se résigne, et le calme revient.

Il ne se passe vraiment rien d'intéressant.

Je rentre chez moi. Je tournicote.

Je dis à Flora que si elle voulait, je pourrais repeindre la cuisine avant la rentrée vu que je ne sais pas quoi faire en attendant. Elle me dit *oui, bien sûr, si tu veux*. Elle dit ça pour me faire plaisir, alors qu'en réalité, ça lui est égal. Elle dit qu'on va partir d'ici dès que possible. Mais ça fait des années qu'elle dit ça.

– Je t'aiderai si tu veux, elle dit.

– Non, je peux me débrouiller. Faut juste me dire quelle couleur.

– On n'a qu'à choisir ensemble.

– Bleu ! dit Juju.

– Jaune ! je proteste.

– Blanc, dit Flora.

La cuisine était blanche, il y a longtemps.

– C'est pas une couleur, blanc, on voit où ça mène. Ça devient crème pisseux à force de gras.

– Bleu, redit Juju.

Ça nous occupe la soirée, on se passionne pour de la broutille, on s'épuise, on remet la décision à plus tard.

On finit par venir à bout de cette journée.

Deux nycthémères plus tard – j'utilise le mot à part moi vu que l'unique fois où je l'ai tenté à voix haute, ça s'est mal passé –, je me réveille après un sommeil de souche avec une confiance toute fraîche que Sami n'est pas le genre d'homme à laisser tomber quelqu'un. Il est sans doute tout simplement occupé à toucher ses gains et à réfléchir dans un coin tranquille à quoi faire avec, vu qu'on réfléchit mieux quand on n'est pas distrait par un tas de gens qui ont tous comme par hasard une petite idée sur comment dépenser le fric d'un autre.

C'est à ça que je pense quand un gosse se met à courir dans la rue en criant.

– Il est revenu ! Il est revenu !

C'est de Sami qu'il parle.

Et c'est vrai.

Il vient juste d'arriver au volant d'une camionnette bleu azur flambant neuve et il est en train de décharger les cartons entassés à l'arrière de la camionnette.

Je le contemple bras ballants comme un imbécile heureux. Je culmine magnitude dix sur l'échelle du bonheur.

– Rends-toi utile au lieu de t'ébahir, il me dit, souriant, en me collant une cagette de pommes dans les mains.

J'ai rangé les pommes.

J'ai savouré le bonheur fragile qui tenait à un cheveu.

Je ne lui ai pas demandé où il était passé ni ce qu'il avait fait, la curiosité ne me dévorait pas.

Je l'ai aidé à réapprovisionner les rayons, à connecter la nouvelle caisse électronique au nouvel ordi sans cesser d'arborer une figure d'état de grâce.

Et la journée a continué de sourire jusqu'au bout d'elle-même.

La semaine suivante aussi.

Un afflux inhabituel de livraisons et d'entretiens privés avec certains Carmichaëliens se tiennent dans l'arrière-boutique pour des transactions à sens unique et sans condition. Pas tous les Carmichaëliens. Seulement ceux que Sami aime et auxquels la vie a des comptes à rendre. Les autres arborent des tronches d'éconduits.

Moi, je fais l'entremetteur, le secrétaire particulier, l'homme de confiance, j'introduis les gens et je tiens la boutique bouche cousue. Les heureux élus ressortent de ces entretiens dans un tel état d'apesanteur que le secret trop lourd leur dégouline de partout.

Bernie se voit offrir les clés d'un utilitaire pour lui permettre de se remettre à son compte en touchant une clientèle géographiquement plus étendue.

Béatriz, à qui on a arraché les dents cariées l'une après l'autre parce que la Sécu, qui considère le sourire comme de l'apparat et manger autre chose que de la purée comme un luxe, ne rembourse presque pas les couronnes, reçoit carte blanche pour une dentition de star. Et si c'est un sourire plein de chicots qu'elle arbore à l'annonce de cette promesse, les larmes qui l'accompagnent sont de joie pure.

Céline Poterre repart avec une enveloppe de cinq mille euros en coupures de cinquante. Grâce à son Joël de mari, elle a déjà cinq mouflets à son actif à vingt-six ans révolus depuis peu. Joël, chômeur longue durée, est contre l'avortement. Ils vivent sur les allocs. Céline regrette de ne pas avoir eu le cran de se faire ligaturer les trompes en loucedé parce que Joël ne veut pas non plus en entendre parler. Il veut repeupler la France, fabriquer des petits Français non-stop, par militantisme. Céline n'en peut plus des grossesses et de la marmaille, elle aimerait bien l'y voir son Joël, porter, accoucher, allaiter, faire le ménage, laver, repasser. C'est de sa jeunesse qu'elle a avorté sans qu'il y trouve à redire. C'est à danser, se marrer entre filles, se faire draguer un peu qu'elle a dû renoncer. Et si Joël ne s'est pas gêné pour venir boire gratos à la soirée millionnaire de Sami, elle a dû rester à la maison garder les gosses.

– Le mieux, c'est peut-être de ne pas lui en parler, recommande Sami sans nourrir beaucoup d'espoir qu'elle pourra garder longtemps le secret. J'en ai encore autant pour toi dans mon coffre. Tu viens les chercher quand tu veux.

Céline se met à pleurer en pensant à ce qu'elle va pouvoir acheter à ses gosses et à elle-même peut-être. Une robe ? Une veste pour l'hiver ? Des bottes en cuir ? Il y a si longtemps qu'elle s'habille d'occase chez Ding Fring.

– Je pourrai jamais te rendre la pareille…

– Ne t'en fais pas pour ça. Je suis sûr que s'il m'arrivait un jour d'être dans le besoin, tu me ferais une petite gamelle de soupe par-ci par-là en attendant que je sorte la tête de l'eau.

Céline renifle ses larmes, elle a envie d'y croire.

– Mais je t'en ferai moi des soupes ! râle Pétunia qui n'a entendu que la fin de leur conversation et ne supporte pas l'idée qu'une autre se mêle de choyer Sami.

Elle éprouve moins de compassion que lui à l'égard de Céline. Bien sûr elle la plaint de devoir vivre avec pareil olibrius, tout le monde la plaint. Pétunia le connaît bien, Joël, vu qu'elle l'avait en classe. C'était un beau gamin à l'époque. Enjôleur déjà. Et déjà convaincu que l'école, ce n'était pas son truc. Il s'en foutait de la grammaire et de l'histoire, il travaillerait avec ses mains et avec ses muscles. À quatorze ans, il roulait des mécaniques, ça lui réussissait. Ça lui a réussi jusqu'à l'âge où les sans diplômes sont brutalement sommés de devenir adultes et de subvenir à leurs besoins en dépit de leur absence de formation. Aujourd'hui, à trente ans, il en fait quarante bien tassés et l'amertume ravine son visage.

– L'école ne lui a pas appris grand-chose, se consterne Pétunia, j'ai pourtant fait ce que j'ai pu.

Sami lui redonne le sourire en lui offrant un gilet rouge imprimé de grosses fleurs qui ressemblent vaguement à des pétunias. Monique-Pétunia rougit comme s'il venait de lui offrir une bague de fiançailles. Elle répète sans arrêt qu'elle a de la chance, qu'elle n'a besoin de rien.

– Quand on est vieux comme moi, à quoi bon ?

C'est une des rares occasions où elle admet qu'elle est vieille. Et ne s'attendait donc pas à recevoir un cadeau.

Pendant qu'elle s'esbaudit, ça continue de défiler.

C'est Noël en juillet.

Certains, qui n'ont pas eu droit à un cadeau personnalisé, reçoivent une petite enveloppe. Qui ne les empêchera pas de commenter quelques jours plus tard que *s'il donne, c'est qu'il peut se le permettre*. Imparable. Aucun heureux événement ne peut les faire dévier de la ligne lugubre qu'ils se sont tracée.

– Il faut les plaindre, ceux qui ne savent se réjouir de rien, dit Pétunia du haut de son petit nuage.

Ça défile encore.

Puis ça se tarit.

Flora fait un détour par l'épicerie avant de rentrer chez nous, avec Juju qu'elle vient de récupérer chez l'assmat.

Il est déjà six heures et demie. Elle m'a envoyé plusieurs messages pour que j'achète de la farine parce qu'on n'en a plus, mais mon portable est déchargé. J'oublie souvent de le recharger, ou bien je l'oublie carrément dans ma chambre, sur l'étagère du haut pour que Juju ne puisse pas l'attraper. Il est moche, vieux, infichu de charger le moindre fichier, à peine de se connecter à Internet. Il téléphone très bien et reçoit les SMS mais je préfère ne pas l'exhiber devant le monde.

Flora ne s'attend pas à ce que Sami, non seulement lui dise qu'elle peut prendre ce qu'elle veut, c'est gratuit pour elle aujourd'hui, mais à ce qu'en plus il lui offre un vrai cadeau : une vapoteuse avec des recharges. C'est moi qui ai dit à Sami qu'elle essayait d'arrêter de fumer.

– J'ai pris le parfum sans parfum, il s'excuse, mais tu peux le changer.

– Fallait pas ! elle proteste.

Ce qu'on dit dans ces cas-là.

Elle esquisse une poignée de main, puis une bise, puis finalement rien du tout, tant elle est confuse.

Et me voilà qui recommence illico à faire des vœux de paternité en imaginant la tête de Vince comme quoi il aurait pu lui offrir, cette foutue vapoteuse, et de jubiler que Flora ait droit à un cadeau ciblé. Même si un bouquet de roses rouges m'aurait donné plus grand motif de jubilation.

– Quant à toi mon garçon… commence Sami.

– J'ai besoin de rien !

– C'est pour ça que je ne t'ai rien acheté, il sourit. En revanche j'ai un petit pécule de côté pour quand tu sauras quoi faire de ton avenir.

– C'est pas la peine, patron… Sami, je veux dire !

Ça me remplit tellement le cœur que je n'arrive pas à empêcher mes yeux de déborder un peu.

– Ça veut dire que tu restes avec nous ? je lui demande pour avoir le cœur net.

– Et pourquoi je ne resterais pas avec vous ? Ne me dis pas que tu as cru que j'étais parti pour de bon ?

– Ben non, 'videmment.

Ben oui, c'est évident.

C'est peut-être à ce moment-là que j'ai acquis la certitude que Sami faisait partie de ma vie désormais. Jusqu'à ce que mort s'ensuive. Comme Juju, Flora, et les étoiles.

Et ça m'a fait peur.

Les médias ayant eu vent de la bonne fortune généreuse de Sami n'ont pas mis longtemps à trouver le chemin des cités Carmichaël. Et les Carmichaëliens n'ont pas mis longtemps à repérer la camionnette de la régie de France 3 Picardie garée dans l'impasse de l'Usine. Perche, caméra et micro en font frétiller plus d'un. Être vu à la télé est plus efficace que s'épuiser en selfies et vidéos sur les réseaux sociaux. D'autant que l'un permet de démultiplier l'autre.

Qu'est-ce qui vous a motivé à distribuer vos gains ?

Qu'est-ce que vous allez faire du reste ?

Il vous en reste ?

Quel effet ça fait d'être riche ?

– Merci d'être venus mais j'ai rien à vous dire, élude Sami à l'envoyé de France 3 qui braque le micro vers lui.

– Vous auriez pu tout garder, vous offrir un séjour aux Bahamas, une décapotable, une Rolex. Vous auriez pu assurer vos vieux jours, creuser un abri anti-nucléaire, insiste le journaliste qui a des obligations de résultat.

– Tiens, c'est vrai, je n'y ai pas pensé, plaisante Sami avant de disparaître dans sa boutique où il recommence à s'affairer, presque comme si de rien n'était.

J'ai peur que ça dégénère. Je n'aime pas le tintouin. *Pour vivre heureux vivons cachés*, a dit un poète d'autrefois[2].

Faute d'avoir pu recueillir le témoignage de Sami, le journaliste brode face caméra comme quoi, non content d'être un bienfaiteur, le héros est discret. Un modeste épicier arabe qui a fui l'Irak de Saddam Hussein il y a longtemps, et bla bla bli, et bla bla bla.

Contre-champ.

Le cameraman continue de traquer Sami qui plie les cartons vides pour les mettre dans la poubelle de tri pendant que le journaliste commente qu'il aime les gens, les jeunes, les vieux, les abandonnés, tous ceux que la vie a cabossés ou laissés se dépatouiller pour compte, et comme quoi il a bien choisi son quartier, parce que c'est pas ça qui manque à Carmichaël, notre Liverpool picard. Et peaufine la légende en interviewant les heureux bénéficiaires.

Ceux-là se font moins prier. Il y en a même qui ne sont venus que pour ça, font les pitres devant la caméra, se filment à côté du cameraman en train de filmer.

---

2. Jean-Pierre Claris de Florian, « Le Grillon », milieu du XVIIIe siècle.

Béatriz offre à l'objectif son sourire édenté, pénétrée de l'espoir qu'on reviendra la filmer quand ses nouvelles dents seront sorties de l'atelier. Laisse fuiter qu'elle envisage de postuler au titre de Miss Endive – oui, ça existe –, et en cas de succès, l'année d'après pour celui de Miss Amiens, et ainsi de suite, et que ce sera sa revanche sur un début de vie difficile.

Bernie témoigne que grâce à Sami il va repartir du bon pied. En profite pour brandir un panneau avec les coordonnées de sa nouvelle boîte de micro-entrepreneur : Bernard Loriot, peinture, papiers peints, revêtements de sol, travail soigné, 03 22 89 33…

– Ce sera pas coupé au montage, hein ?

Le journaliste, honnête, avoue qu'il ne peut rien lui promettre.

Céline Poterre, forcée de contenir son envie de faire savoir au monde que Sami est un saint, arbore au premier rang de l'attroupement, un mouflet dans chaque bras, les deux autres à ses pieds, et un visage détendu qu'on ne lui a pas vu depuis longtemps.

Et Fanny, ma Fanny, qui est venue acheter des œufs et des pâtes – à croire qu'elle et sa mère ne bouffent que ça –, écope d'un gros plan. Le journaliste a dû repérer sa photogénie : ses cheveux roux ondulés, son nez en trompette, sa bouche molle et parfumée qu'elle ne maquille pas davantage que le reste – j'imagine, je n'ai pas de preuve. Fanny est si belle qu'elle n'a pas besoin d'être soulignée.

On lui demande si elle a bénéficié de la manne, et si oui, quel effet ça lui fait.

– Ben, c'est cool, elle commente lapidairement.

Pas éloquent éloquent, mais un visage radieux qui vaut tous les discours. France 3 est du même avis que moi puisqu'il clôt le reportage.

Avant même d'être diffusées à la télé, les images sont déjà sur Facebook, Twitter, Snapchat, WhatsApp, TikTok, assaisonnées de commentaires et deviennent virales. Les quatre millions quatre mutent en quarante-quatre millions. Même ceux qui ont célébré la nouvelle à coups de champagne gratuit et déploré que le gain ne soit pas plus élevé finissent par douter… et se convertir.

– Quarante-quatre millions, respect ! Deux ans de salaire de Ronaldo, c'est pas de la gnognotte !

Les jours suivants, les projecteurs demeurent braqués sur la cité Carmichaël et sur Sami dont la clientèle enfle à vue d'œil. Au point qu'il peine à fournir la demande et se trouve contrit de devoir répondre plusieurs fois par jour :

– Je n'en ai plus, j'attends une livraison pour après-demain, je suis en rupture de stock…

Sur Fanny aussi, ils sont braqués. Ça l'amuse un peu. Ça me rend jaloux un peu.

Mais très vite, ça se tasse et le feu d'artifice médiatique s'en va illuminer une autre cible.

On barbotait dans la félicité quand j'ai passé mon brevet les doigts dans le nez – sauf en géographie qui n'est pas mon fort. On n'avait pas encore les résultats quand Flora m'a emmené à mon rendez-vous de révision annuelle de prothèses remboursées par la Sécu. Il m'a semblé que c'était le bon moment pour discuter avec Paul, mon orthoprothésiste, d'un grappillage de centimètres vu qu'en septembre, je rentre au lycée d'Étouvie à Amiens où personne ne me connaît, sauf quelques-uns qui étaient scolarisés comme moi à Ailly et se sont inscrits dans le même lycée. Normalement, on en ajoute quatre ou cinq par an, mais cette année, j'ai quatorze ans et sept mois qui est un âge de métamorphose potentiellement spectaculaire.

Il arrive qu'un été suffise à transformer quelqu'un. L'année dernière dans ma classe, un gringalet d'un mètre cinquante a pris vingt centimètres en trois mois, plus la chair autour qui allait avec. Comme on l'appelait le petit

Corentin avant l'été, je ne l'ai pas tout de suite reconnu, ça lui donnait de la prestance. Il paraît que ce n'est pas bon de grandir trop vite, mais en ce qui me concerne c'est pour de faux et ce n'est pas si souvent que je peux tirer parti de ma situation. J'ai plaidé pour le spectaculaire.

Avec Paul, on est tombés d'accord pour dix centimètres d'un coup. Flora n'a pas sourcillé. Mais quand on est retournés les essayer trois semaines plus tard, elle a réalisé que dix centimètres, c'est beaucoup.

Mon jean fait un feu de plancher et me voilà plus grand qu'elle.

– C'est pas un peu exagéré ? elle dit à Paul.

Qui se contente d'écarter les bras, un peu ballot, sans savoir quoi lui répondre. L'air de dire qu'elle serait peut-être contente qu'on lui cède un caprice s'il ne lui restait plus que les quatre cinquièmes d'elle-même. C'est ce que je dirais si j'étais lui et que je devais convaincre ma mère.

Pour venir à bout de sa réticence, je fais quelques enjambées joyeuses.

Je me sens immense. Je pense à ce que Sami m'a dit sur le fait de connaître Dostoïevski avant qu'on l'étudie, et je constate que mes dix nouveaux centimètres me font le même effet d'assurance et de confiance en moi.

Je prends ma mère dans mes bras et je l'embrasse comme un gamin heureux. Elle ne peut pas me refuser ça. D'autant que les résultats du brevet sont tombés entre-temps et je l'ai eu, comme je m'y attendais, et même mieux que je m'y attendais puisqu'avec la mention bien. De quoi rendre fier un parent… et Sami.

Zou ! On file en centre-ville acheter trois jeans à dix euros les trois chez Ding Fring.

C'est dingue comme dix centimètres changent la vie d'un homme ! Je suis fier comme Artaban – un personnage de roman qui n'a pas eu de chance dans la vie mais qui est resté célèbre.

Je me sens encore plus romanesque le lendemain matin en me cognant dans Fanny qui passait par là juste au moment où je sortais installer les cagettes sur les rayons. Elle lève des yeux étonnés vers moi, et me dit :

– Mince ! Je t'avais pas reconnu… je veux dire, ça te…

– Ça me grandit ?

– C'est ça.

Elle fait mine d'examiner les pommes, en soupèse une, et brusquement me dit :

– Tu viendrais pas te balader du côté des étangs après… quand t'auras fini ?

Mon cœur se met à battre comme des cymbales charleston. Jamais elle ne m'a demandé un truc pareil dans l'antiquité de notre non-relation. C'est une minuscule victoire – même si d'après je ne sais plus quel général célèbre, y a pas de petite victoire. Mais le melon me guettant au tournant, au lieu de profiter de l'aubaine, je renvoie Fanny dans ses cordes.

– Parce que tu crois que j'ai que ça à faire, de me balader avec les filles ? je lui réponds.

Comme j'aurais pu m'y attendre, elle ne le prend pas bien.

– Alors premièrement, je suis pas *les filles* ! Et deuxièmement, si t'as mieux à faire, tant mieux pour toi !

Le majeur levé pour ponctuer, elle s'éloigne d'un pas vif.

– Nan mais je me demandais juste si c'était pour remplir ton quota handicapé, ou quoi ? je lui crie.

Pataudement, vu qu'elle est déjà loin.

– Pauv' con ! elle me hurle.

À râteau, râteau et demi, la beauté du geste a un prix. Il n'y a pas de raison que ce soit toujours les mêmes qui balancent des râteaux. Faut savoir investir dans le futur incertain.

J'ai eu beau me repentir en allant me balader du côté des étangs quand j'ai eu fini d'aider à l'épicerie, je n'y ai pas croisé plus de Fanny que de cerf blanc…

J'imagine que tout le monde a déjà eu l'occasion de constater que les emmerdes n'arrivent jamais seules. Les plaisirs non plus d'ailleurs. Mais les emmerdes, moi, je les préfère groupées, après on est tranquille un moment. Tandis que les plaisirs gagneraient à être mieux répartis pour qu'on puisse les déguster à la petite cuillère. Bon, c'est une question de point de vue.

Il n'a pas été évident tout de suite de savoir dans quelle case ranger ce qui est arrivé à Carmichaël après le buzz désignant Sami comme l'heureux bénéficiaire d'un pactole de quarante-quatre millions.

Stella Dupuis, une fausse blonde tirée à quatre épingles vendeuse au rayon parfumerie des Galeries Lafayette, est venue traîner ses escarpins et son chien de race dans l'impasse de l'Usine.

Promener son chien dans un cul-de-sac à une fréquence aussi inusitée n'est un effet du hasard pour personne.

Un Cavalier King Charles en plus, le chien. Mille euros les six kilos, taille moyenne tirant vers le petit, poils longs et blancs dessous, longs et noirs dessus, oreilles pendantes, présentant beaucoup plus de ressemblance avec un saucisson qu'avec un cavalier, sauf la couleur.

– Je l'ai déjà vue quelque part, m'a dit Sami, perplexe.

En réfléchissant bien, il s'est rappelé l'avoir aperçue quelquefois en se rendant à la mairie à l'époque où il était couvreur. Sa vocation de bon samaritain ne l'empêche pas d'apprécier la beauté qui croise son chemin.

Bien qu'elle n'ait jamais daigné mettre un pied dans la boutique avant que se répande la nouvelle de sa bonne fortune, Stella Dupuis prend désormais tout son temps pour arpenter la ruelle à l'heure où Sami rentre les cagettes de fruits et légumes qui ont passé la journée en devanture. Coïncidence ?

Le chien peaufine involontairement la stratégie en se soulageant près du terrain vague et sa maîtresse ramasse sa crotte, bien penchée en avant sur ses escarpins. Parce que Stella Dupuis porte des escarpins, toujours, pour promener son chien dans l'impasse de l'Usine.

Et ça fait clignoter Sami.

Il suffit que Stella vienne saturer l'air de son parfum pour qu'il se précipite dehors, pour jeter des trucs dans la poubelle verte, ou pour ôter les fruits trop mûrs des présentoirs. Soi-disant.

– Elle nous a jamais calculés et v'là qu'elle est tout le temps fourrée par ici, je commente pour mesurer son degré de lucidité.

Occupé à savourer le bas du dos qui s'éloigne en chaloupant, Sami ne relève pas immédiatement. Mais, le dos se diluant peu à peu à l'horizon, le voilà soudain qui s'illumine.

– Tu as raison ! Qu'est-ce qui peut bien l'attirer par ici ?

Ce qu'on appelle se tirer une balle dans le pied. Heureusement que j'en ai pas. Sami en conclut logiquement que la pimbêche en pince pour lui. Loin de réveiller son bon sens, j'ai alimenté le moulin de la promeneuse en escarpins.

– Son mari est une brute éréniste, dit-il, rêveur.

– Qui se ressemble s'assemble, je rétorque.

Pétunia, arrivée sur ces entrefaites et qui a suivi nos regards et nos commentaires, précise :

– Ils habitent ensemble mais ils ne sont pas mariés.

Encore un point pour la blonde. La voilà libre comme l'air, disponible à la convoitise, sans la culpabilité qui aurait pu aller avec.

– Il a le bras long, poursuit Pétunia à qui je fais pourtant des appels de phare désespérés. Pas toujours du bon côté de la loi, j'ai ouï dire. Bruno Dermiche, il s'appelle, mais tout le monde l'appelle Georgio, Dieu sait pourquoi...

Et d'ajouter :

– Cette femme n'aime pas les animaux.

– Non ? Pourquoi elle se balade avec ce truc à pattes alors ? j'objecte.

– C'est un ornement, décrète Pétunia. Elle l'appelle Bradley en plus, parlez d'un nom pour un chien…

– Bradley ?

– À cause de Bradley Cooper. Les femmes en sont folles, dit Pétunia, qui a l'air de s'y connaître en mecs dont les femmes sont folles.

– Qui ça ? demande Sami dont la culture cinématographique est plutôt préhistorique.

Pétunia fait signe que c'est sans importance.

Ce n'est pas la peine de se raconter d'histoire, ni elle ni moi ne faisons le poids face à la catastrophe qui se profile. Je me suis toujours demandé comment Sami tient le coup le soir dans l'appartement qu'il s'est aménagé au-dessus de la boutique sans personne pour lui dire des mots gentils, ni rien. Il a beau se lever tôt et se coucher tard, ce qui ne laisse pas beaucoup de temps pour se préoccuper d'intrigues matrimoniales, ça reste un être humain. Évidemment que je serais content qu'il trouve quelqu'un, mais je pensais plutôt à ma mère.

Après quelques jours de petit manège promenatoire, ce qui devait arriver arriva : la pimbêche entra dans la boutique et l'affaire fut presque dans le sac. C'est d'ailleurs ce qu'elle prétexta justement : l'achat d'un sac à crottes. Pas romantique-romantique comme entrée en matière, mais présentant l'avantage d'être efficace, et crédible.

Je suis là, mais elle ne me calcule pas. Comme j'aurai souvent l'occasion de le vérifier par la suite, les gens dont elle n'a pas l'utilité et qui ne représentent pas directement une menace, elle les efface. Magiquement.

Je m'apprête à lui faire remarquer que les chiens sont interdits dans les magasins d'alimentation, quand mon Sami jaillit de l'arrière-boutique... et s'excuse !

– Je suis désolé, je ne vends pas de sacs à crottes, je privilégie ce qui se mange.

– Oh, d'accord, je vois...

Elle sourit ravageusement, s'éparpille parmi les rayons.

– Oh mais vous avez du pain bio ! Ah ces carottes sont magnifiques, on dirait que vous venez de les cueillir. Vous avez un jardin ?

Sami secoue la tête, gêné, confus, ravi. Sami sourit. Sami ronronne presque.

C'est la minute marshmallow.

Stella Dupuis a les yeux qui frisent comme si Sami était le type qu'elle rêvait de rencontrer depuis l'éternité éternelle. Mais ce n'est qu'une entrée en matière, elle ne s'appesantit pas. Elle dose. Elle reviendra.

– Je reviendrai, dit-elle. Vous êtes si aimable.

Un mauvais pressentiment catastrophique se jette sur moi.

C'était dans la suite logique des événements que des tas de meufs trouveraient Sami sexy après que la Française des jeux aurait mis son grain de sel magique dans l'engrenage. Il n'y a qu'à regarder les femmes de footballeurs pour comprendre qu'il n'y a pas que les muscles qui les attirent. Surtout qu'il est bien conservé pour un mec de bientôt cinquante ans, ce n'est pas Pétunia qui va me contredire. Plutôt grand, la voix grave et tendre à la fois, les mains fines, un peu calleuses, les cheveux sombres et fournis qui grisonnent aux tempes. À part la gentillesse qu'étrangement on lui reproche, il a tout le bagage pour qu'une femme fasse des plans sur lui. Maintenant qu'il est riche en plus…

Ça m'a rappelé l'histoire qu'il m'avait racontée tout au début de notre amitié – sans doute à cause du fils qui se casse les deux jambes, *les deux d'un coup, c'est vraiment pas de chance* – alors que je me morfondais encore dans les quatre cinquièmes de moi-même.

Il y avait dans un village un vieil homme pauvre qui possédait un très beau cheval blanc. Les puissants lui avaient proposé des sommes fabuleuses pour ce cheval, mais le vieil homme refusait toujours.

– Ce cheval est mon ami. Comment pourrais-je vendre un ami ?

Mais voilà qu'un matin, le cheval s'échappe de son écurie.

– Pauvre fou, disent les gens. Tu aurais mieux fait de le vendre, ça t'aurait évité ce malheur.

– Mon cheval n'est plus là, mais qui sait ce qui va se passer maintenant ? répond le vieux.

Le cheval, en effet, était juste allé faire un tour. Quinze jours après, le voilà revenu, ramenant avec lui douze magnifiques chevaux sauvages.

– Tu avais raison, disent les gens, ce n'était pas un malheur mais une bénédiction.

– Mon cheval est de retour, voilà tout. Ce n'est qu'un morceau de l'histoire. Vous n'avez lu qu'une phrase et vous jugez du livre entier !

Le fils du vieil homme commence à dresser les chevaux sauvages. Mais il tombe de cheval et se brise les jambes.

– Tu avais encore raison, disent les gens. Voilà que ton fils a perdu l'usage de ses jambes, quel malheur !

– Vous êtes vraiment obsédés par le jugement, leur dit le vieux. Mon fils s'est brisé les jambes, c'est triste, mais qui connaît l'avenir ?

Quelques semaines plus tard, le pays entre en guerre contre le pays voisin. Tous les jeunes hommes sont réquisitionnés par l'armée, sauf bien sûr le fils du vieux qui est infirme.

– Tu avais raison une fois de plus ! Ton fils est infirme mais au moins il est vivant alors que les nôtres vont sans doute mourir sur le front.

– Vous jugez encore et toujours, vous ne savez rien ! Personne ne sait. Chaque fois que vous portez un jugement, vous cessez de grandir. La vérité, c'est que le voyage ne s'arrête jamais : un chemin se termine mais un autre commence, une porte se ferme mais une autre s'ouvre, vous atteignez un sommet et un sommet plus haut apparaît toujours. Seuls ceux qui sont capables de vivre l'instant et de croître à travers lui peuvent prétendre au bonheur.

Me remémorer cette légende toute pleine de sagesse philosophique ancestrale me remet un peu de baume au cœur. L'intrusion de Stella Dupuis dans notre vie a l'apparence d'une calamité mais qui sait ce que l'avenir nous réserve ?

J'ai quand même averti Sami que ça me ferait de la peine s'il se transformait en quelqu'un d'autre que lui-même.

– Et pourquoi veux-tu que je me transforme en quelqu'un d'autre ? me répond-il, amusé.

– Je sais pas. T'es riche maintenant, ça fout les jetons. Même un riche qu'on connaît, ça fout les jetons.

Sami m'ébouriffe affectueusement pour ne pas que je m'inquiète. Et ça m'inquiète.

Il est évident qu'il ne mesure pas le danger. Je n'arrive pas à m'expliquer comment un type aussi intelligent est prêt à s'amouracher d'une meuf comme Stella qui n'est quand même pas ce qui se fait de mieux dans le genre meuf. Peut-être qu'il s'imagine qu'elle est sa dernière chance ?

J'ai la désagréable impression que tout m'échappe. Mon quotidien est en train de redevenir presque aussi flou et incertain qu'après l'accident.

Une autre semaine passe. Stella Dupuis ménage ses apparitions en sautant un jour de-ci de-là, une tactique éprouvée qui met Sami dans des états de nervosité incroyables. S'il n'en dit rien, son corps parle à sa place. Il est maladroit, il brasse de l'air, un rien l'agace. Tantôt, on croirait qu'il a bu trente-six cafés et tantôt, il est amorphe, comme accablé. C'est un spectacle très consternant.

Tous les soirs, je dîne avec Flora et Juju. Comme on n'a toujours pas réussi à se mettre d'accord sur la couleur de la cuisine, la discussion revient régulièrement s'insinuer. Juju ne démord pas.

– Bleu ! Y a pas de raison pasque je suis petit que je peux pas dire mon avis !

Flora a lâché l'affaire. Je suis tellement déboussolé par le feuilleton Sami qui me paraît autrement essentiel que je ne suis pas loin de me ranger à l'avis de Juju quand je réalise que c'est moi qui vais l'étaler, ce bleu. Au rouleau, au pinceau, deux jours, trois peut-être en comptant l'enduit, à baigner dans le bleu. Ce n'est pas le moment que je m'absente de L'Air du Temps.

Alors je résiste.

– Ça ne presse pas.

– Prends ton portable si tu sors, me dit Flora.

Quand je ressors après dîner, je n'y coupe pas. C'est la condition pour qu'elle ne s'inquiète pas.

Quand je retrouve Sami, il n'est pas tout à fait vingt heures, heure approximative à laquelle il se prépare à fermer l'épicerie et où je l'aide à ranger.

Il a passé une partie de l'après-midi à prospecter un nouveau boulanger. Le fournil de son fournisseur habituel a brûlé. Un bidon de décapant a pris feu à cause de la chaleur sous les combles. Le boulanger et sa famille se sont heureusement réveillés à temps, mais les dégâts sont considérables et il ne sera pas en mesure de faire du pain avant longtemps. Son pain au levain bio est réputé et c'est presque mission impossible de trouver de bons artisans boulangers pas trop éloignés.

Ce soir, Sami est bredouille, ça le préoccupe.

Mais voilà que Stella Dupuis arrive, telle une bourrasque parfumée. Sans son chien.

Elle pose une boîte enrubannée sur la caisse et ratisse les alentours du regard.

Par crainte du qu'en-dira-t-on qui rôde souvent au crépuscule, supposé-je en mon for intérieur.

En l'occurrence, il n'y a que moi, qui ne suis pas un obstacle à son plan.

La boîte enrubannée ne me dit rien qui vaille. Je lui subodore des aboutissants déplorables et je me prends presque à regretter de ne pas m'être attardé dans le débat familial sur les couleurs. Au lieu de ça, je suis forcé de constater que le visage de Sami s'illumine quand la pimbêche lui sert de sa bouche en cœur prometteuse de monts et merveilles :

– C'est un gâteau au chocolat. Je n'ai pas pu m'empêcher de l'acheter dans la meilleure pâtisserie d'Amiens, et ensuite, j'ai eu peur de ne pas en venir à bout toute seule. Ça vous dirait de le partager avec moi ?

Ses mots, son jeu de scène, sa posture, tout est rempli de sous-entendus.

Sami ne s'attendait sans doute pas à pareille offrande sans avoir à lever le petit doigt. Tout va trop vite pour qu'il ait le temps de s'adapter. Il fait la carpe, ouvre et ferme la bouche devant l'hameçon.

– Votre... mari n'y voit pas d'inconvénient ? finit-il par balbutier.

Il a beau la trouver à son goût, j'imagine qu'il ne meurt pas d'envie de s'assaisonner le quotidien avec les ires d'un amant jaloux.

– Il n'est pas mon *mari*, et il n'est pas là. Il est en déplacement jusqu'à vendredi, rassure Stella.

Et quête l'approbation dans les yeux de Sami. Qui, en dépit de la tentation, hésite encore.

Le jeu en vaut-il la chandelle ? Est-il encore capable de ?

Je présume, je suppute, je ferais mieux de ne pas me mêler de penser à la place de Sami.

De toute façon Stella le rassure, Stella sourit, elle a l'air d'en connaître un rayon sur ce que nos cours d'éducation sexuelle scolaires ont zappé. Et elle n'a plus besoin de consulter le mode d'emploi d'un homme pour savoir comment s'en servir.

– En fait, on est plus ou moins en train de se séparer, elle ajoute pour vaincre la résistance résiduelle.

Les digues se rompent.

– Kevin… commence Sami en se tournant vers moi.

Il n'a pas besoin de finir sa phrase. Depuis longtemps, on se comprend à demi-mot.

– Du coup on range pas ?

Il secoue la tête.

– Et on fait pas la caisse ?

Derechef.

– On vérifie pas les… ?

J'insiste si lourdement que Sami est gêné.

– Je ferai tout ça demain matin, il me répond. Flora sera contente de t'avoir un peu à la maison…

Ça me fait un peu de peine qu'il utilise ma mère comme prétexte pour se débarrasser de moi, mais je ne suis pas de taille à le dissuader d'un danger qu'il envisage sûrement comme un puits de volupté. Les phéromones, c'est scientifique, on n'en vient pas à bout facilement.

Stella me gratifie d'un sourire tordu de *winneuse*.

La porte se referme sur moi et le volet vient la recouvrir lentement avec un bruit lugubre.

Je m'éloigne, incapable de me résoudre à rentrer chez moi. Je reviens sur mes pas, j'espère un miracle, envers et contre tout : Stella Dupuis va ressortir. Dans une demi-heure, une heure peut-être. Une fois le gâteau dévoré, Sami va l'envoyer paître.

Je me tiens dans l'ombre de la haie d'arbres qui longe le pont de la nationale, devant l'épicerie.

Je pourrais m'y rencogner dans l'incognito si, ô joie, Sami raccompagnait Stella à la porte.

À défaut de devenir olympique, je peux peut-être caresser l'espoir d'une carrière de privé. La retraite arrive moins vite et c'est plus romanesque. Ça fait sûrement craquer les filles…

Mes pensées plaisantent mais mon cœur n'y est pas.

L'envie me traverse d'aller crever un pneu de la Mini de Stella qui me nargue. Si rose qu'on peut la voir d'ici garée devant le Bilboquet. Mais Sami l'aiderait à changer sa roue. Ou pire : elle n'a pas de roue de rechange et il la raccompagne chez elle, où son mec n'est pas…

Je fomente le souhait qu'une fois sortie de chez Sami, Stella Dupuis périsse foudroyée par le prochain orage, ou écrabouillée par un chauffard, ou une grue de chantier, ou n'importe quoi de lourd faisant l'affaire…

Deux clients en quête d'emplettes tardives s'étonnent de trouver porte close.

– C'est déjà fermé ?

Et font demi-tour, déçus.

Ma candeur se ratatine à mesure que la lune fait son intéressante alors que la nuit n'est pas encore tombée. Elle est posée sur l'horizon, dodue, reliefs bien dessinés, presque pleine. Pleine, elle impacte les marées, la pousse des plantes et des cheveux, les pulsions. Mais je m'emmêle peut-être avec les périgées.

Je suis d'humeur à m'emmêler avec n'importe quoi.

Le vieux Gégé qui fait sa promenade du soir constate que la porte est close. Plus attentif que les acheteurs tardifs, il m'avise dans les feuillages. Ma carrière de détective prend déjà un coup dans l'aile.

Il doit avoir besoin de compagnie parce que le voilà qui déambule jusqu'à moi.

Repéré pour repéré, je lui demande de m'apprendre à rouler. Pour m'occuper les nerfs puisque je ne fume pas.

– C'est pas une bonne idée, il me dit en sortant néanmoins papier maïs et tabac de sa vieille poche de vieux falzar de vieux type qui pue l'antimite et un peu le pipi.

Six mots d'un coup, je suis flatté.

De toute façon, vu l'odeur qu'il répand en tirant sur sa clope, il y a peu de risques que j'y prenne goût.

Je gâche trois feuilles avant de réussir une cigarette presque digne de ce nom que je crapote en toussant et en me demandant pourquoi les gens fument.

– C'est la première fois ? dit le vieux Gégé.

Cinq mots.

Je n'ai tellement pas l'habitude de l'entendre parler et je suis si obnubilé par ce qui passe dans L'Air du Temps que je pars sur un double sens, *c'est la première fois que Sami et la pimbêche s'envoient en l'air ?* Mais le vieux n'a sûrement pas idée de ce qui se trame. En revanche, il pige tout de suite que je m'égare et me remet sur le droit chemin en pointant la cigarette du menton.

– Ah ! Non, c'est pas la première fois, pas du tout, je fabule. J'en ai déjà fumé plein, des tas, de toutes sortes même. Mais je préfère les cigares, les petits, vous savez, les cigarillos…

Tout m'est bon, y compris le mensonge, pour ne pas penser à ce qui est en train de se passer autour du gâteau au chocolat. Je ne parviens pas à fumer la clope en entier, le tabac me provoque une quinte de toux qui va finir de me flinguer l'anonymat.

Par chance, la nuit est tombée.

Par malheur, Sami n'a toujours pas raccompagné Stella à la porte.

Pire, une lampe vient de s'allumer au-dessus de l'épicerie et éclaire le décor de sa lumière blonde. Sami n'ayant jamais jugé utile de suspendre des rideaux pour protéger son intimité, la fenêtre se transforme en théâtre d'ombres. Les silhouettes se rapprochent, s'éloignent, se rapprochent encore. Et quand elles disparaissent de mon champ de vision, j'imagine.

Après y avoir jeté un bref regard, le vieux Gégé me gratifie d'un hochement de tête et s'en va.

Je connais l'appartement. Le séjour est tapissé d'étagères remplies de livres comme je n'en avais encore jamais vu, sauf au CDI, mais en mieux. Pour en profiter, il y a un canapé, des coussins confortables, et des tapis d'Orient. Je n'y suis monté qu'une fois. Pas longtemps.

– Les gens ont vite fait d'avoir des mauvaises pensées, m'avait dit Sami.

Je n'avais pas compris tout de suite qu'il parlait de mauvaises pensées pédophiles.

Ce soir, c'est moi qui ai des mauvaises pensées érotiques.

Comme je connais le décor, je n'ai plus qu'à mettre les personnages dedans et c'est comme un film que je n'aurais pas choisi de voir qui se déroule devant moi.

Stella Dupuis a potassé un chouïa sa Mésopotamie pour prouver à Sami que l'Irak, elle kiffe grave depuis toujours. Elle a justifié avant même que l'objection prenne naissance dans le cerveau de Sami que si elle a pu paraître méprisante les premiers temps quand elle passait devant sa boutique sans lui accorder l'aumône d'un regard, c'est parce qu'elle est timide.

Elle est allée jusqu'à déclarer que son rêve était de visiter Babylone.

Subjugué par l'effort, Sami n'a pas éclaté de rire. Il a fait semblant de la croire parce qu'il a une très furieuse envie de la croire. Babylone ou Bagdad c'est l'intention qui compte en dépit des kilomètres et des presque deux mille ans qui les séparent. Nabuchodonosor aurait piqué une colère. Pas Sami.

Ou alors, elle n'a rien potassé du tout. Elle a d'autres arguments à disposition qu'elle maîtrise à la perfection.

Il ne manque que la musique à mon film. La voilà bientôt qui se faufile par la fenêtre demeurée ouverte pour palier la chaleur estivale. C'est d'autant plus surprenant que Sami n'a pas de chaîne. La voix languissante de Whitney Houston coule pourtant dans l'impasse, *I Will Always Love You.*

Stella se trimballe avec un ampli ? Ce n'est plus de la préméditation, c'est du professionnalisme.

Dans mon film érotique, les personnages inexorablement s'enlacent.

Je n'espère plus le rebondissement que l'évidence vient doucher, la musique s'est arrêtée et personne ne descend. La scène va se résoudre de la plus triviale des manières – même si Sami, en bon célibataire, n'a sans doute pas changé ses draps depuis un moment.

C'est plié.

Sami vient de fermer la fenêtre quand Fanny surgit brusquement de Dieu sait où.

– Qu'esse tu fous là ? elle dit.

Elle m'a fait peur.

– Faut que t'arrêtes de jouer les chats de gouttière, je l'engueule. Tu me surveilles, ou quoi ?

– Tu crois que j'ai que ça à faire ? elle se marre.

– Ça se pourrait... Au fait, tant qu'à être là en pleine nuit, tu m'embrasserais pas ?

– Dans tes rêves !

– Marre-toi. Je parie que dans pas longtemps, tu viendras me supplier.

J'ai des réminiscences de dialogues de films dans lesquels les acteurs sont généralement beaux, ou le deviennent. Vincent Lacoste est devenu beau. Et il a des jambes en plus.

Mais on n'est pas dans un film et Fanny hausse les épaules, et s'en va.

Et mon portable se met à vibrer.

Tu devrais rentrer prendre soin de notre vie familiale, il est tard, se plaint Flora.

Tu parles d'un horizon ! Sans compter que ce qui est en train de se passer est quand même un peu beaucoup de sa faute vu que ça ne serait pas arrivé si elle avait consenti à attarder son regard sur Sami.

Parfois, je me dis que la vie est absurde.

Je n'ai pas beaucoup dormi. J'ai même trouvé le moyen de me casser la figure en me levant pour aller pisser parce que je sortais d'un rêve où j'étais normal et j'avais oublié que la nuit, je n'ai pas de jambes. Je ne sais pas combien de temps on continue à rêver qu'on est normal alors que non.

Paul m'a dit qu'il ne savait pas mais que c'était sans doute comme les rêves de vol ou de personnes mortes : il n'y a pas de raison pour que ça s'arrête. Je ne rêve pas de mon père, c'est une petite consolation.

Le lendemain matin, la Mini rose avait disparu. J'ai conjecturé que Sami l'avait regardée s'éloigner avec des charbons ardents dans les yeux vu que c'est ce que j'aurais fait si j'avais passé la nuit avec Fanny, la voiture en moins. À l'appui de ma conjecture, il a encore des braises dans le regard quand je le rejoins sur le coup des dix heures. Il ne touche plus terre et son sens commun semble anesthésié. Comme quoi on peut garder jusqu'à un âge avancé des résidus de candeur inouïs qui ne demandent qu'à resurgir.

En ce qui me concerne, j'ai l'impression de regarder la fin d'un film à la con où ils vécurent heureux, au point que je finis par me demander si l'amour est une chose souhaitable ou une maladie qu'il vaut mieux éviter d'attraper.

La suite est arrivée tellement vite que j'ai eu l'impression d'avoir loupé des épisodes.

Stella Dupuis est venue s'installer avec quatre énormes valises à roulettes, plus Bradley, plus Louise, sa fille, dite Loulou, plus les doudous qui allaient avec. Louise dite Loulou étant le souvenir d'une saison antérieure que sa mère a tournée avec un ouvrier de chez Whirlpool.

C'est la révolution.

Ça fait du joyeux monde soudain qui caracole dans le petit appartement de Sami dont deux pièces seulement sont achevées. Les murs en placoplâtre et le sol en aggloméré sont en attente de finition dans la troisième.

– On va mettre des tapis par terre en attendant, ça fera une chambre parfaite pour Loulou. À son âge on s'en fout de la déco, a déclaré Stella.

Depuis qu'elle fait de l'occupation des sols, je me demande combien de temps encore je vais avoir droit de cité. Pour l'instant, je bénéficie de la transparence diplomatique, elle ne s'intéresse pas à moi, je suis la minorité invisible, elle ne gaspille pas son énergie à me considérer.

Dès qu'elle s'en va travailler et déposer sa fille à l'école maternelle privée Saint-Rémi à Amiens, le train-train se réinstalle à L'Air du Temps. Une heure après son départ, son parfum chypré n'est presque plus décelable et j'ai l'impression de mieux respirer. Surtout quand Sami vient me proposer de boire un thé.

– T'es drôlement rapide, patron, je t'aurais jamais cru capable de… tout ça aussi vite, je lui dis en soufflant sur ma tasse pour ne pas me brûler.

Comme si j'y connaissais quelque chose en amour.

– J'ai bientôt cinquante ans, il me répond.

Tu parles d'une raison. Je ne lui dis pas que c'est la plus pourrie que j'aie jamais entendue. C'est comme s'il venait de me dire *je me dépêche parce que je vais bientôt mourir*. On dirait qu'un groupe de neurones un peu foufous a pris le pouvoir et mis au placard le directoire de neurones aguerris qui n'a plus droit à la parole, encore moins à la décision.

Heureusement que Stella rentre tard, parce que dès qu'elle est de retour, elle se mêle de tout sous prétexte d'aider. Sauf qu'épicier ça ne s'improvise pas, même si vu de l'extérieur ça peut paraître basique. Une vendeuse en parfumerie ne s'occupe pas des stocks, ni de la compta, ni de rien d'autre qu'embobiner la clientèle pour la faire dépenser le plus possible.

Sami, qui avait pris l'habitude de se reposer sur moi, est forcé de reprendre du service pour que son affaire continue à tourner rond sans vexer sa dulcinée de mes deux.

Avant son retour, donc.

– Kevin, tu n'as pas recompté la caisse hier ?

– Stella a dit qu'elle le ferait, je lui réponds, faussement candide.

– Le rayon biscuits est vide et on n'a pas recommandé de volailles.

– Stella a dit…

C'est ma façon de faire de la résistance à l'ouragan Stella qu'accompagnent souvent les typhons Louise et Bradley.

Entre les commandes, les arrivages, les comptes, le chien qui renifle tout ce qui se trouve à hauteur de truffe et pisse parce qu'on a oublié d'aller le promener, Loulou qui tripote-grignote tout ce qui se trouve à hauteur de moufflette, Sami ne chôme pas.

Le résultat, c'est qu'il écoute de plus en plus distraitement les confidences.

Il perd aussi pas mal de temps à éconduire les renifleurs d'euros et il y en a eu quelques-uns grâce au reportage de France 3. Des banquiers. Des assureurs. Des croque-morts même arguant qu'il n'est jamais trop tôt pour bien faire, *un malheur est si vite arrivé.*

La mairie aussi en a profité pour venir réclamer un loyer. Sami ne s'y attendait pas mais ça lui a semblé légitime à présent que son entreprise était rentable. Sauf que vu le temps qu'il avait passé à tout retaper lui-même, ça valait le coup de discuter un peu.

Il a ressorti les factures des matériaux et les autofacturations qu'il avait eu la sagesse de rédiger quand il était micro-entrepreneur. Et sollicité un report.

– On pourrait peut-être me faire grâce d'une année supplémentaire ?

L'employé de la mairie en réfère, revient, propose un rabais.

Sami discute encore, l'autre en réfère encore, revient encore.

Ils topent : Sami commencera à payer dans un an. Une affaire de réglée.

Moi j'écoute, j'observe, je ne suis pas du genre qu'on décourage facilement, c'est mon point commun avec Sami. La guerre, moi aussi, je connais. Même si c'est un autre genre de guerre que celle qu'on fait avec des chars et des bombes. Il y a eu un moment de ma vie où c'était marche ou crève et il a fallu que je marche. J'ai pleuré, bien sûr, mais en loucedé, chez la femme qui me gardait le temps que mes blessures cicatrisent pendant que Flora travaillait.

– Il va pas bien, elle lui caftait, cette conne, quand ma mère passait me reprendre le soir.

Par chance, Flora refusait de la croire.

– Mais si, il va bien, vous vous trompez, elle répondait. Il est gai, il est serviable, il s'occupe bien de son petit frère, c'est le petit homme de la maison.

C'était ça pile poil. Ça m'a encouragé que Flora s'en aperçoive, et j'ai arrêté de pleurer parce que ça ne sert que le temps de passer à autre chose.

Vu de l'extérieur, tout paraît normal.

Le vieux en déambulateur est toujours scotché à la façade.

Pétunia vient toujours passer ses après-midi sur un fauteuil à tricoter ses souvenirs. Elle a même suivi mon conseil, je n'en reviens pas : son projet de pull est devenu projet d'écharpe, bleue aussi, mais avec un peu plus de chances de se réaliser. Quoique. Elle se goure toujours autant, détricote, fait des tartes, raconte sa vie que plus personne n'ignore ni, du coup, n'écoute, s'inquiète pour Sami, se persuade – comme moi – que tout va rentrer dans l'ordre. Mais quel ordre ? Et quand ?

À présent que Stella Dupuis a chamboulé notre vie, est-ce qu'on peut encore imaginer que son départ ne laissera aucune trace ? Elle, plus sa fille, plus son chien, ça fait beaucoup de nouveautés dérangeantes dont on ne peut pas savoir où elles mènent. Quand ma balance penche un peu trop du côté du désespoir, je pense à la légende du cheval.

Et puis il y a Fanny. Qui n'a rien à voir avec tout ça, heureusement. Quand elle vient acheter la liste de courses que lui a donnée sa mère, ça me vitamine la journée.

– Les bananes sont soldées, tu devrais en prendre. Faut pas tarder à les manger mais elles sont plus sucrées.

– C'est pas sur ma liste.

– Bon. Le pain date d'hier, Sami fait un rabais aussi. Tu devrais en prendre même si ce n'est pas sur ta liste…

Ça l'amuse, elle me charrie.

– Finalement t'es épicier stagiaire ? Tu te destines à la profession ? Cool. T'as pas besoin du bac du coup ?

Je hausse les épaules à son alignement d'idées reçues mais je n'ai pas le cœur à la détromper. Après tout, j'en sais quoi de ce que je ferai plus tard ? J'ai des tas de pistes mais elles peuvent changer.

Pour l'instant, je ne pense qu'à me réjouir de son apparition. C'est le mot approprié, vraiment, parce que j'ai beau prendre mon temps pour lui rendre la monnaie, elle finit par partir.

– Tu veux que je t'aide à porter ton…

– Kevin, c'est bon, je suis pas une petite vieille !

La *petite vieille* dont j'avais oublié l'existence esquisse un mouvement d'indignation.

Oups ! mime Fanny, main devant la bouche avant de disparaître de mon paysage.

Sous le charme de Loulou qui la regarde tricoter et sauter les mailles, Pétunia ne s'appesantit pas.

– Elle est encore innocente, elle s'attendrit.

Je ne jurerais pas de l'innocence de la loupiote. Mignonne mais qui peut facilement muter peste. Mon Juju est un ange, comparé.

– C'est moche ici, commente un peu plus tard *l'innocente* loupiote.

En parlant du quartier et même de sa chambre, contrairement à ce qu'en pense sa mère, elle ne s'en fiche pas de la déco à son âge. Les deux pièces et demie de Sami doivent sacrément la changer de la maison rupine qu'elle habitait avec Georgio. L'épicerie en revanche lui plaît beaucoup comme terrain de jeu compensatoire.

Hélas, Juju aussi est subjugué. Il n'en revient pas de l'aplomb avec lequel elle ouvre les paquets de gâteaux ou de bonbons pour les goûter avant de les remettre dans les rayons s'ils ne lui plaisent pas ou si elle est rassasiée. Sa bouche s'arrondit d'étonnement, on dirait un poisson amoureux.

S'il est là de plus en plus souvent, c'est la faute de Flora. Elle me l'a amené un jour à l'épicerie à cause d'un appel en urgence pour remplacer un collègue à la clinique où elle travaille et l'assmat n'était pas disponible. J'ai eu beau protester que moi aussi je travaillais, je ne suis plus trop crédible en maillon incontournable de L'Air du Temps. Loulou était contente. Elle a tout de suite pris mon Juju par la main pour lui faire visiter le magasin. Il le connaissait déjà bien sûr, mais pas en détail.

– Tu vois ici c'est les pâtes, ici le chocolat, ici les gâteaux… ceux-là sont super bons, goûte !

Et scratch, scratch, en moins de cinq minutes, elle l'avait tout emberlificoté d'amour !

Les clients qui tombent sur les paquets dépucelés sont loin d'être aussi émerveillés.

– Prenez-en un autre, leur dit Sami.

La rubrique pertes et profits enfle comme une baudruche.

– Tu es riche maintenant, c'est pas grave, lui dit Stella.

Juju ne veut plus aller chez son assmat, il préfère venir à l'épicerie retrouver Loulou. Et ça ne dérange pas Flora puisque j'y suis.

– Tu peux t'en occuper un peu. Ça fait du bien à la petite aussi, elle argue.

Et ça lui laisse du temps pour roucouler avec Vince.

En digne fille de sa mère, Loulou tournicote la cervelle de mon pauvre Juju en lui racontant des trucs qu'elle a entendu dire aux adultes qu'elle fréquente.

– On va faire l'amour toute la nuit !

Et Juju le répète à la nôtre, de mère.

– Loulou, c'est ma fiancée et on va faire l'amour toute la nuit.

Et elle dit quoi, notre mère ?

Ben elle dit rien. Elle sourit. Elle marivaude. Elle invite son Vince à dîner à la maison. Il ne se passe presque plus une journée sans qu'on l'aperçoive de près ou de loin.

Lui aussi grignote le terrain. Il fait son gentil avec Juju en lui offrant des saloperies sucrées. Mon petit couillon de frère ne voit évidemment que du feu à son manège en dépit du temps que je passe à essayer de lui ouvrir les yeux, il est le mercenaire de son estomac. Il va muter obèse ou diabétique si ça continue.

J'en suis là. À me demander comment empêcher la situation de dégénérer. Sans l'ombre d'une idée.

Je profite des heures creuses pour mettre de l'ordre dans la boutique et faire le point sur ce qui manque pendant que Sami trie les paperasses dans l'arrière-boutique. De temps en temps on échange trois mots du style :

– Il y a encore des cornichons en rayon ? Je n'en ai pas commandé depuis deux mois.

Ou alors :

– Tous les paquets de gaufrettes d'épeautre à la vanille sont éventrés, faudrait en racheter.

Loulou teste la tolérance des adultes mais aucun ne sévit vraiment. Sauf Pétunia quand elle est là, l'après-midi. Elle fait son institutrice.

– Tu n'as pas besoin d'ouvrir un autre paquet, tu n'as pas fini celui-là.

Et la mouflette de répondre *j'avais oublié* ou bien *c'est celles du début les meilleures*.

Avec tant de mauvaise foi souriante que Pétunia abdique.

– Quel phénomène !…

Ni Pétunia ni Loulou ne sont là le jour où Céline Poterre se pointe avec ses jumeaux roupillant dans la poussette. En panique. Elle a profité de l'absence de Joël qui ne devrait pas rentrer avant une heure et demie, elle n'est pas sûre, elle a couru, elle n'a pas encore repris complètement son souffle.

Sami la fait asseoir, lui propose un thé, puis se ravise. Vu son état, un jus de fruit est peut-être plus adapté.

Mais Céline ne veut rien. Seulement parler. Je lui apporte quand même un verre d'eau, une tradition quand l'invité ne veut rien boire.

– Ça va aller, dit Sami, il y a forcément une solution, avant même de savoir ce qu'elle va dire.

Elle se calme un peu, boit une gorgée, et commence à raconter.

Elle a suivi la recommandation de Sami de ne pas se vanter de son cadeau. Elle a juste rhabillé les petits et elle aussi, pas trop, pour ne pas éveiller l'attention. Il y avait longtemps qu'elle n'avait pas pu acheter de vêtements neufs et surtout de chaussures neuves. Elle n'avait pas calculé que Joël s'intéresserait à la poubelle où elle avait imprudemment jeté les étiquettes. De toute façon pour les chaussures, c'est difficile de cacher qu'elles sont neuves.

Et puis Joël est devenu suspicieux depuis que Céline est moins mélancolique. Il s'est imaginé des trucs. Des sales trucs. Il lui a dit des choses horribles, il s'est mis en colère, il l'a traitée de…

Elle ne termine pas sa phrase pour ne pas prononcer les noms dont il l'a affublée.

– Il t'a frappée ? s'inquiète Sami.

Céline ne répond pas, dément d'un petit mouvement de tête pas très convaincant, enchaîne.

Elle a juré sa bonne foi à son homme. Les chaussures étaient en solde, elles avaient un défaut… Sauf que c'est tout un art de mentir de façon crédible et que les étiquettes prouvaient irréfutablement. Joël s'est mis à fouiller partout, l'armoire, les placards, tout. Il a trouvé des vêtements qu'elle gardait pour plus tard, il était de plus en plus en colère. Elle a fini par avoir peur et lui a balancé l'info comme quoi Sami lui avait donné un peu de ses gains du loto, par gentillesse.

Ça n'a pas calmé Joël du tout.

En quel honneur avait-elle bénéficié de la manne ?

Céline s'est défendue qu'elle n'était pas la seule.

– Béatriz est une pute, lui a assené Joël, et Bernie… Les mecs, c'est pas pareil !

Il l'a tellement cuisinée qu'elle s'est emmêlé les pinceaux et en est venue à lui avouer qu'elle n'avait pas tout dépensé en prévision de fêter Noël dignement. Alors il a envoyé les mômes repus de poulet-frites jouer dehors et pendant que Céline essayait d'endormir les plus petits, il a poursuivi l'interrogatoire. Comme elle ne voulait pas dire où elle avait rangé le reste du pécule, il l'a menacée, caressée, puis à nouveau menacée, puis il s'est mis à chercher, en faisant mine de renifler tel un Golden traquant le gibier. Il trouvait ça drôle.

Céline, elle, trouvait ça flippant. Elle sait jusqu'où son mec est capable d'aller quitte à le regretter après.

Elle flippait tellement que son regard s'est posé malgré elle sur le réfrigérateur. Et c'était foutu. Joël a trouvé les quatre mille euros emmaillotés de plastique dans le compartiment congélateur, sous les petits pois. Il a brandi son butin, il l'a compté, et il s'est barré avec l'argent en disant qu'il allait le dépenser *intelligemment*. Il est rentré trois heures plus tard, tout fanfaronnant de bonne humeur. Il avait acheté un ordinateur, une caméra, un petit vélo, une piscine gonflable et plein d'autres babioles, et même un chiot, un vrai, et il a expliqué à Céline le projet qui allait tous les sortir de la mouise. Il allait filmer les mômes, le chiot, les déguiser, leur faire faire des trucs mignons, et poster les vidéos sur Instagram pour faire du fric grâce aux annonceurs.

– Un peu de matos, ça change la vie, tu vas voir !

Il était si plein d'enthousiasme que, par instants, Céline retrouvait son Joël du début, toujours prêt à se lancer dans une entreprise pourvu qu'on le regarde. Joyeux, il l'enlaçait, la faisait virevolter, lui disait qu'elle devrait se maquiller un peu, mettre un décolleté, elle serait jolie. Il s'est mis à filmer les gosses. Leurs gamelles en vélo, celles de Pilou surtout, âgé de quatre ans, le plus mignon des cinq. *C'est bien qu'il pleure*, disait-il, ça fait plus authentique. Le chien déguisé en bébé avec un petit pull, un petit bonnet.

Céline y a cru un peu. Joël n'a pas mis le pied au Bilboquet pendant une huitaine de jours. Il avait réglé son ardoise, se vantait à tout le monde qu'il était sur le point de se faire un pognon dingue. Dix mille, vingt mille, cinquante mille par mois. Valait mieux pas hausser les épaules. Valait mieux pas le contredire.

Ça, tout le monde à Carmichaël en avait entendu parler bien sûr.

Joël a dit aussi que dès qu'il trouverait un moment, il allait régler ses comptes avec Sami. C'est pour ça que Céline est venue. Pour qu'il soit sur ses gardes. Parce que la mauvaise humeur de Joël est inversement proportionnelle à la fréquentation de son compte Instagram, alors Céline n'augure pas bien de la suite.

– Il est parti en ville acheter des fumigènes, des confettis, des ballons, des cadeaux pour filmer l'anniversaire des jumeaux. Maintenant faut que je me sauve, mes grands font la sieste. J'ai peur qu'ils se réveillent et fassent des bêtises.

Sami la remercie, lui dit de ne pas s'inquiéter et Céline s'en va comme elle est arrivée, en courant presque. Je vois bien qu'il est contrarié. C'est compliqué la gentillesse, se dit-il peut-être. Dans sa situation, je serais salement perplexe aussi.

Je suis allé sur le compte Instagram de Joël. Il n'y a pas des tonnes de likes, c'est sûr. Pas des tonnes d'abonnés non plus. Si ça se trouve, la majorité sont des Carmichaëliens sous pseudo, qui guettent la chute.

« "Moi je suis seul, et eux, ils sont tous", pensais-je... et je restais pensif. "Cela prouve bien que j'étais encore un gosse." »

J'ouvre *Le Sous-sol* de Dostoïevski au hasard et je lis une page, un paragraphe, une phrase, chaque fois je prends une claque. On dirait que ce type sait ce qui se passe dans le cerveau des gens en général et dans le mien en particulier, et du coup ce n'est plus la peine de rien.

Il a écrit ça il y a quasiment deux siècles. Qu'est-ce qu'on pourrait dire de plus aujourd'hui ? Si ça se trouve l'homme n'a pas progressé depuis l'âge des cavernes quand il n'avait pas les mots pour s'en apercevoir. On a toujours les mêmes préoccupations qui rasent les pâquerettes : manger, faire des provisions, baiser, et s'efforcer de ne pas mourir trop vite, avec juste de la technologie en plus au bout des sens, qui nous aggrave.

À croire qu'il y a un ordre des choses qui nous échappe et fait vaciller le monde quand ça lui chante. Entre deux vacillements, on prend des habitudes rassurantes, on se pelotonne à l'intérieur et bim ! un accident de circulation ou la Française des jeux viennent tout faire voler en éclats. Et il faut recommencer, construire une autre tanière, trouver un autre coussin où ronronner. J'ai parfois l'impression que notre vie se résume à ça, et ça me remonte pas le moral.

Même si je pense toujours que ça ne se fait pas de prendre les gens qu'on aime comme médicament pour les nerfs, et que l'assmat de mon Juju habite toujours à l'autre bout d'Ailly, je déroge en textotant à notre mère que je vais le chercher. Je sais que ça l'arrange, ça lui évite le détour après son travail.

Juju paraît si content de me voir que mon moral remonte de quelques degrés sur le baromètre de la félicité. Je l'emmène se balader le long des étangs. Il s'extasie, gambade, c'est rafraîchissant.

– T'approche pas trop ! je lui crie.

L'envie me prend de cueillir des herbes comestibles pour que Flora soit fière de ma capacité à réduire notre budget alimentaire. Il y en a des tas qui se mangent, j'ai regardé sur Internet. Il y a même des applis pour les reconnaître à coup sûr, mais mon téléphone ancestral a refusé de les charger. J'hésite devant une ombelle qui ressemble à de la carotte sauvage, j'ai peur de la confondre avec une plante vénéneuse. Comment être sûr que ce n'est pas de la ciguë ?

Dans le doute, on cueille un bouquet de fleurs sauvages.

Je réfléchis à devenir biologiste ou herboriste, qui sont des métiers utiles pour la planète.

On regarde les hirondelles poudrer l'azur d'allégresse comme si elles n'étaient pas en voie de disparition.

On regarde les poules d'eau flâner sur les étangs en picorant des insectes nageurs.

Je réfléchis à devenir photographe animalier ou zoologiste, qui sont des métiers utiles pour la planète.

On longe une pâture où folâtrent des chevaux. Mon Juju adore les animaux mais ceux-là lui font un peu peur rapport à leur immensité et à leur propension joyeuse à partir soudain au galop. Dans un but pédagogique, je leur tends une poignée d'herbe pour les faire venir. Le plus curieux s'approche, renifle ma main, trouve l'offrande à son goût et la croque. Mon Juju rigole, de terreur au début, mais finit par oser caresser les naseaux.

– C'est doux… Il est gentil, reconnaît-il.

Voilà, il n'a presque plus peur des chevaux, un souci de moins pour l'avenir.

– Qu'est-ce qu'il a ? il demande en pointant le ventre de la bestiole gentille.

Qui est en train de bander… comme un cheval. Je m'attendais si peu à la démonstration que, dans le souci de minimiser, je réponds négligemment.

– C'est juste son zizi, tout va bien, tout le monde a un zizi – surtout les garçons –, pas de quoi en faire une histoire.

En réalité, je ne suis pas tellement plus à l'aise que lui. Je me demande si je suis normal. Je ne sais pas comment sont ceux des autres. Mon handicap me dispense des sports collectifs et, donc, des douches qui s'ensuivent. Même celui de mon père, je ne l'ai jamais vu.

Juju demeure un moment pensif, silencieux, et contemplatif.

– Bon. On y va ? il conclut.

Notre bouquet sauvage met un peu de poésie à la maison et fait briller les yeux de Flora.

La pimbêche fait ce qu'il faut pour que le goujon continue de frétiller au bout de l'hameçon. Si côté empathie, ses gènes ont l'air de roupiller depuis leur naissance, côté stratégie en revanche, elle paraît outillée avec précision. Et ses outils lui servent à raboter le mode de vie de Sami et élaguer tout ce qui n'est pas strictement professionnel, à commencer par le chat qui se voit interdire l'accès pour cause d'incompatibilité avec Bradley.

Ça la foutrait mal, un Cavalier King Charles à mille euros balafré.

– C'est fourbe un chat, elle argue. Mon Bradley en a peur.

Elle prononce Bradley avec un accent mi-anglais mi-bourguignon censément stylé.

Après avoir tenté mollement de plaider la cause féline, Sami abdique. La culpabilité chevillée à l'âme peut-être, il continue de poser un bol de croquettes et un autre d'eau fraîche sur le trottoir dans le prolongement de la vitrine, juste après les poubelles.

– J'y peux rien, bonhomme, s'excuse-t-il auprès du chat. Ça va se tasser, tu vas voir, elle va se faire à l'idée.

Le chat ne répond pas. Ne comprend pas le revirement de l'homme gentil. Rôde aux alentours de la porte d'entrée en coulant des regards d'incompréhension à chaque *pffft !* que lui sert Sami pour l'éloigner.

Bradley en revanche règne en maître, on lui pardonne tout, y compris les étrons pas toujours bien moulés qu'il dépose dans le magasin.

– Le pauvre, j'ai pas eu le temps de le sortir, se plaint Stella, la mine contrite me cherchant du regard.

Car, ô miracle, dans ces moments cruciaux, elle me voit ! Elle s'adresse même à moi.

– Tu pourrais te rendre utile.

Et n'attend pas mon approbation pour me préciser ce que je sais déjà.

– Il y a des sacs à crottes dans le tiroir du bureau.

Depuis peu, il y en a.

Je m'exécute avant que Loulou mette le pied ou la main dedans comme la fois où elle s'est essuyée avec les sacs en papier qui servent pour emballer les légumes.

Après l'élagage, la reconstruction : Stella veut acquérir une maison de maître à Amiens.

– C'est le moment d'acheter, bientôt on ne pourra plus. Les Parisiens font monter les prix à cause du président, des macarons, tout ça. Amiens est en train de devenir la banlieue chic de Paris.

Elle y croit. Elle dégaine des photos de la maison qu'elle a repérée. Double vitrée, électricité, plomberie et toiture refaites à neuf, il n'y a plus qu'à poser les meubles.

Une grande maison, Sami en rêvait quand il remplissait ses premiers bulletins de loto. Mais entre-temps, il y a eu l'épicerie et son attachement pour la cité Carmichaël.

– Il faut dans les trois quarts d'heure pour faire Amiens Ailly. Ça veut dire ouvrir plus tard et fermer plus tôt, ou se lever plus tôt et se coucher plus tard…

– T'attends d'être grabataire pour dépenser ton fric ?

Elle sait que le temps qui file est une préoccupation pour Sami. C'en est une aussi pour elle qui vient de passer la quarantaine. Quand elle sent qu'elle est allée un peu trop loin, elle compense par des cajoleries. Qui gênent Sami parce que je suis derrière la caisse, à trois mètres à vol d'oiseau de l'arrière-boutique où se déroule la scène, et si je n'ai pas d'yeux derrière la tête, il suffit que je la tourne un peu pour avoir une vue imprenable sur la subornation de millionnaire. Sans parler de Loulou qui pourrait surgir, impromptue, dans le feu de l'action interdite aux moins de douze ans.

– Où est Louise ? s'inquiète Sami, confus, en extirpant la main de Stella d'un endroit où elle n'aurait jamais dû se trouver en plein jour dans un lieu presque public peuplé de moutardes qui se prennent pour Indiana Jane.

Elle est à plat ventre justement, sous une gondole, en train d'appâter un fauve déguisé en Cavalier King Charles avec des nounours en guimauve enrobée de chocolat.

– Je t'ai déjà dit de pas donner de chocolat à Bradley, ça pourrait le tuer ! hurle Stella en bondissant sur la mouflette en reptation pour lui arracher les friandises. Tu le fais exprès, ma parole ?

Ce n'est pas impossible. Dans l'adversité, les gosses apprennent plus vite, c'est bien connu. Ils savent très vite aussi que pleurer peut devenir une arme – à laquelle Sami invariablement succombe.

– Non, elle ne l'a pas fait exprès, l'excuse-t-il. Elle ne s'en souvenait pas. Tu en veux ? il ajoute en tendant un nounours à Louise.

Non, elle n'en veut pas, c'était pour le chien, elle n'aime pas les guimauves, surtout celles-là.

– Z'ont un drôle de goût.

– C'est un pâtissier qui les fabrique lui-même avec du chocolat équitable.

– Z'ont un drôle de goût, insiste Loulou en croisant les bras.

– Laisse-la, dit Stella, elle a un sale caractère. Dans cinq minutes, elle aura oublié.

Et se recolle à Sami qui n'est pas loin de flancher. Ils sont debout dans la boutique cette fois, un mètre cinquante à vol d'oiseau.

– Elle coûte combien cette maison à Amiens ? il s'informe pour lui faire plaisir. Un million deux ?! Ah oui... On pourrait peut-être en trouver une plus près de l'épicerie ?

– L'épicerie ?!! Y a pas que l'épicerie dans la vie ! Tu n'as qu'à mettre un gérant ici et en ouvrir une autre en ville. Tu peux aussi te reconvertir. Tu pourrais tenir un bar par exemple, c'est un métier où on parle aux gens aussi puisque t'aime ça, et c'est quand même plus glamour qu'épicier.

Sami se racle la gorge, murmure *oui bon, on verra, on en reparle, faut voir*. Se promet sans doute de méditer sur le glamour du barman. Stella s'énerve, bouillonne, cherche une cible pour assouvir sa mauvaise humeur. Me voit.

– Eh toi ! Tu pourrais te rendre utile. Remets un peu d'ordre dans les rayons, c'est le foutoir par là.

Par là = vaguement au fond à droite.

Le matin même, elle a rangé les biscuits salés avec les sucrés et pris l'initiative de créer un nouveau rayon pour les farines avant de s'apercevoir qu'il existait déjà près des confitures et de tout planter là. Résultat, c'est le foutoir, en effet.

– Kevin n'est pas mon employé, c'est mon ami, ose protester Sami. Il est là parce que ça lui fait plaisir… et à moi aussi.

Mon ami, a-t-il dit ! Je jubile. C'est en revanche le mot de trop pour Stella dont je deviens au même instant l'ennemi juré.

– Ton ami ? Il a quel âge ?

– Bientôt quinze ans, répond Sami avec l'air de se demander ce qui l'attend.

– Il n'a pas quinze ans ?! s'indigne Stella. Il est mineur donc. Tu devrais faire gaffe à ne pas ébruiter tes soi-disant amitiés, un hashtag balance ton pédophile est vite arrivé.

Sami s'apprête à protester quand Stella commence à lui lécher l'oreille. Pas besoin de lire dans les entrailles d'une chèvre pour deviner la suite de son programme en ce début d'après-midi, moment creux pour la clientèle.

Même Pétunia disparaît dans ce créneau horaire là pour reparaître vers l'heure du goûter.

Même le vieux au déambulateur se désincruste.

Loulou en revanche émerge de ses profondeurs pour s'intéresser au suçotage d'oreille.

– Allez faire un tour, me dit Stella en prenant Sami par la main. Et prenez le chien, il a besoin de se dégourdir les pattes.

– Ça veut dire qu'on ferme ? Je range pas les rayons finalement ?

– Dis donc, t'es intelligent, toi ! me raille Stella.

– Je veux pas me promener avec Kevin ! proteste Loulou. Il est pas marrant !

– On te demande pas ton avis, lui répond sa mère aimante, allez ouste !

Et elle nous pousse en faisant un tour de clé sur nous.

– On va aux étangs ? je propose à Louise.

Qui soupire en tapant du pied.

Elle a beau être une peste, je n'aimerais pas être à sa place.

– On va passer prendre Juju chez l'assmat si tu veux ?

Elle accueille ma proposition d'un regard effronté. Mais le minuscule étirement de ses lèvres me donne à penser que, même s'il est hors de question pour elle de le reconnaître, ça lui fait plaisir.

En sortant de chez l'assmat on a croisé Georgio qui trottinait en mode jogging le long du chemin de halage.

Je me suis demandé quelle chance il y avait pour qu'un type fasse du jogging avec un survêt tout juste sorti de son emballage et une Rolex sur le chemin de halage qui longe les cités Carmichaël.

Et s'il ne s'en fichait pas autant que Stella le prétend de l'avoir perdue ?

On a passé un bon moment à se balader. Et quand on est repassés devant la pâture, les chevaux étaient là. Ils ne bandaient pas. Je ne sais pas si Juju était soulagé ou déçu.

Il a seulement dit :

– On se promène beaucoup en ce moment.

Et ça se voyait qu'il était content d'être avec Loulou.

Lundi en fin de matinée, je surveille les trolls Loulou et Juju pour limiter les dégâts, quand un camion vient faire couiner ses freins dans un nuage de gazole devant L'Air du Temps. Un type en descend, boîtier électronique au poing qu'il déchiffre en progressant vers l'étal où s'affaire Sami.

– Sami Mohsen ? J'aurais besoin d'un coup de main.

Sami suit le livreur jusqu'au cul du camion dont ils extirpent un colis. Grand et plat. Les talons aiguilles claquent sur les marches et arrivent sur le seuil presque au même moment que le carton.

– Il faut le monter dans le séjour, dit Stella.

Un périple qui leur prend pas moins de trente minutes. L'escalier n'est pas large. En l'installant, Sami n'anticipait pas qu'un objet de cette envergure devrait l'escalader.

– Par ici ! Non ! Oui, voilà ! Attention, c'est fragile ! les titille la cheffe d'orchestre.

Le plus difficile est d'empêcher mes deux petits excités de leur caracoler autour mais le carton finit par passer. Sami, sueur au front, balafre l'écran tactile, et se sent obligé de refiler un pourboire de millionnaire au livreur dont le sourire s'élargit illico devant le pouvoir souriant de la thune.

Le gars s'éloigne dans sa camionnette et je pose sur Sami un regard interrogateur. Il hausse les épaules, presque penaud, et finit par marmonner qu'il a cédé à la dernière envie de Stella : un écran incurvé de deux cent trente-trois centimètres. Deux cent trente-trois centimètres à l'encontre de ses convictions.

Avant que Stella vienne faire claquer ses escarpins dans l'impasse de l'Usine, Sami était un des seuls résidents de la cité à ne pas avoir la télé. Tout le monde l'a – même les plus pauvres et même si moins large –, allumée H 24. C'est pour s'estimer heureux qu'on s'intéresse tant à la misère des autres. C'est la télé-irréalité.

– Kevin ! crie Stella. Tu peux venir m'aider ?

On est en train de vivre un de ces moments stratégiques où elle se souvient de mon prénom. Je meurs d'envie de voir l'écran, alors je ne me fais pas prier.

Agenouillée sur le parquet devant toutes sortes de fils emmaillotés de plastique, Stella me tend la notice.

– J'y comprends rien, elle dit.

Comme si on lisait les notices – il n'y a que les vieux pour lire les notices, et encore, à condition que ce ne soit pas écrit trop petit.

Je m'y colle à lurelure. Je fais rentrer les trucs dans les machins, je branche, je mets sur *on*, je cherche les chaînes. Un petit quart d'heure plus tard, magie ! De la belle image et du beau son, on se croirait au cinéma ! J'imagine, vu que je n'y ai jamais mis les pieds – même quand j'en avais.

En entendant les cris de l'écureuil de *L'Âge de glace 3*, Loulou et Juju accourent se blottir dans le canapé. Stella, elle-même, se laisse captiver trois minutes par les péripéties de Sid, Manny et Diego. Scrat l'écureuil vole comme d'habitude la vedette à tout le monde. Quand sa noisette lui échappe en fonçant droit sur nous et que l'écureuil vient s'écrabouiller sur l'écran, mes petits trolls ont un mouvement de recul.

Surtout Juju. Loulou a déjà vu le film dix fois et lui raconte à l'avance ce qui va se passer.

– J'aime mieux pas savoir, proteste Juju au bout d'un moment. Ça fait de la surprise.

Perplexe, Loulou s'abstient quelques instants de commenter et se blottit contre lui. Mais son naturel refait vite surface.

– Là, tu vois, la maman écureuil elle va avoir un bébé, alors du coup…

Juju ne proteste plus. Loulou a pris sa menotte dans la sienne, il en est tout anesthésié de sourire bienheureux.

– Alors finalement tu t'y es mis ? se marre Bernie passé dire bonjour entre deux chantiers.

Les nouvelles vont vite à Carmichaël et le carton géant n'a été une énigme pour personne. Personne non plus n'ignore l'aversion de Sami pour la télé.

– Ça ne parle que de virus, de guerre, d'attentats, de tremblements de terre, de déforestation, de pesticides et de corruption, avait-il coutume de proclamer quand il refusait de l'avoir.

– Tu fais quoi du coup après la fermeture ? m'étais-je enquis à l'époque, intrigué.

Vu que chez nous aussi, dès que Flora rentre, elle allume la télé.

– Je lis, m'avait répondu Sami.

Une activité révolutionnaire... Mais c'était avant les millions qui embourgeoisent.

J'ai calculé qu'au train où ça file, il ne lui restera bientôt plus rien. Ce sera l'occasion pour lui de découvrir si Stella l'aime pour lui-même. Une pensée qui devrait me réjouir si elle n'allait pas de pair avec la souffrance de Sami.

– C'est drôle, juste au moment où tu devrais plus en avoir besoin ! ajoute Bernie, le sourire en coin.

Sami fronce les sourcils sans comprendre l'allusion croustillante.

Il est en orbite, comme un satellite d'Elon Musk. Ce qui lui restait de bon sens s'effiloche au fil de la rotation et mute étoiles filantes. Pfshou ! Un vrai feu d'artifice ! Il s'éloigne chaque jour davantage de lui-même. Il en sera bientôt tellement loin qu'il ne pourra même plus s'apercevoir.

Les idées de Stella lui viennent souvent quand elle vend ses parfums. Aussi est-elle en pleine ébullition le soir quand elle rentre et ne résiste pas une minute à en informer Sami.

Le moment idéal pour me documenter sur la progression de l'armée ennemie se situe donc vers vingt heures quinze, le temps pour Stella de faire la route.

J'ai négocié avec Flora pour manger plus tôt sous prétexte d'aider Sami à fermer l'épicerie.

Elle a rechigné.

– Il ferme plus tôt qu'avant ?

– Oui, depuis qu'il est amoureux.

– Tu ne crois pas qu'il a besoin d'un peu d'intimité maintenant ?

– Maintenant que la pimbêche l'a kidnappé, tu veux dire ? Faut bien qu'il travaille, il est épicier.

– C'est sa vie, Kevin.

– Ouaip, t'as raison. Mais je suis quand même désolé que tu te sentes pas plus concernée vu ce qu'il a fait pour nous et pour plein d'autres. Sami, c'est comme un père pour moi. Jamais je le quitterai des yeux.

J'espère lui avoir donné matière à réflexion.

Juju en tout cas a capté l'information. Et s'il n'a pas moufté et s'est contenté de me regarder avec des yeux en forme de soucoupe, il réclame désormais la permission de m'accompagner quand je retourne à l'épicerie après dîner.

– Moi aussi je peux y aller, chez le père de Kevin ?

– C'est malin ! soupire Flora.

Qui ne se laisse pas convaincre pour autant. Surtout à vingt heures passées qui ne sont pas des horaires de mouflet.

Je suis parfois récompensé de mon assiduité puisque c'est lors d'une de ces soirées stratégiques que Stella a démontré par A + B à Sami qu'il lui fallait un employé, un vrai, pour tenir la caisse. Je ne serais pas étonné que ça ait un rapport avec le *Kevin est mon ami*, mais je n'ai aucune preuve.

– UNE employée en fait, elle précise. C'est mieux pour attirer la clientèle, une fille.

Le genre d'argument politiquement tendancieux par les temps qui courent, mais c'est ce qu'elle a dit, je n'y peux rien. Et ma présence ne semble pas la gêner pour évoquer mon remplacement, comme si elle m'avertissait par la même occasion. C'est à peine si elle baisse un peu le ton pour ajouter :

– De toute façon, ce gosse n'a rien à faire ici. Tu sais que tu pourrais t'attirer des ennuis pour emploi illégal de mineur ?

– Je ne l'emploie pas puisque je ne le paye pas.

– C'est pire ! décrète Stella. On pourrait s'imaginer des choses.

Elle embraye sa litanie pédophile qui ne semble pas convaincre Sami, mais elle finit par trouver l'argument qui fait mouche.

– Faudrait pas qu'il loupe son année scolaire...

C'est donc pour le bien de mes études que Sami doit embaucher une vendeuse. Il faut même qu'il se grouille vu qu'il ne reste que trois semaines avant la rentrée.

Sami rend les armes et Stella n'a plus qu'à lui coller sa solution clés en main : Mirabelle, une de ses nièces, a justement besoin d'un stage pour ses études de commerce. Ça ne lui coûtera rien, en plus.

Médusé, je suis, par la force de frappe de l'ennemie.

Chaque soir avant de m'endormir, mon imagination fomente des scénarios sanglants dont elle est la cible. Dans l'un d'eux, son éréniste lui met une balle dans la tête ou une raclée mortifère. Dans un autre, un trente-trois tonnes perd le contrôle pile au moment où il croise sa Mini rose. Dans un autre encore, elle se chope une intoxication alimentaire avec complications et elle clamse dans l'heure. Quand je commence à avoir honte de mes pensées meurtrières, je cherche une option moins violente. La seule qui me vient à l'esprit, c'est qu'un mec plus fortuné que Sami lui tape dans l'œil. Autant espérer un miracle.

« *Il faut parfois avoir assez d'emprise sur soi pour supporter le poids des choses que la réalité nous refuse*[3] », dit Dostoïevski.

Ce mec me tue.

3. Dostoïevski, *Le Sous-sol.*

La nièce est arrivée le lundi suivant, pimpée, maquillée, faux ongles et tout. Jolie, elle décore mieux que moi, ça ne se discute même pas. Mais elle a deux problèmes.

Le premier, c'est qu'elle est si lente qu'on dirait qu'elle ne joue pas dans le même film que nous. Les seuls trucs qui vont vite chez elle sont ses pouces manucurés où toute son énergie paraît s'être réfugiée.

L'autre problème, c'est qu'elle n'en a rien à battre de l'épicerie ni de grand-chose d'autre d'ailleurs. En vertu de quoi elle passe son temps à pianoter sur son portable, incapable de renseigner les clients puisqu'elle ne connaît pas les produits.

– Je peux pas tout savoir, je viens d'arriver.

Sami essaye gentiment de l'initier.

Mirabelle le suit gentiment dans les rayons, prend des photos, l'écoute expliquer et oublie tout, aussi gentiment.

– C'est pas ma faute, j'ai pas de mémoire, j'en ai jamais eu.

– Il n’y a rien à apprendre par cœur pour les examens ? s’inquiète Sami.

– Ben si, même que ça m’angoisse grave, avoue Mirabelle.

– Faut pas désespérer, ça se travaille, il la réconforte.

Sa gentillesse ne cessera jamais de m’époustoufler. Ni son calme. Je n’y connais rien en catholicité, mais pour moi, Sami, c’est un genre de saint.

Mirabelle rechigne aussi à mettre les marchandises en rayon. Parce que ça abîme les mains.

Et si Sami lui fait remarquer qu’elle a mis la cagette de clémentines de Corse au prix des clémentines italiennes – une des rares dérogations à son principe de production locale –, elle dit :

– Ah ? Mais… comment on les reconnaît ?

– Il y a des étiquettes collées sur les italiennes, explique Sami angéliquement.

– Ah oui c’est vrai ! En même temps, je peux pas tout faire. J’ai la caisse déjà, j’ai pas six bras, je suis pas une pieuvre.

– Huit, rectifie Sami.

– Huit ? Quoi, huit ?

– La pieuvre a huit bras.

– Quoi ?

Et Sami hausse les épaules en lui souriant que ce n’est pas grave. Vraiment.

Pour ne pas me laisser abattre je me concentre sur mon histoire sentimentale personnelle en allant grenouiller dans les parages de Fanny. C'est facile, vu qu'elle est soit chez elle, soit sur le banc à l'endroit où le chemin qui longe la Somme se termine en queue de poisson.

D'aucuns prétendent y avoir vu un jour un cerf blanc. Un cerf. Blanc. En pleine cité Carmichaël. D'aucuns répètent ce que d'aucuns ont dit sans savoir s'ils l'ont dit après un séjour prolongé au Bilboquet, ou à un âge avancé, ou autre. Il n'empêche qu'on ne peut désormais plus s'empêcher d'y penser, au cerf blanc, quand on passe devant le lieu présumé de son apparition.

C'est là que je trouve Fanny en train de se taper une bière, une sale habitude qu'elle a prise. Des tas de femmes ici ont l'air d'avoir soixante ans alors qu'elles n'en ont que cinquante ou même quarante et les hommes pareil. Et la bière ne flingue pas que le physique, ça résigne.

À force, on n'a plus de place dans le cœur pour aimer quelqu'un qui nous ressusciterait.

– Arrête de me mater, elle dit.

– Rêve pas, je lui réponds du tac au tac.

Depuis que je la toise du haut de mon mètre soixante-huit alors qu'elle rase-motte à un mètre cinquante-six, ça la désarçonne, c'est palpable. Elle n'a pas l'habitude de devoir lever les yeux pour s'adresser à moi. Si ça se trouve même, je l'impressionne.

Bon en fait, là, elle est assise.

J'essaie de trouver un truc intelligent à lui dire. Ce n'est pas évident quand on connaît les gens depuis longtemps de trouver des trucs à leur dire qu'ils ne savent pas déjà.

Des canards colverts jouent à se poursuivre, plonger, voler, replonger. Je suis toujours saisi par la beauté de leur plumage vert irisé et leur insouciance joyeuse, mais c'est difficile à partager.

Soudain pris d'inspiration métaphysique, je me lance :

– T'as déjà réfléchi que si le ciel devenait vert ou violet d'un seul coup, on flipperait grave ? Alors que s'il avait été vert ou violet dès le départ, on trouverait peut-être ça très beau ?

Les techniques de drague plus classiques ne m'ont jamais réussi avec Fanny. L'originalité ne semble pas non plus produire l'impact positif escompté.

– T'es vraiment taré de naissance, elle me dit, pas du tout impressionnée.

– Si ça se trouve, toi aussi, je lui rétorque. Du coup, on est faits pour s'entendre ?

– Pfff !

Ça vole haut. Je ne comprends pas pourquoi je m'obstine.

Béatriz passe devant nous au petit trot.

On ne voit plus qu'elle désormais dans les rues de la cité, courant, gesticulant, soulevant des petits haltères, ou au bord de la Somme, dansant devant son enceinte portable. Ça fait marrer le monde mais elle s'en fiche. Elle a un projet, des kilos à perdre et elle y met de l'allégresse.

– Miss France 2019 était en surpoids quand elle était petite ! elle s'exalte en ahanant.

Je lui souris parce qu'elle est gentille et pas tellement en surpoids, je trouve, et aussi parce que j'espère rendre Fanny un peu jalouse.

Béatriz me rend mon sourire. Si elle sourit de toutes ses dents, c'est parce qu'elle en a. Et depuis qu'elle en a, c'est comme si une baguette magique l'avait métamorphosée. Ses nouvelles dents lui ont déclenché du goût pour les fringues. Elle se sape chez Vinted, se déguise en blonde, un coiffeur lui a fait une coupe de star. On la dirait jaillie d'elle-même.

– Je crois que je vais sauter la case Miss Endive, elle nous informe en trottinant sur place pour ne pas déconcentrer ses muscles. Je vise Miss Amiens, minimum, z'en pensez quoi ?

– Ouaip, je dis en levant le pouce.

Elle n'attendait pas vraiment de réponse de toute façon.

Comme elle est déscolarisée depuis un an, elle parle de passer son bac par correspondance pour pouvoir s'inscrire en fac de droit – ou d'histoire.

– Je me suis renseignée, la plupart des miss sont diplômées bac + 3 ou 4 ou 5 et y a des tests de culture générale dans les sélections. C'est chaud !

Une chance que son père a refusé de lui donner l'autorisation quand elle a voulu se faire tatouer un code-barres sur l'épaule. Les tatouages ont beau être autorisés maintenant, un code-barres, ce n'est pas très stylé.

Fanny s'en contrefiche de Béatriz. C'est à peine si elle a relevé la tête pour l'écouter. Fanny n'a pas d'amies. Au lycée, elle en a. Mais elle ne les fait jamais venir, elle a honte des cités Carmichaël, elle préfère entretenir le mystère.

– Tu sais qu'on sera dans le même lycée à la rentrée ? je lui dis.

Elle me jauge de la tête aux pieds et me répond, moqueuse :

– Ah ouais ? C'est vrai que t'as drôlement grandi cet été…

– J'aurai quinze ans à Noël, je te signale. C'est pas la peine de me traiter comme si j'étais un mouflet de maternelle.

Elle se marre.

– De toute façon, je suis au lycée professionnel, elle dit, t'es au courant ?

– Oui, je suis au courant que c'est juste à côté du lycée général.

On est encore loin de la complicité, à mille lieues du moment où elle partagera mes sentiments, si jamais ça arrive. Mais je n'ai pas encore jeté toutes mes cartes et il paraît que seuls ceux qui ne renoncent pas réussissent.

En sortant du Bilboquet, Joël Poterre fait une halte pour partager sa déconfiture avec Bernie, qui est en train de fumer une cigarette avant de reprendre le travail.

Comme ils sont loin, je ne peux capter que des éclats.

Les bonnes résolutions de sobriété de Joël ont fait long feu et il a dû s'enfiler quelques bières, à en juger par les décibels qui naviguent jusqu'en devanture de l'épicerie où j'installe des cagettes de fruits.

Joël s'énerve qu'il y a trop d'influenceurs, trop de concurrence, trop de tout.

– Il faudrait… il faudrait…

Il ne sait pas ce qu'il faudrait. Il faudrait interdire les autres. Tous les autres. Sauf lui. Il faudrait interdire ces gamines maquillées qui hashtaguent au viol dès qu'on ne les commente pas dans le bon sens, interdire ces dingues de chiens ou de chats, ces conseillers en amaigrissement, ces vidéos qui expliquent comment gagner de l'argent avec

Instagram ou YouTube, la belle arnaque. Joël a pourtant suivi leurs conseils.

– Tu devrais faire une vidéo pour en parler, ironise Bernie.

– Te fous pas de ma gueule en plus ! Tout va bien pour toi, c'est facile…

C'est vrai, ça va pour Bernie. Grâce à la camionnette offerte par Sami, il peut accepter des chantiers plus éloignés. Il a pris le statut de micro-entrepreneur, il gagne correctement sa vie et il peut faire des cadeaux à sa chérie, il est fier. Il ne manque plus qu'un mouflet à leur bonheur. Depuis longtemps ils essayent. Ils ont déposé un dossier pour adopter mais il faut compter quatre ans, minimum.

– Si j'étais toi, lui dit Joël, je serais curieux de savoir pourquoi un Arabe m'a donné du fric comme ça sans contrepartie.

Joël a l'alcool récriminateur. Et plus le temps passe, plus il s'aigrit, tel un Calimero qui aurait muté alcoolique.

Bernie lui rétorque sans doute que Sami est un authentique gentil et que ce n'est pas la peine de chercher des explications tordues. Mais rien ne peut faire démordre Joël. Alors Bernie, qui n'a pas que ça à faire d'entendre baver les crapauds, monte dans sa camionnette et le plante là pour aller travailler. En tête à tête avec sa colère, Joël semble hésiter, retourner au bar ou rentrer chez lui, quand son regard tombe sur moi. Et le voilà qui marche droit vers l'épicerie, gonflé à bloc, prêt à en découdre.

Je disparais à l'intérieur en espérant que les cinquante mètres qui lui restent à parcourir suffiront à le faire changer d'avis. Je préviens quand même Sami que les ennuis se pointent à l'horizon tout proche.

Il est en train de mettre de l'ordre dans la vitrine de produits frais quand Joël fait irruption.

– Espèce d'enfoiré de moricaud ! il balance en guise d'entrée en matière, le poing brandi.

Pétunia, qui tricotait presque paisiblement sur son fauteuil en osier près de la caisse, en casse une aiguille, de surprise. Sami fait signe que ça va aller et pose la main sur le bras de Joël en signe d'apaisement.

– Me touche pas, sale bougnoule !

Sami retire sa main, mais avant qu'il ait pu ouvrir la bouche, Joël poursuit son invective :

– Tu te crois tout permis maintenant que t'es riche, hein ? Maintenant que t'as empoché notre fric !

Sami fronce un peu les sourcils, ne réalise pas bien de quoi on l'accuse.

– Tu devrais avoir honte ! intervient Pétunia au comble de l'indignation. Tu n'as pas plus de cervelle qu'un poisson rouge !

Il en a même moins, si ça se trouve.

– Si ma femme accouche d'un moricaud, je te massacre, t'es prévenu ! aboie encore Joël.

C'en est trop pour Pétunia qui se précipite et lui plante l'aiguille rescapée dans la cuisse.

Résultat, une deuxième aiguille cassée et Joël qui se tord de douleur.

– Pour une fois que tricoter me sert à quelque chose ! elle constate pas du tout repentante, en parlant au morceau d'aiguille qu'elle a encore en main.

– Ça va aller, Pétunia, je gère, lui dit Sami en entraînant dans l'arrière-boutique l'instagrameur en herbe qui couine comme un égorgé.

Une aiguille en plastique, elle est à peine rentrée.

– Kevin, tu peux me donner du coton et du désinfectant, s'il te plaît.

Je sors l'alcool à soixante-dix du placard à pharmacie d'urgence. Joël chouine pire qu'un gosse quand Sami applique le coton imbibé sur le petit trou laissé par l'aiguille. J'avoue prendre un plaisir un peu sadique à le voir souffrir. Ça le calme un peu.

Il regarde sa blessure, puis Pétunia, n'en revient pas de la vindicte de l'ancienne institutrice.

Sami en profite pour lui déballer sa diplomatie et tâcher de le convaincre que jamais de sa vie il n'a touché Céline, l'intention ne l'en a évidemment pas même effleuré. Et si Joël a pu se sentir humilié de recevoir ce qui a pu lui paraître une aumône, Sami s'en excuse. Il y a des moments dans la vie où rien n'est facile, il en sait quelque chose.

– J'ai seulement voulu rendre service, mais si tu n'es pas d'accord, il faut me le dire, je ne lui donnerai pas le reste, je ne lui donnerai plus rien du tout, jamais.

Et bim ! Je suis sûr que *le reste* fait *tilt* en tombant dans l'oreille de l'ivrogne qui n'est pas celle d'un sourd, même si ses neurones sont cul par-dessus tête.

– Elle t'aime, insiste Sami, tu ne dois pas en douter.

Je ne sais pas s'il y croit. Je ne sais pas s'il se trouve un seul Carmichaëlien pour y croire. Après tout, il a peut-être raison, qui sait ? Si Céline ne l'aimait pas, elle serait partie depuis longtemps vu qu'elle mérite mieux qu'un mec qui passe ses nerfs sur elle chaque fois que ses poings le démangent. Mais elle a sans doute peur des représailles qui pourraient être pires que ce qu'elle endure déjà, de quoi se faire tout un cinéma sanglant. Peut-être aussi qu'elle ne peut pas s'empêcher de le chérir encore, ce salaud qui, une fois dessoûlé, jure qu'il ne savait plus ce qu'il faisait, que plus jamais ça ne se reproduira et qu'il l'aime plus que tout pour l'éternité éternelle et autres serments d'ivrogne.

J'imagine.

Mon père était pareil sauf qu'il ne tapait pas. Mais quand il avait bu, il nous regardait avec tellement d'intensité rageuse qu'on le sentait à deux doigts de quitter ses gonds.

– Il faut garder espoir en des lendemains meilleurs, dit Sami.

Le tintouin des bons sentiments ordinaires, il les prodigue avec son regard fondant. Sa main s'est à nouveau posée sur le bras de Joël, s'enhardit bientôt jusqu'à l'épaule, et quand elle y est, à l'épaule, Sami ne dit plus rien.

Le récalcitrant ne sait tellement plus où il en est qu'il se dénoue soudain et fond en larmes.

– Je peux pas m'en empêcher. J'arrive pas à comprendre comment ça se fait. Elle est là avec ses yeux de cocker, ça me donne envie de la démolir. Comment elle peut aimer un type comme moi, hein ? Faut qu'elle ait un truc qui tourne pas rond pour m'aimer encore après tout ce que je lui fais, non ? Ça me fout tellement les boules que je peux pas m'empêcher de cogner pour voir jusqu'où elle va encore m'aimer, à quel moment elle va s'arrêter. Mais elle s'arrête pas. Elle s'arrête pas. Elle s'arrête pas de m'aimer ! Faut être con, non ?

Quoi répondre à ça ?

Sami ne dit rien. On dirait que ça l'intéresse vraiment, les états d'âme d'un type qui ne fait que boire et tabasser sa femme. Raciste en plus.

– Le lendemain j'ai honte, poursuit Joël, alors je bois pour plus y penser, et ça recommence, ça recommence, ça recommence, je sais pas quoi faire pour que ça recommence pas…

Il soulage sa conscience comme au confessionnal. Il n'est pas sans savoir que Sami donne les absolutions sans qu'on ait à passer par la case pénitence.

– Ça me fait du bien de te parler. T'es pas comme les autres, toi. J'ai rien contre les Arabes mais des fois ça m'énerve. J'étais chaudronnier, tu vois. J'étais bon comme chaudronnier. Mais maintenant, ils font venir des gars de Pologne, de n'importe où, d'Arabie. Ils bossent pour une misère ces gens-là, vu que chez eux ils bossaient pour dix fois moins que la misère. Résultat, plus de boulot, plus rien ! Je voyais pas ma vie comme ça. Je suis en train de bousiller ma famille.

Il se lève soudain, vacille un peu, rétablit de justesse l'équilibre.

– C'est fini, je le jure, fini ! Dieu m'est témoin que j'arrête de boire, parole d'homme !

Il semble en avoir terminé avec sa litanie misérabiliste assortie de larmes de crocodile. Il tend la main au type qu'il voulait tabasser il n'y a pas une demi-heure.

– Fais ton possible, dit Sami, ce sera bien déjà. On n'est pas tenu à autre chose : faire notre possible.

– Oui, dit Joël, oui, t'as raison, t'as vachement raison !

Il va partir quand une petite phrase lui revient.

– Tout à l'heure, t'as parlé du *reste* ? dit-il en essuyant les larmes de crocodile du revers de la main.

Sidéré par l'aplomb, Sami marque un temps d'arrêt. Mais il ne peut plus faire autrement maintenant qu'ouvrir le coffre et en sortir une enveloppe marquée Poterre remplie de biftons immérités qu'il tend au crocodile égaré en échange de sa promesse qu'il n'ira pas les boire.

– Promis-juré ! répond le saurien touché par la mansuétude. T'es vraiment un chic type, le plus chic type que j'ai rencontré de ma vie !

Ça me fait au moins un point commun avec Joël Poterre. Le seul, j'espère, et à la différence que moi, je ne cesse jamais de le penser.

Poterre secoue à nouveau énergiquement la main de son bienfaiteur et s'en va, bourré de reconnaissance pour *le chic type*.

À peine est-il parti que Pétunia marque sa désapprobation en levant le siège.

– Bon, j'en ai assez entendu pour aujourd'hui ! Saleté de tricot ! elle ajoute en jetant ses aiguilles cassées dans la poubelle.

– Devriez plutôt vous mettre à l'escrime, vous avez de la disposition, je plaisante.

Mais ça ne la fait pas rire. Elle pousse un soupir excédé et s'en va.

– Il cogne sa femme quand il a bu, et toi, tu dis qu'il faut passer là-dessus ? je dis à Sami.

J'avoue que si je l'admire de savoir toujours quoi dire et quoi faire dans les moments difficiles que la vie met en travers de notre chemin, je suis loin d'approuver qu'il donne l'absolution à n'importe qui.

– Non, non, bien sûr. La violence ne mène à rien, jamais.

– Alors, on les appelle quand, les flics ?

– La prochaine fois, consent Sami.

– Je crois pas que l'absolution doit être aussi absolue, parce qu'à ce moment-là, pourquoi pas faire n'importe quoi ? j'insiste.

– L'amour ne sait pas toujours très bien où il en est. On a beau être au vingt et unième siècle, on a encore un cerveau préhistorique.

C'est ce que je me disais aussi.

Fin août se profilait, il avait à peine plu. J'étais de plus en plus inquiet à la perspective de la rentrée qui allait laisser le champ libre à la pimbêche. Ça me donnait des envies de foutre en l'air ma scolarité prometteuse.

– Il faut s'instruire, m'avait un jour dit Sami, ne serait-ce que pour se faire une opinion plutôt que se contenter de répéter celle des autres.

Et je lui avais répondu :

– J'y arriverai pas, patron. Regarde autour de nous, personne n'y arrive ici. Pourquoi j'y arriverais, moi ?

– Tu y arriveras parce qu'André Malraux n'avait pas son bac et qu'il est devenu ministre de la Culture. Zola non plus ne l'avait pas et ce n'est pas faute de l'avoir tenté plusieurs fois.

– C'est pas encourageant, ça me donne plutôt envie de rester ici à t'aider, quitte à devenir Zola plus tard.

– Oui, mais ce n'est pas une bonne idée. Parce que si ces types-là n'avaient pas de diplôme, ils ont été obligés d'apprendre tout seuls dans leur coin et ce n'est pas facile d'être autodidacte. Et si je te parle d'eux c'est pour que tu comprennes qu'il n'est jamais trop tard pour bien faire. L'important, c'est de ne pas se complaire.

Je ne m'étais pas complu.

Je m'étais même pris au jeu de la moyenne qui monte, qui monte. Je ne voulais pas le décevoir. En attendant le fatidique mois de septembre, je m'incruste à l'épicerie bien que je n'aie plus de raison valable depuis que mon poste est occupé par la nièce. Mon coup de main est pourtant le bienvenu pour les livraisons et le remplissage des rayons puisque Mirabelle n'a pas huit bras, ni même six.

Quand c'est fait, je range les paquets de farine bio ou les bidons d'huile d'olive et je renseigne les clients incognito tout en guettant la faille de la bancale association. Il y en a une quelque part, c'est obligé, elle finira bien par surgir.

– Je sais pas trop ce que tu mijotes, m'a dit Stella un soir comme si elle devinait mes pensées, mais je te laisserai pas faire, tiens-toi-le pour dit.

Je n'en ai jamais douté. Mais je sais qu'elle est trop maligne pour m'évincer tout à fait sans avoir une bonne raison à mon désavantage. Et comme elle ne peut pas être au four et au moulin, elle est obligée de vaquer à son boulot de vendeuse, pendant que j'occupe le terrain. Pour l'instant.

L'autre soir, quand Sami m'a donné des légumes et du fromage même pas périmé, elle vapotait sur le pas de la porte.

– Tu donneras ça à Flora, m'a-t-il dit.

Il n'a pas dit *à ta mère*, il a dit *à Flora*. Ça n'a pas échappé à la pimbêche, qui m'a foudroyé d'un regard revigorant. *Il n'y a pas de petites victoires.*

J'ai un allié inattendu en la personne du vieux Gégé qui se fend Dieu sait pourquoi d'un très distinct *salope !* chaque fois que Stella passe devant lui. Ça n'avance à rien vu qu'elle s'en bat la frange du vieux, mais ça remonte le moral de savoir qu'on n'est pas seul dans son camp. Pétunia aussi y est. Elle tricote du noir. En fait, elle ne tricote même plus vu que le cœur n'y est pas. Elle ne fait plus de tarte non plus, rien. La dernière a été refoulée par Stella qui a trouvé que Sami prenait du ventre et qu'il ferait mieux de s'abstenir. Pétunia en a été mortifiée. Depuis, elle rumine que Sami n'aurait pas dû rester seul si longtemps, ça lui a créé un manque et il a suffi qu'une *gazelle* traverse la rue pour qu'il s'emballe sans discernement. Elle a dit *une gazelle*, c'est joli. Presque trop joli pour parler de Stella.

– Je ne comprends pas qu'un homme intelligent et cultivé comme toi puisse s'amouracher d'une conne, a-t-elle osé dire à Sami. Oui, j'ai dit *conne*, ça te choque parce que je n'utilise jamais ce genre de vocabulaire, mais c'est le terme le plus approprié. Conne et égoïste à un point qui confine à la perfection. C'est tout juste s'il reste de la place à côté de son amour-propre pour sa fille. Son chien, je ne sais même pas s'il y a droit.

Conne lui va mieux que *gazelle*, c'est indubitable. Je suis reconnaissant à Pétunia d'oser énoncer tout haut ce que je pense tout bas.

Curieusement, ça ne chiffonne pas Sami dont j'ai tendance à oublier qu'il est capable de tout entendre sans prendre ombrage de rien.

– Elle n'est peut-être pas cultivée au sens où tu l'entends, il lui répond. Et puis l'amour a ses raisons qui n'ont rien à voir avec la raison. Je suis certain que je ne te l'apprends pas.

Pétunia, mouchée, n'a plus eu qu'à émettre un *pfff !* rageur. Elle a même rougi.

– La seule question que je me pose, ajoute Sami, c'est celle qu'on doit tous se poser : est-ce que ça me fait plus de mal que de bien, ou le contraire ? Et pour l'instant, ça me fait plus de bien que de mal. Voilà.

– Imparable, convient Pétunia.

J'ai fini par tirer avantage de mon remplacement par Mirabelle : je lui soutire des informations. Elle est plus facile à apprivoiser que Fanny. Pour éviter qu'elle se méfie, je la complimente sur ses fringues, son vernis, son brushing. Avec elle, il y a matière. Au début ça la surprend, elle pense que je la drague et ça ne lui déplaît pas, elle a l'habitude. C'est facile de draguer une fille dont on n'est pas amoureux. On n'a pas peur de se planter, d'être jugé, on y va, ça passe ou ça casse, et si ça casse, les conséquences sont indolores.

Je glisse doucement vers Mirabelle, je glane.

– Elle a l'air de bien t'aimer, ta tante ?

Mirabelle me regarde, perplexe, exhale un *ouais* pas convaincu, lit ses messages, m'ignore.

– Ben oui, elle t'a trouvé un stage, je relance, c'est sympa.

– Ouais. J'aurais mieux aimé être en ville.

– Je comprends... Et ta cousine, Loulou, tu l'aimes bien ?

Moins que *ouais*. Elle n'en a clairement rien à battre. Ni de moi. Elle pouce sur son clavier.

– Elle voit son père le week-end. Tu le connais, son père ?

Elle opine.

– Il travaille chez Whirlpool, c'est ça ?

Ouais quasi inaudible. Je profite que son portable retient toute son attention.

– Ils sont restés ensemble combien de temps ?

– Trois ans, je crois.

– C'est sûr que c'est pas Georgio son père alors ?

Elle prend un selfie, sur lequel je figure malgré moi.

– T'es pas mal en photo, elle dit.

Ce n'est pas enthousiasmant vu ce que ça sous-entend.

– Quoi, Georgio ? elle réagit à retardement.

– Le père ? C'est pas Georgio ?

– C'est quoi cet interrogatoire ? Tu me prends pour une balance ? C'est ma tante, je te rappelle.

– Oui oui, je l'aime bien, c'est pour ça que je m'intéresse.

Faux cul, ça s'appelle. Elle m'octroie un regard mi-figue.

– Elle, en tout cas, elle t'aime pas, dit Mirabelle.

Ça me soulage. Ce serait vraiment trop relou de détester quelqu'un qui me kiffe.

Au lycée, j'ai retrouvé quelques élèves qui étaient scolarisés comme moi à Ailly-sur-Somme mais avec lesquels je n'ai jamais eu beaucoup d'affinités. Ils ont toujours eu les fringues qu'il faut, les gestes qu'il faut, les préoccupations qu'il faut, le téléphone portable qu'il faut. Je rentre pas dans leurs cases. Les nouveaux, je n'ai pas eu le temps de les cerner encore. De loin, j'ai l'impression qu'ils se la pètent un peu parce qu'ils habitent la grande ville. On verra bien.

Il m'arrive de croiser Fanny aux interclasses, un peu comme quand j'étais à la petite école et que je l'apercevais dans la cour des grands, mais on a cours dans des bâtiments différents. En revanche on prend le même car souvent, le matin et le soir, ce qui pourrait nous rapprocher, mais… ne nous rapproche pas.

Je ne vais pas non plus me faire de plans sur la comète. Depuis le temps qu'on se connaît, s'il avait dû se passer quelque chose, ce serait déjà arrivé, non ? C'est ce que je pense quand j'ai l'humeur défaitiste. Les autres jours, je reprends espoir et je me dis *pourquoi pas ?* Je me dis que ce n'est pas plus mal s'il ne s'est encore rien passé parce que les amours de gosses n'ont statistiquement que très peu de chances de durer.

J'ai pris *audiovisuel* en enseignement optionnel parce qu'il y a une fille super mignonne dans ma classe qui l'a pris aussi. Ses cheveux noirs, et même très noirs, contrastent avec son prénom, Bianca. Elle vient d'une encore plus grande ville que les Amiénois qui se la pètent puisqu'elle habitait Paris quand ses parents ont brusquement décidé de s'installer à Ailly pour télétravailler et élever des chèvres.

Bianca est écolo, mais elle aurait préféré continuer à l'être de loin.

– Mauvais timing, elle dit. À quinze ans, on n'a pas envie de s'enterrer au milieu de nulle part. Dès que je suis majeure, je me casse.

Elle se vieillit un peu, elle n'a pas encore quinze ans et moi non plus. Elle prend le car aussi et comme Fanny ne se précipite jamais pour venir s'asseoir près de moi, je me dis que je pourrais peut-être essayer de remplacer l'obsession d'une fille rousse par l'obsession d'une fille brune. C'est sûrement loin d'être aussi simple, même avec la méthode Coué, la visualisation positive, tout ça. Mais si ça ne marche pas, grâce à mes nouvelles compétences optionnelles, je pourrais tourner un docu sur la cité Carmichaël en travaux pratiques. Il y a de la matière pour une mini-série au moins. *Plus moche la vie*, ça s'appellerait. Ou *Liverpool-sur-Somme* ? Les mecs qui font des films ont toutes les filles à leurs pieds, même s'ils sont en métal. Enfin je suppute, je n'ai pas de preuves.

Je n'étais pas au lycée depuis quinze jours quand Stella a mis le mariage sur le tapis.

Mirabelle m'a lâché le morceau sans que j'aie à lui demander quoi que ce soit. Je venais juste d'arriver après mes cours, je lui ai proposé de l'aider à ranger les spéculoos artisanaux et elle a dit oui. Elle était tellement excitée qu'elle avait besoin de partager. Elle savait qu'elle ne trouverait pas meilleur auditeur que moi pour son scoop.

– Ils se marient ! Ça va être géant, je sais pas encore ce que je vais mettre !

Loin de m'attendre à pareille révélation, je la regarde bouche bée. Serait-elle en train de me mythonner pour me punir de ma curiosité ? Je réfléchis rapidement qu'elle en est incapable, d'ailleurs la suite arrive toute seule.

– Stella est pressée parce qu'elle s'inquiète vu qu'elle est vieille maintenant, elle me chuchote.

– Elle a quel âge ?

– Bientôt quarante.

– Ah oui quand même…

– Quand t'es pas mariée à quarante ans, c'est soit t'es lesbienne, soit ça craint.

– Ouaip… Et c'est pour quand ? je m'enquiers d'une voix qui tremblote.

– En mai, rapport au temps. Elle invite deux cents personnes, tu te rends compte ?! Il y aura un feu d'artifice, un gâteau géant avec des bestioles vivantes à l'intérieur style des tourterelles, elle sait pas, plus un orchestre pour le bal ! T'imagines ?!

– Sami est d'accord ?

Mirabelle ne répond pas. Ça semble être un détail.

– Regarde ce qu'elle a balancé sur Twitter !

Elle me montre un cliché de Stella en robe rouge moulante décolletée, et Sami, costume noir col mao qu'elle lui a fait acheter pour leurs sorties en ville. Sur fond de cathédrale d'Amiens.

Je m'appuie à la gondole pour éviter de m'effondrer de consternation.

– Il est bien, sapé comme ça, pour un vieux, commente Mirabelle en parlant de Sami.

La moue un peu dégoûtée quand même.

– Donc il est d'accord ?

– Sauf pour le feu d'artifice, je crois. Il dit que ça fait peur aux oiseaux et que ça envoie des gaz nocifs dans l'atmosphère. Alors Stella a dit que le 14 Juillet, y a des feux d'artifice partout et ça a pas l'air de gêner les oiseaux. Le patron a répondu que si, y en a plein qui meurent de crise cardiaque, mais on n'en parle pas pour que les gens continuent de se réjouir du spectacle. Du coup, je sais pas s'il y en aura un…

Je déglutis. Je ne trouve pas les mots. Je m'en veux de ne pas avoir anticipé que ça irait jusqu'au mariage, même si ça n'aurait rien changé que j'anticipe, à part que la nouvelle m'aurait peut-être moins bouleversé…

Sami m'a dit qu'il avait failli se marier autrefois.

Avec Rana, son grand amour. Il avait vingt ans, il voulait fuir l'Irak avec elle, venir en France, pays des droits de l'homme, des grands penseurs et des poètes, pensait-il. Mais les parents de Rana avaient des projets plus ambitieux que celui de marier leur fille à un étudiant en lettres qui, au mieux, deviendrait prof avec un salaire de misère. En plus, son frère avait été arrêté pour communisme et on ne l'avait jamais revu. Ils ne voulaient pas de ça pour leur fille. Ils l'ont séquestrée jusqu'à son mariage avec un riche commerçant. Sami avait appris presque au même moment que son frère aîné était mort torturé dans les geôles de Saddam Hussein. Ses parents l'exhortant à fuir, le cœur en miettes, il avait obéi. Sept ans plus tard, les Américains envahissaient l'Irak et ses parents mouraient, victimes collatérales d'une frappe aérienne. Rana était morte elle aussi, en donnant naissance à un garçon. Les conditions sanitaires en temps de guerre laissent forcément à désirer.

J'imagine que c'est le genre de choses dont on ne se remet jamais. On s'habitue peut-être, comme moi, à ne plus avoir mes pieds, c'est tout ce qu'on peut faire. Mais qu'il soit d'accord pour épouser Stella, c'est une chose que je ne peux tout simplement pas imaginer.

Si ça se trouve, il n'a pas osé lui dire non. Par gentillesse. Ou par lâcheté. C'est la première fois que je pense une chose pareille de Sami, mais son mariage avec Stella, c'est vraiment au-delà de ce que mon cerveau peut intégrer.

Quand je pense que j'ai passé mon après-midi à étudier la description moléculaire de la matière et à réaliser des calculs sur des nombres relatifs sous forme de fractions alors qu'il se passait tant de choses à l'épicerie !

– Au fait, t'avais raison ! s'exalte encore Mirabelle. Loulou, c'est la fille de Georgio, il a fait un test ADN. Du coup, il veut qu'elle aille vivre avec lui.

Je suis en train d'accuser le choc de ces révélations quand Fanny apparaît sur le seuil de la boutique et me jette un regard stupéfait. Je mets dix secondes à réaliser que je me trouve si près de Mirabelle que ça peut prêter à confusion sur notre activité. Si j'escomptais la jalousie de Fanny, mon attente est une fois de plus déçue. C'est même tout le contraire qui se passe : elle me gratifie d'un clin d'œil complice. Elle s'en fiche que je drague Mirabelle ou que je ne la drague pas, c'est bonnet blanc et blanc bonnet pour elle.

Encore un jour qui grimace.

Le samedi suivant, Stella a posé sa journée pour aller annoncer son mariage princier à ses parents qui habitent Arras.

Aux premières heures de l'après-midi, les clients ne se bousculant pas, Sami en profite pour éponger son retard administratif pendant que je nous prépare un thé à l'irakienne. Noir, bouilli avec de la cardamome si longtemps qu'il mute presque liqueur. On le prépare la veille. Ensuite, il suffit d'en mettre un peu au fond d'une tasse et d'ajouter de l'eau chaude, et du miel si on veut. Si au début je le buvais par politesse, j'y ai pris goût. Je me suis même mis à l'adorer en découvrant que Stella l'a en horreur, s'insurgeant régulièrement contre ce *breuvage de bédouin*.

Le chat continue de rôder dans les parages, saute sur l'appui de fenêtre et commence une toilette minutieuse. Sami aussitôt se lève pour lui faire goûter ses nouvelles croquettes aux insectes, que la bestiole renifle, dédaigneuse, puis goûte, puis recrache en menus morceaux.

– Les chats n'aiment pas la nouveauté. Il faut qu'il s'habitue, dit Sami en le caressant.

Il revient s'asseoir derrière son bureau, boit une gorgée de thé, et murmure, comme s'il se parlait à lui-même :

– Le problème, quand on a de l'argent, c'est qu'on ne peut plus savoir si les gens vous aiment vraiment…

Pas trop tôt ! je pense en mon for intérieur.

– Sauf ceux qui t'aimaient déjà avant, je lui fais remarquer.

– C'est vrai, il me sourit.

Après un silence pensif, il dit :

– Je ne suis pas si riche qu'elle le croit, hélas…

Il me confie que l'unique fois où il a tenté de la détromper en lui suggérant d'enlever un zéro *à sa folie des grandeurs* – il a juste dit *enlever un zéro* –, elle a cru à une plaisanterie qu'elle n'a pas trouvée drôle du tout.

Il reconnaît qu'il aurait pu la détromper comme quoi ce n'était pas de l'humour et qu'il a fait preuve de lâcheté. En disant ça, il valide mes soupçons comme quoi il en est capable, personne n'est parfait. Il avait si peur qu'elle s'en aille qu'il s'est contenté de lui sourire comme si c'était une plaisanterie en effet, *pas drôle du tout* en effet, et il s'est dépêché de passer à autre chose.

– Je ne devrais pas te parler de ça, il dit, ce sont des histoires d'adultes.

Je hausse les épaules sans commenter, le cœur aux aguets.

– Je me demande si c'est une bonne idée… il dit encore.

Et comme je fronce les sourcils, il précise :

– Ce mariage.

Je me retiens à grand-peine de lui donner mon avis : *Non ! C'est pas une bonne idée du tout, c'est même la pire que t'aies jamais eue !*

C'est tout un art, l'écoute, ça requiert de la neutralité pas évidente au premier abord. D'ailleurs qu'est-ce que j'en sais si c'est une bonne idée ou pas ? Si cette fichue pimbêche est le nouvel amour de sa vie, au nom de quoi le dissuaderais-je ?

Je me fais violence pour lui marmonner une parole impartiale.

– Si t'es sûr que tu l'aimes, je suppose que c'est une bonne idée.

– J'avoue ne plus très bien savoir où j'en suis…

J'entends des points de suspension partout.

– Peut-être que c'est bien des fois, de plus savoir où on en est ? je tente.

– Oui…

Un silence nous réunit. Épais, insondable. Sur l'appui de fenêtre, le chat met quelques petites touches finales à sa toilette puis se couche dans la position du sphinx. Sent peut-être le moment venu de retenter sa chance. Ne provoque qu'une association d'idées de la part de son ancien bienfaiteur qui dit, presque rêveur :

– Elle m'a dit qu'elle était un chat noir. C'est attendrissant…

– Tu veux dire, genre, elle porte malheur ?

– Oui. Mais on sait que les chats noirs et les sorcières ont été pourchassés à tort.

Stella a, sans le savoir, apporté l'argument qui motive Sami par-dessus tout. Il veut lui prouver que non, elle n'est pas un chat noir, ou peu lui importe qu'elle le soit. Il n'a pas peur, il est de taille à venir à bout de toutes les malédictions. Par amour.

Je nous sers une autre tasse de thé. Une bande de goélands passe en criaillant et va s'abattre sur le terrain vague où quelqu'un a jeté des restes de nourriture à côté du filet de volley.

– Tu trouves pas que ma mère est jolie ? je demande tout à trac.

C'est pataud, hors sujet. Il va croire que Flora en pince pour lui et que je suis mandaté.

Heureusement, il est si tourneboulé qu'il ne se rend compte de rien.

– Oh ?! Oui, c'est vrai, elle est jolie. Je m'étonne qu'elle n'ait pas encore retrouvé quelqu'un. Ah, mais je suis bête ! Elle a trouvé ! Il s'appelle… Vince, c'est ça ?

– Ouaip… Mais je crois pas que ce soit quelqu'un de bien.

– Non ? Il ne la frappe pas, j'espère ? il s'inquiète aussitôt.

Je suis tenté un instant de lui mentir que oui, mais rien de bon ne sort jamais d'un mensonge.

– Non.

– Il faut du temps. Ce n'est peut-être pas facile pour lui non plus ? C'est si violent, ce qui vous est arrivé. Ce n'est pas évident à assumer pour quelqu'un d'extérieur.

Je n'y avais jamais pensé. Il a raison, une fois de plus.

– Ce qui compte, c'est qu'elle soit heureuse, il ajoute.

On ne peut qu'être d'accord – sous peine, si on ne l'est pas, de passer pour quelqu'un qui privilégie son propre bonheur à celui de sa mère.

Sami boit une autre gorgée de thé et reprend sa pensée rêveuse où il l'avait laissée. Du côté de Stella. Son regard s'en va se balader du côté des nuages, il n'est presque plus là.

Je crois que j'aime Sami plus que mon père, même si ça ne se fait pas et même si ça se dit encore moins. Alors je ne le dis pas. À personne.

Pas même à Sami à qui ça pourrait faire peur.

Mon père n'était pas doué pour l'écoute, mais on faisait parfois des trucs ensemble que je n'ai jamais faits avec Sami. Comme aller à la foire de la Saint-Jean manger des gaufres et pêcher des canards en plastique. Ou tirer à la carabine à plombs quand j'étais plus grand. Ou jeter des cerceaux sur des objets dont les plus beaux étaient les plus lointains et personne ne pouvait les atteindre. Je me souviens qu'un jour, il s'est énervé parce qu'il n'arrivait pas à entourer une montre. Il avait déjà acheté tellement de cerceaux que le forain, devant la consternation de ma mère, a fini par lui donner la montre. Je crois qu'il avait largement dépensé de quoi l'acheter dans un magasin. Il a dit *merci* mais il était vexé, surtout que vue de près, la montre était beaucoup moins belle. On a enfin pu quitter le stand. Après ça, on est montés *entre hommes* dans le New Jump, un manège où on est secoués comme des feuilles de salade. J'étais blême, le cœur à l'envers.

– C'est un manège pour femmelettes ! il me hurlait dans l'oreille.

Quand j'ai vomi ma gaufre sur sa chemise propre, ça l'a calmé.

Il m'a jeté un regard consterné de *vrai homme* à *femmelette*, l'air de penser qu'il aurait peut-être plus de chances avec Juju qui était encore dans le ventre de Flora.

En français, on étudie Rousseau. Je ne comprends pas qu'on nous oblige à étudier sa vie son œuvre. Je n'aime pas ce type qui fait son Calimero à longueur de chapitre sans jamais remettre en cause une seconde que les méchants et les cons c'est les autres.

« *[…] je connais les hommes. Je ne suis fait comme aucun de ceux que j'ai vus ; j'ose croire n'être fait comme aucun de ceux qui existent.* »

Pathétique. Dommage que les réseaux sociaux n'existaient pas, il aurait pu créer un blog et poster des photos de lui tous les jours. À condition d'apprendre à faire des phrases plus courtes et moins tordues.

Ce n'est peut-être pas très loin du « *"Moi je suis seul, et eux, ils sont tous", pensais-je…* » de Dostoïevski, mais l'humour en moins. Et l'humour, c'est l'élégance. Quand on est les quatre cinquièmes de soi-même, l'élégance c'est obligatoire.

Sami à qui j'ai fait part de mes constatations rageuses, me dit que dans quelques années, je comprendrai mieux sa pensée. Une pensée de vieux, dit autrement. Ça m'étonnerait. Le mec Jean-Jacques aurait dû penser à ne pas abandonner ses gosses pour espérer que je m'intéresse à lui un jour.

J'ai demandé à la prof si oui ou non, on allait aborder Dostoïevski cette année. Elle m'a souri de connivence et ça m'a valu d'être traité de fayot. Je l'ai peut-être cherché, c'est du Rousseau appliqué : « *Je ne suis fait comme aucun de ceux que j'ai vus.* »

– Concentre-toi sur ce qu'on étudie en ce moment, elle m'a répondu.

Non merci.

Bianca dit que je suis original – je me demande comment je dois le prendre.

Elle dit qu'elle aimerait bien qu'on fasse un film ensemble.

– Sur quoi ? j'ai demandé.

– Je suis sûre que t'as plein d'idées, elle a dit.

Pas faux. Je lui ai parlé de *Liverpool-sur-Somme*.

– Enfin, ce serait le titre, tu vois ? Pour l'intrigue, je suis pas encore fixé, mais y a matière. Le plus dur, c'est de choisir.

Elle a adoré.

Elle me drague ?

Faut que j'arrête de planer un peu. Suffit que je me mette cinq minutes à sa place pour comprendre que je tomberais sûrement pas amoureuse d'un type qui n'a pas de pieds.

Flora a mis la pédale douce avec Vince. Peut-être qu'elle a peur d'être envahie ? Depuis cinq ans on se débrouillait pas si mal après tout. Peut-être qu'elle a découvert les bons côtés : moins de ménage, moins de repassage, moins de chaussettes à laver, soirées tranquilles sans crainte du retour inopiné d'un mari alcoolisé ?

Au lieu de décourager Vince, la pédale douce lui a donné envie d'appuyer sur l'accélérateur.

Il grignote le terrain, passe désormais sans prévenir avec un dessert ou des chocolats. *Surprise !*

Et je vois bien que ça ravit Flora, et le côté impromptu la dédouane vis-à-vis de moi et renforce sa conviction que Vince tient à elle. *Je n'y suis pour rien*, semble-t-elle me dire avec un petit haussement d'épaules.

Comme s'il n'était pas de notoriété romanesque que les obstacles aiguisent l'appétit.

Vince amadoue mon Juju qui ne voit pas malice et l'aime donc bien.

– Qu'est-ce que tu vas demander au père Noël ? Tu lui as envoyé ta liste ?

– Non.

– Ben faut te dépêcher.

Et voilà mon Juju qui réfléchit tous les soirs avant de s'endormir et qui écrit ses souhaits sur le bloc de post-it.

Et sa liste s'allonge, s'allonge, il écrit gros en plus. On met du scotch pour faire tenir les post-it ensemble. Au bout d'un moment, on dirait une guirlande jaune fluo.

Vince, un peu effaré, lui suggère de souligner le plus important au cas où il n'y aurait pas tout ce qu'il faut dans la grange du père Noël.

– Pourquoi y aurait pas tout ?

– Parce qu'il faut qu'il les fasse fabriquer et parfois les lutins n'arrivent pas à finir à temps.

En fait de lutins : des milliers d'ouvriers sous-payés à l'autre bout de la planète, et à l'échelon local, une centaine d'intérimaires embauchés tout exprès par Amazon qui réalise soixante-dix pour cent de son chiffre d'affaires à Noël. C'est Vince qui embauche les lutins, lui qui les licencie aussi, quand ils ne courent pas assez vite ou que le rush des fêtes est derrière eux. Motus.

Je comprends que Vince s'estime heureux d'avoir trouvé un job, mais personne ne devrait s'habituer à de pareilles ambiances. Le bon petit côté c'est qu'il va devoir faire des heures sup pour gérer le surplus d'activité. Même le réveillon, il va le zapper.

– T'en voudrais quand même pas comme père ? je dis à Juju.

– J'en ai déjà un, de père.

– Oui mais il est mort. Pour remplacer, je veux dire.

Il demeure un instant perplexe avant de passer à l'ennemi.

– Il est gentil, Vince.

Je n'en reviens pas de la rapidité avec laquelle il pactise. C'est l'effet de la candeur de sa jeunesse, je suppose. Je suis évidemment moins emballé. Stella m'a pris Sami, Fanny me considère comme une demi-portion, alors si Vince me kidnappe mon Juju en plus !

La jalousie rend con, il faut croire, sinon, jamais je n'aurais proféré une telle insanité.

– Non, il est pas gentil, il veut juste t'empêcher de grandir avec ses conneries de père Noël. Il existe pas, le père Noël !

– Kevin ! s'indigne Flora.

– C'est pas vrai ! proteste Juju. Et pis d'abord, je veux pas grandir ! Quand on grandit, on a des accidents d'alcool et on meurt ! Hein c'est pas vrai maman qu'il existe pas le père Noël, pasque s'il existe pas alors la vie c'est pas marrant ! il chouine avant de fondre en larmes.

Notre mère le câline en le suppliant de ne pas m'écouter.

– Il a dit ça pour te taquiner, voyons...

Il a bientôt sept ans quand même. C'est l'âge où le père Noël et les dragons tombent le masque, non ? Il faut bien qu'il s'arme un peu pour la vie.

En dépit de ma mauvais volonté, Flora n'en a pas moins tenu à me souhaiter mon anniversaire qui tombe le 20 décembre et qu'on fête souvent en même temps que Noël. Ce qui me fait une fête de moins que Juju qui est né en juin. Mais ça m'est égal.

Je suis touché pourtant de son attention. Elle veut m'amadouer ?

Elle a acheté un gâteau au chocolat, y a planté des bougies bleues déjà pas mal consumées vu qu'elles servent tous les ans jusqu'à ce que mort de bougie s'ensuive. J'ai réussi à souffler les quinze du premier coup et je me suis senti important d'avoir survécu plus de cinq ans à l'accident.

J'ai même eu droit à un cadeau : une coque de téléphone, bleue, avec un arbre et un hibou, sauf qu'elle habille un portable que je n'ai pas.

– Patience… m'a dit Flora avec un petit clin d'œil qui laissait présager une connivence pèrenoëllienne.

On avait à peine digéré le gâteau au chocolat qu'on embrayait déjà sur le sapin.

Flora en avait fait des tonnes pour que ça ressemble à une vraie fête avec décorations, guirlandes scintillantes, bûche glacée et tout le tintouin traditionnel.

Ça me déprimait de penser que Sami allait devoir fêter ça avec Stella et Loulou et ses futurs beaux-parents, et acheter des cadeaux, forcément somptueux, pour tout le monde. Mais c'était peut-être mieux que d'être seul avec Pétunia et le vieux Gégé qu'il invitait toujours à manger un morceau de bûche avec du champagne. Cette année, ils allaient devoir passer Noël en compagnie de leur télé.

Le matin du 25, sortant tout ensommeillé de ma chambre, je m'aperçois, de une, que si Vince a loupé le réveillon, il a passé la nuit chez nous, de deux, que mon Juju est parvenu à tirer le meilleur parti de ma révélation pèrenoëllienne pourrie en déballant le téléphone

5G destiné à être revêtu de la coque bleue, avec arbre et hibou.

Je dois reconnaître au passage que Vince a mis du beurre dans les épinards du père Noël grâce à son salaire des relations inhumaines. Ce n'est pas la paye d'infirmière de Flora qui aurait pu se le permettre.

Sauf que je me retrouve avec un panda en peluche qui chante *We Are The Champions* en secouant la tête.

– Tu t'es trompé, je crois, je dis à Juju.

– Nan ! Le père Noël l'a mis dans mes chaussures.

– C'est pas possible.

– Ben si, tu vois bien !

– Le père Noël est pas débile, il a pas pu me ramener un panda en peluche.

– T'aimes pas les pandas ? dit Juju.

– C'est pas la question, je m'en fous des pandas, mais ce portable c'est MON cadeau !

– Bon Kevin, tu te calmes, m'intime Flora.

– Moi je le veux bien, ton panda, si t'en veux pas, dit Juju.

– D'accord, on échange ?

Non, Juju ne veut pas échanger, il veut tout.

– Fais ton petit malin ! Tu sais très bien que le père Noël a pas pu faire ça vu qu'il...

– Kevin, tu ne vas pas remettre ça ?!

– Il est trop petit, m'man, il va l'abîmer...

– Kevin...

Juju ne se démonte pas.

– Bien sûr qu'il existe, dit-il, je l'ai vu !

Et Juju prouve, Juju donne des détails.

Et c'est quelque chose d'entendre ce gosse lutter bec et ongles pour prouver l'existence d'un bienfaiteur omniscient. On objectera que c'est ce que font bien des adultes mais, de la part d'un mouflet de six ans et demi, c'est bluffant.

– J'ai fait un cauchemar, alors chuis descendu dans la cuisine et alors j'ai vu le père Noël prendre les cadeaux dans sa hotte pour les mettre dans les chaussures de tout le monde et il a mis ÇA dans MES chaussures à moi ! Quand le père Noël a vu son petit Juju debout avec son verre d'eau, il a posé un doigt sur ses lèvres et il est ressorti par la porte pasque la cheminée était pas nettoyée et il avait peur de se salir. Il avait pas de costume de rechange et il avait pas fini sa tournée. Ça s'est passé comme ça, j'y peux rien ! il conclut.

Avec de tels accents de sincérité que notre mère hésite entre l'attendrissement et l'épouvante devant tant de mystification précoce.

– T'as échangé après ou alors ? je tente, sous le choc.

– Non ! il me répond, outré. C'est le père Noël qu'a décidé !

Je suis médusé. J'ai l'impression de regarder une série dont j'aurais loupé une saison.

Je ne peux pas m'empêcher d'imaginer qu'un jour mon mignon petit Juju deviendra peut-être un adulte dans le genre du paternel ou de Joël. Les dictateurs et les tueurs en série ont sûrement été des mouflets tout affligés de mignonnitude qui ont pleuré en découvrant que le père Noël n'existe pas et que les adultes font semblant d'avoir réponse à tout pour se rassurer eux-mêmes.

J'ai longtemps cru moi-même que les méchants rôtissaient en enfer après leur mort et que les bons étaient récompensés, avant de me rendre à l'évidence que c'étaient des promesses de pipeau.

La preuve, c'est que pour éviter un drame de Noël, notre mère m'a demandé de lâcher l'affaire. On réglerait ça plus tard, elle ne savait pas encore comment. De toute façon, sans carte SIM, le téléphone ne pouvait servir qu'à prendre des photos et jouer aux jeux déjà inclus dans l'appareil. Vince a mis un code sur les plus meurtriers.

J'ai kidnappé le panda dans ma chambre pour que Juju assume son choix.

Il m'épatait tellement que je n'arrivais pas à lui en vouloir. Je me suis juste demandé si je servais encore à quelque chose dans cette maison.

Le mercredi, je n'ai pas cours, j'aide Sami et Mirabelle.

Je m'entends bien maintenant avec Mirabelle. Ce qui ne l'empêche pas de continuer à se limer les ongles pendant que je mets en rayon dix cartons de bières artisanales de Domart-en-Ponthieu, des confitures de lait au beurre salé, des lentilles de Picardie, du miel de l'Avesnois, des tartes au rollot et du maroilles dans le rayon frais.

J'aime quand c'est bien rangé, quand ça transpire l'abondance. C'est rassurant et ça met les neurones dans le bon sens : celui qui donne à croire que tout est possible, c'est une simple question de temps pour que ça se mette en place.

Mirabelle repose sa lime en soupirant comme si le rangement l'avait épuisée, elle constate, sourit et dit :

– C'est bien.

Tel un contremaître satisfait et bienveillant.

Dans l'arrière-boutique Sami règle ses fournisseurs, classe, rentre son chiffre d'affaires, éponge le retard de paperasses, règle la TVA… ce qu'il fait chaque semaine.

L'atmosphère est studieuse. Paisible presque.

Mirabelle me fait signe de la rejoindre au fond de la boutique, au rayon des produits ménagers, elle a de l'info toute fraîche à me communiquer à propos de ce foutu mariage qui la fait frétiller.

Elle me met son portable sous le nez.

– Elle a choisi sa robe de mariée, elle me chuchote.

Gris perle, tout en audacieuse transparence, avec Stella dedans : princière.

– Elle a mis ça sur Twitter ?

– Ouais. Cinq mille euros…

– Elle a mis le prix aussi ?

– Ouais.

J'ai supposé que ça ajoutait à la beauté de la robe…

– Et ça, c'est pour aller avec…

Elle me montre une photo d'escarpins rouges avec un talon d'au moins douze centimètres.

– Six cents euros ! elle s'exclame, admirative.

– Sans déc ? Six cents euros pour des chaussures ?

– Putain Kevin, c'est pas des chaussures, c'est des Louboutin ! C'est vraiment un repaire de ploucs ici.

– Ouaip, bien sûr je sais ce que c'est, des Louboutin, je lui rétorque, vexé comme un pou aspergé de Marie-Rose.

– Le patron aussi a fait mine de pas comprendre. Du coup, tu sais ce qu'elle lui a dit ?

– Que c'était un repaire de ploucs ici ?

– Non, ce que tu peux être susceptible, elle lui a dit *tu veux que je porte le voile ou quoi ?*

– Oooh joli !

Des mots venus de loin.

– Elle veut faire ça au château de Flesselles, elle murmure.

– Connais pas.

– Un château, Kevin, enfin ! Moi non plus je connais pas, mais un château, quoi !

Elle a chuchoté si fort que Sami relève la tête de ses comptes. Je mets un doigt sur mes lèvres.

– Trois mille euros la location, traiteur non inclus, elle ajoute, plus bas.

– Putain, c'est cher !

– C'est ce que le patron lui a dit, mais elle a répondu que c'est la première fois qu'elle se marie alors c'est pas le moment d'être rat…

– Elle a dit ça ?

– Ouais. Au fait, j'ai une mauvaise nouvelle aussi…

– Parce que celles-là étaient bonnes ?

– Elle veut pas inviter les gens d'ici, elle a dit *on fera une petite fête pour eux, ils se sentiraient pas à l'aise dans un château.*

– C'est sûr. Rien que d'y penser, à ce putain de château, j'ai la gerbe.

– T'es pas drôle, Kevin, j'arrive jamais à savoir ce que tu penses. Si ça se trouve, je vais rencontrer l'homme de ma vie, là-bas !

Ça l'exalte, elle a encore parlé un peu trop fort, Sami a encore relevé la tête de sa paperasse et je dois encore rappeler à Mirabelle de réduire les décibels.

– Elle a prévu d'aller en voyage de noces à Ibiza. Tu connais Ibiza ? Non ? Moi non plus. Paraît que c'est ce qui se fait de plus... tu vois ? Le style eau turquoise, chaises longues, palmiers. Remarque, le patron, ça a pas l'air de l'emballer, Ibiza. Tu sais ce qu'il lui a proposé à la place ? Tu devineras jamais...

– J'aime pas les devinettes.

– Il a dit *et pourquoi on n'irait pas plutôt écouter les baleines ?*

Et elle explose de rire. Je parie que ça a fait marrer Stella aussi. Personnellement, je ne vois pas ce que ça a de comique.

On en est là quand voilà Fanny qui se pointe avec sa liste. On dirait qu'elle fait exprès de venir faire ses courses quand Mirabelle me chuchote ses confidences à l'oreille. Je fais mine de rigoler un peu, du style *je m'entends super bien avec cette fille.*

Mais Fanny n'est pas d'humeur au sourire complice aujourd'hui.

– Je suis surbookée, elle dit en s'adressant à moi, tu me prépares tout avec la monnaie. V'là cinquante euros, je repasse dans une heure.

– Ouaip. Sinon ça va ?

– Super !

Et zou ! La voilà partie. Du coup, ça me refroidit l'humeur aussi.

– Qu'est-ce qu'elle a, ta copine ? dit Mirabelle.

– C'est pas ma copine !

– Non ? dit Mirabelle avec l'œil en coin. Elle est jalouse là quand même, non ?

– Je crois pas.

J'aimerais tellement qu'elle ait raison.

– Franchement, un type dans mon genre te ferait des avances…

– Des avances ?

– Oui, je veux dire, il te draguerait. Ça ne te dégoûterait pas ?

– Ben… chais pas. Jamel, sa meuf, elle est super belle. Peut-être qu'il ne serait pas devenu ce qu'il est s'il n'avait pas eu son accident de bras.

Je ne m'attendais pas à l'argument.

– Mouais, j'y ai jamais pensé… Du coup, ça te dégoûterait pas ?

– Chais pas, je te dis ! T'es en train de m'ambiancer ou quoi ?

– Non, je me renseigne.

Fanny est repassée une heure plus tard, moins renfrognée mais pas plus bavarde.

– Tu veux que je t'aide à porter ton sac ? je lui propose.

Mais un regard de tueuse en série m'a dissuadé d'insister.

« Ô mon fils, brise tes chaînes et sois libre ! Combien de temps demeureras-tu esclave de l'argent et de l'or ? »
Djalâl ad-Dîn Rûmî, *La Quête de l'absolu*

Une semaine après Noël, Vince a ramené une tablette Super Mario, plus robuste et plus adaptée aux six ans et demi de mon petit frère, qui a fait la grimace avant de l'adopter avec un enthousiasme excessif.

Suite à quoi j'ai pu négocier l'échange du panda contre le portable qui m'était destiné.

Après l'avoir revêtu de sa coque bleu hibou, j'ai passé trois heures à le programmer, me créer un compte sur Instagram, TikTok, WhatsApp, y chercher Fanny, sans succès, m'extasier sur la technologie, et m'énerver contre la technologie. Flora ayant boosté mon forfait à quinze euros par mois, je peux presque tout faire en illimité, y compris regarder des films à débit normal. Ça me change de mon téléphone ancestral et du vieil ordi familial sur lequel je regardais des films pornos en loucedé en bidouillant l'historique pour que Flora ne s'en aperçoive pas. Il y a des chances pour que je l'oublie moins souvent sur l'étagère de ma chambre.

À défaut de pouvoir échanger avec Fanny, j'ai trouvé Bianca sur TikTok. Elle est aussi sur WhatsApp et Insta. Elle dit que c'est indispensable quand on se destine à la réalisation. Elle m'a demandé si j'avais avancé sur mon projet de scénario, elle y a réfléchi, il faudrait qu'on en parle. Elle dit que les millions de Sami pourraient être un bon point de départ.

– T'en penses quoi ?

Rien. Ça va trop vite, trop bien. Je n'ai pas eu le temps d'y penser, et c'est encore Fanny qui me fait rêver, jusqu'à nouvel ordre. Dimanche, j'ai réussi à passer une heure avec elle, un exploit. Elle était sur le banc au cerf blanc. Elle ne faisait rien, elle n'avait pas son regard de tueuse et elle m'a presque souri quand je me suis approché.

– Ça va ? j'ai dit.

Elle ne m'a pas répondu. Alors je me suis assis près d'elle, je n'ai plus rien dit et on a regardé les bestioles douées pour la vie s'en donner à cœur joie pendant qu'on bouffait notre mélancolie. Au bout d'une vingtaine de minutes, Fanny a rompu le silence.

– J'ai vu mon daron la semaine dernière.

– Quand ?

– Mardi. Pourquoi tu demandes, on s'en fout de quand, non ?

Non, ça explique : c'était juste avant sa visite renfrognée à l'épicerie.

Fanny a un rapport compliqué avec son père. Elle est née d'une aventure qu'il a eue avec sa mère seize ans plus tôt. Il s'était bien gardé de préciser qu'il avait déjà femme et enfant et prétextait des déplacements professionnels pour justifier le peu de temps qu'il pouvait passer près d'elle. Quand la mère de Fanny est tombée enceinte et a refusé d'avorter, il lui a lâché le morceau. Fin de l'histoire. Sauf pour Fanny qui a vécu dix ans avec la fable inventée par sa mère d'un père pompier mort brûlé lors d'un feu de forêt. Comme il n'y avait pas de tombe à fleurir, sa mère a romancé aussi les cendres dispersées dans la foutue forêt. Quoi de plus romantique et naturel pour un pompier ?

Sa mère a attendu le jour anniversaire de ses dix ans pour lui déballer la vérité. Pourquoi ?

Parce que son père avait manifesté le désir de la rencontrer. Pourquoi ?

Mystère. Beaucoup moins mystérieuse était la vérité. Son père n'est pas pompier, il vend de l'électroménager, il a un fils de dix-huit ans et un autre de treize.

Fanny a refusé de le voir. Elle a tenu bon jusqu'à ce que leur réfrigérateur tombe en panne et que sa mère donne un coup de pouce au destin en lui demandant de l'accompagner en choisir un nouveau. Un guet-apens pour lui présenter son père. Le choc. La déception.

Fanny avait trop fantasmé sur ce père pompier. Celui dont elle devait se contenter n'était ni beau, ni grand, ni musclé et arborait un bidon de cinquantenaire. Le romantisme avait cramé dans l'incendie imaginaire.

Cédant à sa mère, Fanny avait néanmoins accepté que le vendeur d'électroménager leur rende visite trois fois par an. Par intérêt. Vu que, tenaillé de remords, il leur donne un peu d'argent.

– J'ai l'impression de me prostituer, dit Fanny.

– C'est ton père quand même, il peut pas être entièrement mauvais.

En prononçant la phrase, je reconnais l'enseignement de Sami.

Fanny a décidé que tous les mecs sont des cons ou des salauds ou les deux. Une vision de la vie qui ne me laisse pas beaucoup de chances mais qui n'en laisse pas beaucoup aux autres non plus.

C'est peut-être ce qui me motive finalement, la difficulté.

– Ça me fait plus de mal que de bien, de le voir, elle m'avoue, presque douce, me renvoyant encore à Sami qui m'a dit presque mot pour mot la même phrase, en parlant de Stella, mais concluant le contraire.

Je l'ai rarement vue aussi triste… Mais le temps d'envisager un geste de consolation, lui tapoter la main ou la prendre par l'épaule, Fanny se lève déjà comme si elle se repentait de m'en avoir trop dit, et me balance une vacherie pour reprendre de la distance.

– Tu la kiffes la stagiaire de l'épicerie, alors ? C'est marrant, j'aurais juré que c'était pas ton genre.

– Mais pas du tout, je la kiffe pas ! Je l'aide un peu, c'est tout.

– C'est vrai qu'elle a pas l'air fute-fute… Je suis sûre que tu la kiffes.

Et elle cligne comme si elle n'en pensait pas moins, ou pire, comme si elle s'en fichait.

En gros, un week-end paisible, presque harmonieux.

Le lundi, Bianca n'était pas dans le car qui nous ramène après les cours parce qu'elle s'est chopé une saleté de virus. Pendant tout le trajet, j'ai dû supporter le spectacle de Fanny rigolant avec un type de sa classe sans pouvoir saisir le moindre mot de leur conversation. Et descendre avec elle à l'arrêt d'Ailly, alors que le mec habite plus loin, n'a pas servi ma cause, vu qu'elle s'est contentée de me faire un petit signe de la main dissuasif avant de se diriger à grandes enjambées vers chez elle.

Désespéré, j'ai fait un détour par l'épicerie dans l'espoir que ça me remonterait un peu le moral. J'ai été bien inspiré, quoiqu'à mille lieues d'imaginer qu'une si merveilleuse surprise m'attendait. À une minute près, je loupais la messagère.

D'habitude, en fin de journée, Mirabelle est pressée d'enfourcher son vélo électrique pour rentrer en ville, dans la vraie vie. Mais ce soir elle s'arrête à ma hauteur, parce qu'elle est doublement dégoûtée.

– C'est foutu pour mon stage, et en plus, y aura pas de super giga teuf au printemps ! Je suis au bout de ma vie, Kev !

J'entends surtout qu'il n'y aura pas de fête au printemps et me voilà sur le gril. Je l'entraîne un peu plus loin pour en savoir plus sans risquer que Sami l'entende.

Si elle pense que c'est fichu pour son stage, ce n'est pas à cause d'une bourde qu'elle aurait faite. D'ailleurs, jamais Sami ne ferait une chose pareille. Il lui donnerait une seconde chance, et même une troisième, c'est son style. Non, le scoop, c'est que Mirabelle risque son stage à cause de Stella !

– Elle est partie ! me dit-elle en enfourchant son vélo.

– Quoi ?! Elle est partie où ? Attends ! T'en as trop dit là, et pas assez. Explique. T'es pas à un quart d'heure près quand même ?

Moi oui en revanche. Si je m'attarde, Flora va s'inquiéter et donc m'engueuler. Surtout après que j'ai tant insisté pour qu'on dîne plus tôt. Mais je devine que ça en vaut la peine.

– Elle est partie partie ! Sinon, ça craindrait pas pour mon stage.

Je suis à deux doigts de la syncope, je n'essaye même plus de donner le change.

– Raconte, steuplaît… il s'est passé quoi ?

Elle soupire. Pose le vélo contre le mur, regarde l'heure sur son téléphone, re-soupire et commence à raconter, comme si elle me faisait une faveur.

– Bon, vite fait alors. Quand je suis arrivée ce matin, Stella faisait la grassemate comme tous les lundis…

Stella ne travaille pas le lundi matin et Loulou dort chez son père présumé le dimanche, alors elle en profite.

– Sami m'ouvre, il me résume ce qu'il y a à faire et il remonte lui préparer le petit-déj, tu vois le genre ? La totale avec café et croissants, la chance qu'elle a… qu'elle avait.

– Oui, et ?

Sami lui a dit quelque chose mais Mirabelle n'a pas entendu quoi parce que sa voix grave et douce ne porte pas si loin. En revanche, elle suppute que ça n'a pas plu à Stella.

– Faut dire qu'elle est de mauvais poil depuis que Georgio a annoncé sa candidature aux régionales. Elle regrettait un peu, elle aurait bien aimé être femme de député. C'est sûr que c'est plus glamour que femme d'épicier.

– Je savais pas que Georgio était candidat. Et ?

– Stella lui a répondu un truc du genre *cinq sur cinq*, sur un ton…

– Acerbe ?

– Sûrement. J'en reviens pas des mots que tu sors par moments, Kev… Après, le patron lui a encore parlé, et j'ai entendu des bribes parce je m'étais approchée de l'escalier.

– Cool, et ?

– Il parlait de faire le mariage ici, pour pouvoir inviter tout le monde. Il a dit *il suffit de décorer un peu, au bord de l'eau ce sera… pittoresque*, il a dit, je crois. Mais Stella l'a pas laissé finir, y a eu un bruit de vaisselle cassée et aussi, de… comme si quelqu'un sautait, tu vois ? Bong ! Puis Stella s'est mise à gueuler, et du coup c'était facile d'entendre, *c'est quoi ton problème au juste ?!!! T'es un vrai grippe-sou en fait ! Un radin ! Un rat ! Un épicier ! C'est ça, t'es un épicier ! Mais je ne suis pas le genre qu'on baise pour des clopinettes figure-toi, et j'ai pas l'intention de me coltiner des bouseux le jour de mon mariage, je vaux mieux que ça !* Elle y est pas allée de main morte.

Étrange comme je jubile intérieurement de m'être fait traiter de bouseux.

– Elle a juste révélé sa vraie nature, je commente. Et Sami, il a répondu quoi ?

– Il a dit *combien tu penses valoir ?* et elle a répondu *tu te fous de ma gueule ?* Alors le patron a dit *moi je pensais pas qu'on baisait, je pensais qu'on faisait l'amour* ou un truc dans le genre. C'est romantique, hein ? Et là, y a encore eu un bong, et Stella a crié *tu vas me le payer !* Je crois que le bong, c'est dans la figure du patron qu'elle l'a balancé avant que ça tombe, parce que quand il est descendu, il saignait… Pas beaucoup, hein, elle précise, me voyant blêmir. La preuve, il est dans la boutique avec un pansement là.

Elle montre le haut de sa joue.

– Après, il y a eu des portes claquées et Stella qui continuait de hurler des horreurs, comme quand on est en colère depuis trop longtemps, tu vois ?

Non, je ne voyais pas, mais je voulais que Mirabelle continue, alors j'ai opiné.

– *Tu voudrais quand même pas me faire croire qu'on a dépensé quarante-quatre millions en six mois ?* elle hurlait. *Je sais compter, figure-toi ! Même avec tout ce que t'as donné à ces pouilleux ! On donne pas autant d'argent si on n'est pas pété de thunes !* Pendant tout le temps où ils se disputaient, le chien gémissait. Ça lui plaisait pas. Ils n'aiment pas ça, les animaux, quand les humains se disputent, ça leur fait peur. Le patron est descendu alors je me suis carapatée derrière la caisse pour faire comme si j'avais rien entendu. Et il s'est mis à fouiller dans ses papiers, il a fait une photocopie, et quand Stella est descendue sapée princesse avec deux gros sacs à roulettes, il lui a fourré sous le nez. *Tu peux la garder si tu veux*, il a dit. Je suis étonnée parce qu'elle a pris le temps d'y jeter un coup d'œil, et pendant qu'elle regardait, le patron lui a dit *je pense qu'on ferait mieux d'en rester là.* Super calme. Après, il y a le livreur qui est arrivé. En fait, il avait déjà déchargé des cartons devant la porte, mais j'étais tellement captivée que je m'en étais pas rendu compte. J'étais pas la seule, tout le monde s'en foutait du livreur à ce moment-là. Stella a dit *c'est pas la peine de prendre tes grands airs, hein, parce que c'est MOI qui te quitte, connard !* Elle était tellement vénère qu'elle a marché sur le pauvre Bradley qui a couiné comme un chien assassiné. Même qu'il boitait un peu après en la suivant jusqu'à la voiture. *Mon pauvre bébé*, elle a dit en le prenant dans ses bras et elle l'a mis devant à la place du mort et les sacs dans le coffre, et elle est remontée en chercher deux autres qu'elle a fourrés sur la banquette arrière. Le livreur n'osait pas bouger. Il voyait que c'était pas le moment, il devait se demander quoi faire. Stella a encore gueulé *je te jure que tu vas le regretter !* avant de monter dans la Mini et elle a démarré en faisant voler les gravillons. C'était tragique et beau à la fois, comme dans un film, tu vois ?

– Ouah !

C'est tout ce que je trouve à commenter depuis le trente-sixième ciel où Mirabelle vient de me propulser. À peine si j'ose y croire. Tout juste si je réclame pas des preuves.

– Sauf que le patron va plus vouloir de moi après ça... elle se lamente.

Et elle enfourche son vélo.

– Faut vraiment que j'y aille... Misère, j'ai presque plus de batterie ! C'est vraiment pas mon jour...

– T'inquiète pas pour ton stage, je lui dis, et fais gaffe sur la route.

Je ne devrais pas me réjouir du malheur de Sami. Mais en fin de compte ce n'est pas tellement de son malheur que je me réjouis, c'est de celui que la rupture avec Stella va peut-être lui éviter. Ce qui vient de se passer l'a peut-être été en vertu de quelque chose à quoi malheur est bon.

Stella Dupuis ne reviendra pas maintenant qu'elle sait que Sami n'a gagné que quatre millions quatre au lieu de quarante-quatre millions. Salement entamés en plus. Et lui a compris, il ne la laisserait pas revenir.

Du temps de Stella, Sami avait continué à poser un bol de croquettes et un autre d'eau fraîche sur le trottoir pour le chat. Mais, se sentant indésirable, la bestiole ne se risquait plus à l'intérieur et Sami devait se dépatouiller avec ses envies de câlin velouté. Le soir même où la pimbêche a claqué la portière de sa Mini rose, le félin a rappliqué comme s'il avait deviné que cette fois était la bonne. Il est entré d'une patte assurée dans l'épicerie où il a aussitôt repris ses aises.

Les bêtes sont beaucoup moins connes que les humains, question tout.

Je venais juste d'arriver sur la pointe de mes prothèses pour voir si Sami n'aurait pas besoin de ma compagnie pour fermer, ou autre. Flora, mise au courant de la raison de mon retard, avait renoncé à se disputer avec moi. Elle avait même compati.

Sami n'était pas brillant. Il caressait machinalement le chat qui ronronnait, couché sur ses papiers.

– Passe plutôt demain, il m'a dit. Je vais baisser le rideau moi-même ce soir.

– Pas de souci, patr… Sami. Tu sais que tu peux compter sur moi à la vie à la mort ?

– Je sais, il m'a souri un peu forcé.

– Je te laisse rentrer les cagettes alors ?

Il a opiné avec le même sourire contraint.

J'étais déjà sur le seuil quand il a dit :

– J'ai envie de lui donner un nom.

J'ai mis dix bonnes secondes à comprendre qu'il parlait du chat.

– Ah oui, bonne idée. Tu veux l'appeler comment ?

Il a soupiré, haussé les épaules.

– Tu pourrais l'appeler Rumi, j'ai dit, vu que c'est un genre de sage aussi…

Sami a émis un petit grognement appréciateur et je suis retourné chez moi, le cœur contrit.

Flora s'est étonnée de me voir vu que je venais juste de partir après avoir avalé mon assiette de coquillettes à la carbonara. On s'est fait une petite soirée familiale en légumisant devant *Le Voyage de Chihiro*. En réalité, Flora textotait avec son Vince et moi, je pensais à Sami. Le seul spectateur attentif était Juju. Encore luttait-il contre le sommeil pour qu'on ne l'oblige pas à aller se coucher. Trois fois il s'est endormi et réveillé en sursaut au moment où l'un de nous se levait pour le porter dans sa chambre.

– Je dors pas !

– Cinq minutes, accordait Flora.

Avant de se remettre à textoter. Et les cinq minutes s'étiraient, et les parents de Chihiro se transformaient en cochons.

J'imaginais Sami tout seul dans le lit XXL que Stella lui avait fait acheter. Ce soir, il devait avoir des allures de désert inhospitalier. Peut-être le chat en avait-il profité ?

Juju ronflotait, Chihiro devenait transparente mais son ami la retrouvait quand même.

Moi aussi, je retrouverai Sami toujours, peu importe où il sera.

Le lendemain après les cours, je suis passé à l'épicerie où un silence de cathédrale régnait. On ne savait pas quoi dire, on ne trouvait pas les mots pour commenter, on n'osait pas. Même Pétunia avait fait une pause dans sa logorrhée narrative.

Elle, qui ne tricotait plus depuis l'altercation avec Joël Poterre, bouquinait dans le fauteuil en osier et posait un doigt sur ses lèvres en guise de censure à l'intention de quiconque s'avisait d'ouvrir la bouche dans une intention de consolation.

Sami avait rangé en silence, classé en silence, entassé ce qui restait des affaires de Stella dans un carton en silence, et transporté le carton silencieusement dans l'arrière-arrière-boutique.

La seule chose dont il n'avait pas pu se débarrasser, c'était la petite cicatrice en forme d'angle droit sur la pommette gauche que Stella lui avait laissée en guise de souvenir, et qu'il pourrait chaque matin contempler en se rasant.

– Elle m'a lancé le catalogue de mariage, m'a-t-il avoué déconfit, mais souriant un peu, conscient de la portée symbolique et comique à la fois.

Au fil des jours, on a recommencé à parler en évitant le sujet qui fâchait et qui n'avait pas d'intérêt rétrospectif.

Je lui racontais mes journées au lycée.

La prof de français avait fini par m'avouer qu'elle n'avait pas prévu d'aborder Dostoïevski. On verrait ça en terminale, comme Sami me l'avait suggéré des mois plus tôt. Elle m'a demandé pourquoi j'étais obsédé par Dostoïevski.

– Je ne sais pas. Il n'a pas l'air… normal. On dirait que la vie est trop grande pour sa tête. Moi c'est pareil.

Ça l'a fait sourire, je crois qu'elle m'aime bien.

Ça a donné des motifs de fierté à Sami.

Je lui ai parlé aussi de ce que je lis en ce moment, *Les Nourritures terrestres* d'André Gide. C'est mieux que Rousseau. Beaucoup mieux. Beaucoup mieux aussi que *La Porte étroite* qui est au programme cette année.

« Ce que j'ai connu de plus beau sur la terre, Ah ! Nathanaël ! C'est ma faim. Elle a toujours été fidèle à tout ce qui toujours l'attendait. Est-ce de vin que se grise le rossignol ? L'aigle de lait ? Ou non point de genièvre les grives ?

L'aigle se grise de son vol. Le rossignol s'enivre des nuits d'été. La plaine tremble de chaleur. Nathanaël, que toute émotion sache te devenir une ivresse ; si ce que tu manges ne te grise pas, c'est que tu n'avais pas assez faim. »

C'était ça, exactement ça.

– Mais patron, je veux dire Sami, le mec Gide, j'ai regardé sur Internet, il paraît qu'il aimait bien tripoter les petits garçons ?

– À l'époque, on ne voyait pas le mal, il me répond gêné. Ce genre de… comportement était même encouragé chez les anciens Grecs. Platon et Socrate l'ont vraisemblablement pratiqué. Alors Aragon, Tournier, Cocteau, Michel-Ange, pour ne citer qu'eux, se sont sans doute crus autorisés. On ne peut pas les censurer sous prétexte qu'ils n'étaient pas des anges. Tu imagines une police des mœurs qui badigeonnerait le plafond de la chapelle Sixtine sous prétexte que c'est un pédophile qui l'a peint ? Il faudrait aussi interdire Flaubert qui aimait un peu trop les jeunes Maghrébins…

– On l'étudie en classe !

Sami soupire.

– Ce qu'on dit dans ces cas-là, c'est qu'il faut replacer les choses dans leur contexte et séparer l'homme de son œuvre. L'humanité a quand même progressé sur certains points. On a interdit le travail des moins de seize ans en

1958, c'est bien tard... D'ailleurs je ne devrais pas te permettre de m'aider ici.

– Mais j'apporte mes cours pour les potasser, ça gêne pas ma scolarité, au contraire ! Je travaille mieux ici. J'aime bien l'odeur. Elle m'inspire. Et puis on sait tous les deux que ça me fait plus de bien que de mal, hein patron ?

Il est mouché. Et c'est vrai qu'elle me fait un bien fou, cette intimité retrouvée.

– Au fait, je t'ai dit que ma mère a arrêté de fumer grâce à toi ?

Il fronce les sourcils.

– La vapoteuse que tu lui as offerte, tu sais ?

– Ah oui... tu la féliciteras, il me répond, le sourire encore un peu affligé.

J'ai peut-être été optimiste sur la décantation. En plus ce n'est pas vrai que Flora a arrêté de fumer, elle essaye. Faut jamais arrêter d'essayer. Y a que ceux qui arrêtent d'essayer qui échouent.

« Persuade-toi de ta force et de ta jeunesse. Sache te redire sans cesse, "il ne tient qu'à moi[4]". »

4. André Gide, *Les Nouvelles Nourritures.*

Pour minimiser les dégâts de ses dépenses inconsidérées, Sami a décidé de faire profiter tout le monde de l'écran incurvé de deux cent trente-trois centimètres.

Bernie nous a aidés à l'installer dans la grande pièce derrière la réserve où sont remisés le vieux canapé et les fauteuils. Et comme il n'y a pas de quoi asseoir tout le monde, les gens viennent avec des tabourets ou des sièges de camping. Les soirs où il fait un peu frais dans ce bout d'usine inchauffable, on garde pulls et vestes et on se réchauffe à coups d'infusion ou de vin à la cannelle. Ça prend des allures de foyer socio-éducatif. Plus socio qu'éducatif, à vrai dire. On regarde un match de foot, des séries, des vieux films. Ça ressemble aux veillées au coin du feu de nos ancêtres avec des images en guise de flammes. La belle ambiance.

Au point que le patron du Bilboquet a envoyé des espions s'enquérir de pourquoi son zinc accusait une baisse de fréquentation. Faut reconnaître que c'est un peu déloyal : chez

Sami, le vin chaud est gratuit puisque ce sont les *clients* qui l'amènent, comme dans une auberge espagnole.

Flora vient parfois avec Juju, et parfois elle me le laisse pour aller retrouver Vince. Le départ de Louise a attristé Juju qui a pallié son absence avec Super Mario auquel il est devenu accro. Les soirées chez Sami sont une pédagogie de détournement. Je pense toujours que Flora pourrait montrer plus de sollicitude envers Sami, mais je dois me faire une raison. Après tout, ma mère n'a pas besoin d'être en couple avec *mon père* de cœur.

Fanny ne vient pas, ou rarement. Elle n'a jamais été très mondaine. Pétunia est là évidemment, Totor aussi. Bernie et sa femme viennent souvent, sauf aux moments fatidiques de leur calendrier où ils ne désespèrent pas de fabriquer un bébé. Le vieux Gégé fume ses roulées au fond de la pièce, debout contre le mur.

Quand il fait beau, Sami sort les livres dont il n'a plus l'usage sur un bout de toile posé par terre devant l'épicerie pour que les gens se servent. C'est un genre de trottoir à livres.

– Dans la rue Mutanabi à Bagdad, beaucoup de livres sont par terre, dit-il.

– Ça doit être un sacré boulot de les rentrer à chaque averse !

– Il ne pleut pas souvent à Bagdad. Sauf l'hiver.

Les livres ont beaucoup moins de succès que l'écran plat.

– Il faut être patient, dit Sami.

Dans la vraie vie, entre les mots, il y a des silences, sinon ça ferait une bouillie que personne ne pourrait comprendre. Dans notre cité Carmichaël, il y a eu une période comme ça, calme, sans grand-chose à mettre dedans, et du coup, sans rien à raconter, pas le plus petit scandale, ou bagarre, ou insulte. Un journal n'aurait eu que des choux maigres qui n'intéressent personne à grignoter. Le buzz s'écrasait une petite sieste. Certains appellent ça l'ennui.

Il pleuvait.

Beaucoup.

Sans discontinuer ou presque. Rien qui soit de nature à empêcher Pétunia de faire des tartes et de raconter ses souvenirs.

– Ça s'arrange, elle me chuchotait quand Sami avait le dos tourné, ça reprend tournure.

En parlant de notre quotidien. Elle avait raison.

– Il faut que je réapprivoise la solitude, disait Sami.

Une solitude toute relative au regard de son activité épicière de huit heures du matin à huit heures du soir et des prolongations écran plat plusieurs fois par semaine. Plus Rumi, qui ne comptait pas pour des prunes. Pas rancunier, le chat, plus fidèle que l'humain et plus facile à apprivoiser que la solitude.

– Si Stella n'était pas partie, tu ne l'aurais jamais quittée ? j'ai osé lui demander.

– Je ne pense pas.

– Tu crois qu'on peut changer les gens ?

– Non. Eux changent. Parfois. S'ils en ont envie.

– Ça doit être rare ?

– Oui.

Les semaines ont passé, la boutique recommençait à produire du bénéfice.

Bianca continuait d'insister pour qu'on écrive un scénario ensemble. On a fini par s'y coller dans le car à l'aller et au retour.

– Il faut que tu me parles des personnages, on trouvera l'intrigue en allant.

Le problème, c'est que c'étaient pas des personnages mais des gens. Et c'est difficile de raconter la vie des vraies gens sans leur faire de mal, même si beaucoup ne se gênent pas. Comme je ne voulais pas qu'on nous entende, je chuchotais ou j'écrivais sur le cahier qu'on avait acheté pour prendre des notes.

De loin, on avait l'air d'un couple, vu comment les mecs me regardaient avec l'air de dire *comment une fille comme elle peut-elle s'intéresser à un type comme lui ?* Du moins ceux qui savaient que j'étais une demi-portion. Bianca s'en fichait de leur opinion. *Les bouseux,* elle disait en parlant d'eux.

Dans les arbres, les bourgeons, poisseux comme des nouveau-nés, roupillaient encore, mais les rayons du soleil instillaient un avant-goût de printemps.

Le printemps a produit son petit effet aussi sur une autre situation inextricable dont la résolution n'a pas fait plaisir au principal responsable.

En dépit de son renflouement par Sami, l'insuccès de l'entreprise de Joël Poterre se confirmait et il était redevenu l'homme aigri qu'il était avant la manne. S'en prenant à ses gosses, disant que c'était leur faute, qu'ils étaient nuls. Ça se terminait dans des torrents d'eau salée. S'en prenant au chien qui, ayant grandi, était devenu moins mignon, moins photogénique, plus encombrant. S'en prenant à Céline, en disant que si leurs mioches étaient comme ça, c'était à cause de ses *gènes de merde* à elle.

Il avait pris la sale habitude de passer ses nerfs sur elle et sur le chien. Jusqu'au jour où, après les avoir frappés, il est parti en claquant la porte sans se douter que Céline avait laissé tourner la caméra posée sur une étagère.

Pratique, cette caméra finalement, avait-elle pensé, toute meurtrie et endolorie.

Elle avait peaufiné la pièce à conviction en filmant leurs mômes cachés sous la table et sa tête à elle, tuméfiée. Ce qui s'appelle un dossier. Elle l'a vite transféré sur une clef USB qu'elle est allée confier à Pétunia avec pour mission de la remettre aux flics au cas où ça tournerait mal. Elle avait peur d'y laisser sa peau et redoutait, si elle n'était pas là pour les protéger quand il rentrerait, que Joël s'en prenne à ses gosses.

Sauf que Pétunia, après avoir visionné le film atroce, a préféré anticiper en se rendant au commissariat.

Les flics ont regardé le film et dès le lendemain, ils frappaient à la porte des Poterre et emmenaient Joël pour l'auditionner. Céline ne s'y attendait pas mais, pressentant qu'il ne serait pas bien intentionné quand il sortirait de sa garde-à-vue, elle s'est dépêchée d'entasser gosses, bagages et chien dans la vieille Renault. Elle a croisé les doigts pour que la voiture tienne jusqu'à Toulon où résident ses parents, et zou !

Joël a dû faire une drôle de tête quand il a trouvé son mot griffonné au dos d'une enveloppe d'EDF sur la table.

C'est pas la peine de me chercher.

Je reviendrai te voir quand les enfants auront grandi.

Mais c'est pas sûr.

Il s'est douté que Céline irait chez ses parents vu qu'ils n'avaient plus d'amis depuis longtemps. Mais quand il leur a téléphoné, le lendemain, pour lui laisser le temps d'arriver, ils ont prétendu ne pas l'avoir vue depuis leur foutu mariage. Il n'y avait guère de chance qu'ils caftent qu'elle se trouvait chez eux. Alors Joël est allé au Bilboquet noyer son infortune, brandissant les derniers mots de Céline, escomptant peut-être qu'on s'apitoierait sur son sort.

Il a tant bu ce soir-là qu'il ne pouvait plus faire deux pas sans se ramasser.

À compter de ce jour, il s'est cloîtré chez lui. N'en sortait plus que pour aller chez U faire le plein de whisky Label 5 à douze euros les soixante-dix centilitres. À pied parce que personne ne voulait l'y conduire. On ne l'aimait pas beaucoup, mais on ne voulait pas l'aider à se détruire non plus. Vingt minutes à l'aller, deux fois autant pour revenir parce qu'il buvait le long du chemin pour se donner du courage. Il les achetait par six pour être tranquille un moment.

On redoutait de le croiser tellement il était au bout de lui-même.

Certains jours, j'en arrive à me bercer de l'espoir que l'humanité ne va peut-être pas disparaître avant ma majorité en dépit du fait que les glaciers continuent à fondre et le niveau des mers à monter. Ou alors elle va disparaître et comme je n'y peux rien, ce n'est pas la peine que je me mette martel en tête. J'aime bien l'expression, elle résume.

Je regarde la pluie battre les vitres et l'eau ruisseler le long des rues en pente. Ça me fait penser au déluge mésopotamien et j'imagine des petits films antiques pour me distraire.

À l'époque, les dieux en avaient ras la casquette des humains. À la base ils les avaient créés pour se la couler crème pendant qu'ils bosseraient pour eux, mais ces cons-là avaient fichu un tel bazar que ça ne pouvait plus durer.

– Qui c'est qu'a eu l'idée des humains déjà ? C'est toi Enki ?

– Non c'est pas moi, jamais de la vie !

C'était déjà la faute de personne quand ça tournait mal.

Ce jour-là, les dieux ont décidé à l'unanimité ou presque que c'était mieux avant – une opinion très répandue de nos jours aussi – et ils ont décidé à l'unanimité ou presque de zigouiller tous les humains par noyade. Mais le dieu des eaux avait un pote humain et il l'a prévenu.

– Atrahasis mon ami, n'en parle à personne, ça pourrait me causer de sérieux ennuis, mais dépêche-toi de fabriquer un bateau et de te faire la malle avec un couple de chaque espèce vivante parce que ça va chier incessamment sous peu.

Ça non plus n'a pas changé : ça a toujours été une bonne chose d'avoir des relations haut placées.

Atrahasis n'était pas joyeux pour autant. Ça restait une vraie tragédie de pouvoir emmener que sa meuf et des bestioles. Je me demande si je n'aimerais pas mieux mourir noyé avec mon Juju et Flora. Et Fanny. Un couple de chaque espèce vivante en plus, alors qu'on n'a même pas encore fini de les découvrir aujourd'hui, le boulot que ça a dû être. Si j'avais été le dieu des eaux, je ne sais pas si j'aurais prévenu Atrahasis. L'humain avait quand même eu le temps de faire la preuve de son incompétence, il n'y avait pas de raison pour que la nouvelle génération ne recommence pas à déconner. Mais les dieux aussi étaient faillibles, il faut croire.

Indépendamment de la bévue divine, un truc me chiffonnait : comment Atrahasis et sa femme avaient-ils fait pour repeupler la Terre ?

Je suis allé le demander à Sami.

– Il y a un moment où ça a dû être un peu incestueux, non ? Il n'y avait pas de loi contre, à l'époque ?

– C'est une légende, m'a-t-il répondu, un peu gêné.

– Ouaip. Aujourd'hui, même une légende, on pourrait plus l'écrire sans avoir un hashtag balance ton inceste et le procès qui va avec.

Il en a convenu.

Et il a ajouté que dans le plus grand best-seller de tous les temps à l'origine de beaucoup de sang versé, ils ont raconté la même histoire des milliers d'années après en changeant juste le titre et le nom des personnages. Et ça n'a encore indigné personne, ni soulevé le moindre hashtag. Comme quoi, tout est relatif question hashtag.

Heureusement que c'est une légende…

Je rêve de Fanny, souvent.

Parfois elle vomit d'horreur en découvrant mes moignons.

D'autres fois elle m'embrasse avec passion et je peux sentir jusqu'au parfum de ses lèvres molles écrasées sur les miennes. Je me réveille et je joconde pendant des heures sans m'en apercevoir, jusqu'au moment où je croise le regard de Flora souligné d'un petit sourire qui en dit long. Du genre qui indispose de la part d'une mère. Et ça me fait dégringoler la magie.

Comment on fait pour s'enlever quelqu'un de la tête ?

Dans le car, quand Bianca n'est pas assez bien réveillée pour discuter de notre projet et roupille sur la banquette du fond, je bavarde avec ceux qui étaient au collège d'Ailly avec moi l'année dernière. Enfin, je les écoute surtout vu qu'ils parlent de cul souvent, c'est instructif.

– Tu l'as déjà fait ? dit l'un.

– 'videmment, répond l'autre.

Je m'enquiers de ce que la fille a dit, et si elle était contente.

– 'videmment, t'es con toi.

Ils ne doutent pas. De toute façon, c'est pas leur problème puisqu'ils ont fait le job. Même pas sûr que ce soit important pour eux que la fille ait pris du plaisir.

– Tu l'as déjà fait avec elle ? me demande le plus vantard en montrant Bianca du menton.

Je hausse les épaules et je me tourne vers la vitre, style *ça te regarde pas, mec*, pour éviter de lui répondre et laisser planer le doute à mon avantage sans avoir besoin de faire le macho. Il m'asticote un moment avant de conclure *je suis sûr que tu l'as pas fait*, et de laisser tomber.

Bianca ronflote un peu, c'est mignon.

L'autre jour, je lui ai raconté que je me destinais aux championnats de biathlon avant de rencontrer un arbre. Elle a écouté attentivement mon récit de l'accident sans que son visage fasse preuve de la moindre émotion, et à la fin elle m'a demandé si j'en avais voulu à mon père.

– Bah oui. Mais maintenant c'est surtout à moi que j'en veux, parce que c'est pas facile d'être content que quelqu'un soit mort et de pas s'en vouloir d'être content.

Elle a opiné. Je crois qu'elle sait que j'en pince pour Fanny. J'ai déjà saisi son regard posé sur moi en train de la regarder. Je ne sais pas ce qu'elles ont toutes, ces filles, à me considérer comme un bon pote et pas comme un amoureux…

J'ai beau rêver de Fanny, dans la vraie vie ça avance pas chouïa. Dans la vraie vie, la seule chose qui me console, c'est qu'en ce moment elle n'a personne d'autre.

Pour l'apercevoir, je traîne le long de la Somme.

Où elle est. En train de tirer sur un pétard.

Je tente une dernière fois de suivre les conseils de drague glanés sur Internet en lui disant d'une voix *posée mais pas trop* :

– T'aurais pas vu le cerf blanc par hasard ?

La fumette doit augmenter les chances d'en voir un, non ? Non ?

Elle se tourne vers moi, inquiète.

– Tu vas bien, Kev ?

– Ouaip, au petit poil ! Et toi ? je lui réponds en regardant son œil gauche puis le droit, puis sa bouche, trois fois de suite.

Je me suis entraîné sur une photo de Scarlett Johansson.

– T'as un truc à l'œil ? dit Fanny.

C'est tout pourri, Internet.

Quoi qu'on en dise, les filles, c'est pas facile à comprendre. Si j'en juge par les conversations de mes potes d'autocar, les mecs sont moins compliqués. Mais peut-être que je dis ça parce que j'en suis un. Et c'est pas la peine de compter sur les mères pour vous donner des tuyaux. La mienne par exemple, que je considérais comme une mère normale jusqu'à sa rencontre avec Vince, est devenue complètement imprévisible depuis qu'elle est amoureuse.

Si ça se trouve, les filles ne savent pas elles-mêmes comment elles fonctionnent.

Ou alors elles inventent tout le temps des nouveaux trucs pour se surprendre.

Ou alors elles se serrent les coudes de génération en génération pour faire une conspiration historique.

– Ça se passe bien au lycée ? je demande.

Et je m'en veux aussitôt. On dirait une question d'adulte. D'un adulte qu'on ne connaît pas en plus. Je suis pathétique.

Elle ne me répond pas. Me jette un regard en coin, souriant, et hausse les épaules avec condescendance.

– T'es pas sur Instagram ?

Elle fait signe que non.

– TikTok ?

Idem.

– WhatsApp ?

Pareil.

– Tu me donnes ton zéro six pour que je puisse t'envoyer des SMS ?

– Pour quoi faire ?

– Je ne sais pas. Les gens font ce genre de chose.

– Les gens, Kevin ? Depuis quand on est les gens ?

Elle a dit *on* !

– Tu sais où me trouver de toute façon si t'as un truc à me dire.

– C'est pas faux.

– Tu veux une taffe ?

– Non merci.

– T'as les jetons ? elle dit en me poussant le oinj sous le nez.

– Mais n'importe quoi, j'ai même pas peur, j'ai juste pas besoin de ça !

Elle sourit encore, malicieuse.

– Dommage, ça t'aiderait peut-être…

Elle aspire, avale, renverse la tête en arrière, se marre.

Ça m'aiderait à quoi ?

Bien sûr que j'ai les jetons. Il paraît que la beuh est génétiquement modifiée pour augmenter la proportion de substance planante et que si on fume trop avant vingt ans, on a le cerveau qui vrille et plane à jamais.

– Ta mère le sait, que tu fumes ?

La question de trop. Qui la fait partir dans un fou rire inextinguible. Au point que les canards, intrigués, se rapprochent. Ils sont bientôt une demi-douzaine à joindre leurs nasillements à l'euphorie de Fanny.

– Elle fume aussi, finit-elle par me dire, j'ai qu'à me servir. Heureusement : c'est pas avec mon argent de poche que je pourrais me payer ça.

Vu comme ça, évidemment.

Son stage terminé, Mirabelle est partie.

Elle me manque un peu. J'avais fini par la trouver attachante. On reste en contact par Instagram et je like ses selfies débiles, par amitié. Pas tous, un sur trois, pour maintenir le contact, on ne sait jamais.

Juste avant son départ elle m'a donné des nouvelles de sa tante qui m'ont inquiété.

Après avoir claqué la portière devant L'Air du Temps, Stella a eu l'aplomb de retourner chez Bruno Dermiche, alias Georgio, désormais candidat du Rassemblement national aux élections. Et contre vents et marées, il l'a reprise. Même moi, je ne l'aurais pas fait. Je crois pas.

– Elle lui a prétendu que le patron lui avait jeté un sort, me confie Mirabelle. Elle a dit que c'est des trucs qu'ils font en Afrique, et qu'elle était comme envoûtée, tu vois ?

Très forte.

Je ne suis pas sûr que Georgio soit du style à gober les fables, en revanche, il n'a pu qu'admirer la capacité de sa meuf à retourner les situations. C'est très utile en politique. Et puis racontée comme ça, l'histoire est devenue tout ce qu'il y a de présentable. Elle a même de la gueule. Elle fait moins... cocu. Sauf aux yeux du monde, surtout ce genre de monde. Un homme qui se fait cocufier presque sous son nez et qui, quatre mois plus tard, reprend sans moufter la femme frivole, sorcellerie ou pas, est forcément perçu comme *une couille molle*.

Mirabelle m'a dit que Georgio n'arrêtait pas de parler de ce type qui s'était fait décapiter en plein jour par un de ses anciens employés qui avait hurlé *Allah akbar* et attendu que les flics viennent le cueillir.

Elle dit qu'il raconte aussi l'histoire du lycéen qui a demandé à sa prof de se bouger, *wallah !*, parce qu'il voulait passer et finalement il l'a poussée vu qu'elle se bougeait pas assez vite, et elle est tombée. Et quelqu'un filmait. Georgio alimente sa cause avec ça, dans tous les lieux publics où il va.

Il n'est pas le seul, tout le monde en parle. Dans la rue on en parle, au marché on en parle, au lycée, au bistrot. Partout on en parle. Les patrons du Bilboquet et du Café du Port explosent leur chiffre d'affaires pour que les gens puissent en parler.

– Certains ont besoin d'ennemis pour que leur vie ait un sens, m'avait dit Sami un jour.

Il ne va heureusement pas au café. Et si ça n'empêche pas ses clients de faire leurs courses à L'Air du Temps, j'ai parfois l'impression que certains regardent Sami bizarrement.

Il y a une semaine, un ballon est venu comme par hasard exploser la vitre de l'arrière-boutique. Sami s'est contenté de hausser les épaules et de remplacer le carreau.

Les faits divers ont beau faire figure de dramatiques anecdotes auprès des vicissitudes mondiales, l'espoir n'a pas toujours sa chance quand il se cogne à des réalités violentes.

Oui, je suis inquiet et une saleté de pressentiment me retient d'apprécier le printemps.

Il est bien là pourtant.

Les animaux terrestres marivaudent, les abeilles butinent les violettes fraîchement écloses, et les gazouillis d'étourneaux emplissent l'azur. Ils essaient de nous faire croire que la fin des choses n'est pas pour demain. Tout ça contraste si fort avec la nauséabonde rumeur qu'on dirait que le machiniste et le bruiteur se sont gourés de décor et de bande-son.

« Ce qui est terrifiant avec les assassins, les terroristes et les salauds, c'est qu'ils ressemblent terriblement à des types comme vous et moi. S'ils ressemblaient à des monstres, on saurait tout de suite à quoi s'en tenir et ce serait un soulagement pour tout le monde. »

Sagesse samarienne

Le samedi suivant à l'heure de la sieste, je garde Juju le temps que Flora emmène la voiture passer le contrôle technique. L'assmat est en congé. J'ai renâclé un peu que j'avais mieux à faire, comme par exemple faire avancer ma romance avec Fanny – vu la tournure, je risque de fêter ma majorité avant d'avoir pu l'embrasser –, mais je me revendique aussi *homme de la maison* avec les responsabilités qui lui incombent. Ne serait-ce que pour prouver qu'on n'a besoin de personne vu que je m'en sors très bien.

D'ailleurs, depuis récemment, l'histoire sentimentale de Flora n'est pas au top cinquante.

Vince lui reproche de ne pas savoir ce qu'elle veut. Il dit qu'il a commencé à s'attacher à nous et qu'il aimerait bien savoir à quoi s'en tenir. Il commence à s'agacer de son manque d'enthousiasme quand il lui propose des trucs.

– J'aime pas être baladé, il dit.

Personne n'aime.

Flora est flattée qu'il ait envie de s'impliquer davantage et, en même temps, ça la perturbe. Elle a l'impression qu'on lui met le couteau sous la gorge.

– Ça fera bientôt un an qu'on se connaît ! râle Vince.

Il est à cran. C'est la guerre des nerfs à son boulot à cause des objectifs qu'on impose aux salariés. Certains se retiennent d'aller aux toilettes, se retiennent même de boire pour ne pas avoir à y aller. Vince est supposé endosser le rôle du tortionnaire. On l'a embauché pour ça, alors lui ne risque rien, tant qu'il fait le job. Il a commencé à picoler un peu pour décompresser.

Ça inquiète Flora évidemment.

Mon père aussi buvait *pour décompresser*. Au début.

Elle dit qu'un homme a plusieurs manières de vous quitter. Partir avec une autre en est une, mais la pire des manières, c'est quand il vous quitte en restant là. C'est l'option qu'avait choisie mon père. Il lui racontait la sale ambiance pour qu'elle compatisse : ça licenciait à tour de bras dans sa boîte, ça délocalisait aussi. Sauf qu'on n'est pas toujours délocalisable parce qu'il y a la famille, les potes, et que tout recommencer ailleurs, ça fout les jetons. Ça le minait de ne pas savoir s'il serait parmi les prochains à dégager.

Il picolait déjà un peu avant, faut le reconnaître, mais pas plus que tout le monde. Et puis c'est devenu une autre histoire. Il était souvent rincé quand il rentrait. D'une bonne humeur excessive qu'on avait tous appris à redouter.

Un jour il a loupé un virage sur la route de Cavillon et il a fait un tonneau avec la voiture. C'était comme une répétition. Cette fois-là, il s'en est bien tiré mais il a fallu que Flora aille le chercher en pleine nuit. Je dormais. Juju n'était pas encore né. Le bruit qu'elle a fait en partant m'a réveillé et je n'ai pas pu me rendormir avant son retour. Avant leur retour.

Après non plus.

Le sang avait séché sur la tempe de mon père mais il n'avait pas complètement dessoûlé. Flora avait attendu d'être chez nous pour lui balancer qu'elle en avait marre, qu'elle avait l'impression de vivre à côté d'un zombie, et que si ça continuait, elle s'en irait avec moi, elle savait pas encore où, mais elle partirait, c'est sûr. Elle parlait à flots continus, comme une rivière dont le barrage a cédé.

Le lendemain il a fallu appeler la dépanneuse parce que la voiture était sens dessus dessous dans un champ de pommes de terre. Après ça mon père a fait des efforts et Juju est né. Mais ça n'a rien raccommodé.

Quand Vince s'est mis à boire, j'ai dit à Flora :

– Fais gaffe, parce que Juju a encore des jambes.

– Tu ne l'aimes pas beaucoup, hein ? elle a dit en parlant de Vince.

– C'est pas la question.

– Un peu. Tu en penses quoi, de lui ?

– J'aime mieux pas répondre.

Sami, lui, ne boit pas, je pensais. Mais ça n'aurait servi à rien de le dire.

– J'en ai pas pour longtemps, me dit Flora. Une paire d'heures. À tout casser.

À mon avis, elle en avait pour plus longtemps que ça.

– T'inquiète, je gère, je lui ai répondu plein d'assurance en l'embrassant dans le cou.

Comme un homme de la maison.

– En rentrant, je passerai chez Picard acheter des glaces, elle a ajouté.

– Ouiiiii ! a apprécié Juju.

Après son départ, je me suis employé à endormir mon petit frère pour pouvoir m'avancer dans mes révisions d'histoire-géo. Il n'y a pas si longtemps, il faisait encore la sieste et une histoire suffisait à l'envoyer dans les bras de Morphée, il ne tenait même pas jusqu'à la fin. En grandissant, il devient difficile. Je dois désormais faire preuve d'inventivité en revisitant les classiques.

– Pourquoi elle répond pas à mes lettres, Loulou ?

– Je croyais qu'on racontait une histoire.

Il croise les bras avec humeur et son regard me reproche sans mot de ne pas lui répondre.

– Tu lui as écrit ?

Il me dit que oui, plein de fois, et il a donné les lettres à Flora pour qu'elle mette un timbre et qu'elle les envoie.

– Alors, c'est à elle que tu dois demander.

– Tu lui parles de tes amoureuses, toi, à maman ?

Il grandit trop vite, on ne va bientôt plus pouvoir lui faire avaler de couleuvres.

– Peut-être que Georgio lui a pas donné tes lettres, et Louise ne sait même pas que tu les as envoyées.

Ça lui ouvre l'horizon, il se met à cogiter et son visage s'éclaire, il décroise les bras.

– Bon, alors, c'est l'histoire de Chaperon rouge…

– Je la connais par cœur ! proteste aussitôt Juju, cultivé.

– Celle-là tu peux pas la connaître parce que toutes ces bêtises de grand nez-grandes oreilles-grandes dents, c'est pipi de chat et coquecigrues. Chaperon rouge était quand même pas débile à ce point. Je vais te raconter la vraie version authentique qu'on ne raconte jamais aux enfants.

L'argument fait mouche, il tend l'oreille.

– Mais faut que tu t'allonges sur le canapé, là.

– Pas question, je m'allonge pas, chuis plus un bébé.

– Si tu t'allonges pas, je raconte rien du tout. J'ai pas que ça à faire, de m'occuper d'un petit trou du cul dans ton genre, figure-toi.

Juju me gratifie d'une grimace réprobatrice et s'allonge, bras croisés sur la poitrine.

– T'as intérêt qu'elle est bien ton histoire pasque si elle est nulle, je dirai à maman que tu m'as traité. Et si tu crois que je vais dormir, ben tu vas avoir une surprise. Tu peux me raconter mille histoires, tu verras bien si je m'endors.

– D'accord. Bon, alors c'est l'histoire d'un loup. Il a vu Chaperon rouge traverser la forêt plusieurs fois avec son cabas plein de bonnes choses dedans. Des fois, ils ont même fait un bout de chemin ensemble, et paf, il est tombé amoureux et il voudrait bien lui faire plaisir mais il sait pas comment. Il a pensé à lui cueillir des fleurs, mais c'est pas pratique de cueillir des fleurs avec des pattes, alors il a pensé à la grand-mère. Elle était pas marrante, cette grand-mère, à vouloir que Chaperon rouge fasse les courses à sa place alors qu'elle aurait très bien pu y aller toute seule…

– Elle avait une voiture ?

– Évidemment. Et puis Chaperon rouge avait sa vie à vivre aussi. Si bien que le loup en arrive à la conclusion que le meilleur moyen de lui faire plaisir, c'est de boulotter la grand-mère.

– C'est nul, parce qu'après, Chaperon rouge viendra plus dans la forêt.

– T'es plus intelligent qu'un loup, toi. Mais le loup est amoureux et quand on est amoureux, on réfléchit pas. Alors zou ! Sitôt dit, sitôt fait. En plus ça tombait super bien parce qu'il crevait la dalle.

– Il a tout mangé d'un coup ?

Sa question me fait prendre conscience de l'énormité d'une grand-mère. L'histoire classique soulevait moins de contradictions.

– Non, il a mis le reste dans la cave pour la prochaine fois. D'ailleurs il n'a pas trouvé ça très bon alors il n'était même pas sûr de la finir. Comme il était un peu patraque, il s'est allongé sous un arbre dans le jardin pour faire une petite sieste en attendant Chaperon rouge.

– Dans le jardin ? Alors elle a pas tiré la bobinette, Chaperon rouge ?

– Heu… non. Elle a juste réveillé le loup qui avait presque fini de digérer et ils ont joué un moment à se courir après dans la forêt. Chaperon était pas pressée de rentrer chez elle où c'était pas rigolo tous les jours vu que des parents qui envoient leur enfant dans une forêt pleine de loups sont quand même un peu chelous, non ? Bref, Chaperon et le loup sont devenus inséparables.

– Et Chaperon rouge était pas étonnée que la grand-mère était pas là ?

– Non.

– Et après ?

– Ben… au bout d'un moment, le loup se transforma en prince et il épousa Chaperon rouge et ils furent heureux. Mais, au bout d'un autre moment, ce qui devait arriver arriva : le prince se métamorphosa en crapaud.

– Ça mange quoi, un crapaud ?

– Je ne sais pas. Des papillons.

– Des papillons !

Je prends un malin plaisir à le voir horrifié, sauf que tout est si nouveau que ça ne l'endort pas du tout.

– Chaperon décida de voir le bon côté des choses : un crapaud, ça prend moins de place, et ça mange que des papillons, c'est pas la peine de s'enquiquiner à faire les courses et la cuisine. La morale de l'histoire, c'est que l'amour peut transformer un loup charmant en crapaud mais ce que l'amour fait, il peut aussi le défaire.

– J'ai rien compris.

– C'est normal, t'es trop jeune et puis c'est la vie, mon petit pote, et la vie, personne n'y comprend rien.

– Alors ils vont pas avoir d'enfants ?

– Vaut mieux pas, non. Ça ferait des monstres assez répugnants, je pense.

– Elle est nulle, ton histoire ! J'aime mieux quand Chaperon rouge est encore petite. Je vais dire à maman que tu m'as traité de petit trou du cul et que tu me racontes des histoires où un loup fait des trucs avec une petite fille !

– J'ai jamais dit qu'ils faisaient des trucs !

– Si, tu l'as dit !

– Non, je l'ai pas dit !

– Si, tu l'as dit ! Il l'épousa, t'as dit, je suis plus un bébé !

C'est pas facile de raconter des histoires. J'étais pourtant satisfait de ma compilation artistique. Du coup, je me dis qu'après le bac, j'essaierai plutôt d'être instituteur indépendant pour apprendre aux gosses à se débrouiller dans l'adversité parentale, ou garde forestier pour empêcher la déforestation, ou maraîcher bio pour alimenter la boutique de Sami…

Ma cogitation professionnelle est soudain interrompue par des cris.

D'hommes.

De chat.

Et par un vacarme effroyable de métal entre autres choses difficiles à identifier.

Ma première pensée est qu'un vieux morceau d'usine vient de se casser la figure en faisant d'innocentes victimes. La seule certitude, c'est que ça vient du côté le plus proche de la nationale… et de L'Air du Temps.

J'ai une saloperie de pressentiment et je me mets à transpirer.

– Tu restes là et tu bouges pas, t'entends ? je dis à Juju. Si tu bouges, quand je reviens je te tue, compris ?

– Je vais le dire à maman si tu me tues.

– D'accord, mais tu bouges pas d'ici !

« Tout ce que tu vois autour de toi, y compris les choses que tu n'aimes guère, y compris les gens que tu méprises ou détestes, est présent en toi à divers degrés. »
Djalâl ad-Dîn Rûmî, *Le Livre du dedans*

Au bout de l'impasse de l'Usine, à l'endroit où elle se transforme plus ou moins en sentier, il y a une enduro de couleur sombre qui ronronne. Jamais vue par ici.

Le vieux au déambulateur est comme d'habitude collé à la façade, un peu plus loin de la porte d'entrée et un peu plus hagard, on dirait. Sur le terrain de volley, deux types font des passes tranquillou, jetant juste un regard curieux de temps à autre des fois qu'il se passerait des trucs intéressants, style *il peut bien y avoir une guerre nucléaire, nous on s'entraîne*. Même le raffut métallique ne leur a pas donné envie de venir voir. Le chat en revanche est recroquevillé sous les buissons de l'autre côté de la ruelle. À l'intérieur de la boutique, un type cagoulé en survêt noir s'acharne à détruire les rayonnages à coups de masse. Ça fait un boucan à réveiller les zombies, à croire que les Carmichaëliens sont pires que des zombies à cette heure de l'après-midi.

Je suis à un mètre de la porte. J'enregistre la scène comme un robot, comme si un laps de temps énorme s'écoulait, alors que non. Je me dis qu'il faudrait appeler les flics mais je n'ai pas pris mon portable, alors j'espère que quelqu'un d'autre l'a fait.

Dans l'arrière-boutique, deux autres cagoulés passent Sami à tabac. À deux contre un, ça ne laisse pas beaucoup de chance de s'en sortir. Sami paraît l'avoir compris. Recroquevillé, mains en coquille autour du crâne, il n'essaye pas de se défendre, tâche seulement d'amortir les coups.

Les types ont l'air costauds, un ado de quinze ans de mon gabarit n'est pas de taille à lutter, encore moins à les impressionner. J'ai peur, je m'en veux d'avoir peur, pourtant j'ai bougé, malgré moi. Je viens de faire un pas dans la boutique quand je vois Stella Dupuis en jogging rose, derrière les types qui tabassent Sami.

– Arrêtez ! Arrêtez ! Vous allez le tuer ! elle hurle.

Un des cagoulés lui allonge une gifle qui l'envoie valdinguer contre une étagère métallique. Elle s'essuie la bouche, constate qu'elle saigne, me voit, se relève, se précipite vers moi – ou vers la sortie. On dirait une gamine prise la main dans le sac.

– J'y suis pour rien, je venais juste acheter du pain ! elle dit.

Chez Sami, qu'elle a insulté pis que pendre ?

Comme elle s'apprête à décamper, je l'attrape par le col de son jogging rose.

– S'il s'en sort pas, je te bute ! S'il s'en sort avec des séquelles, t'auras des séquelles aussi ! je lui dis.

Ou c'est un autre moi-même, inconnu, qui le dit. Je la lâche, elle s'en va au petit trot.

Je ramasse la barre qui sert à baisser le rideau.

– Je vais vous niquer sales bâtards ! je crie.

Ou c'est l'autre moi-même, inconnu, qui le dit.

En me voyant, le type qui se défoulait sur le mobilier stoppe net son entreprise de démolition. Ma barre de fer produit son petit effet. En revanche, ses deux potes prennent tellement leur pied qu'ils ne réagissent pas tout de suite.

– Ça t'apprendra à baiser nos femmes !

– Putain d'enfoiré de bougnoule ! renchérit le deuxième en veine d'un intéressant vocabulaire en shootant dans les côtes de Sami.

À celui-là, je balance un coup de barre, où je peux, dans le bras. Ça fait un drôle de bruit.

Au même moment une sirène troue le vacarme. L'autre type en profite pour m'envoyer un coup de pied dans le tibia, ça fait un drôle de bruit aussi, mais pas le même. Il enjambe le rebord de la fenêtre, suivi par le comparse à qui j'ai pété le bras.

Les deux se barrent sur l'enduro qui ronronnait au bout de l'impasse, le troisième court à côté. Ils disparaissent sous la végétation. De là, ils peuvent traverser la voie ferrée ou faire du ni vu ni connu dans Ailly. Tout le temps de s'évaporer.

J'essaie d'aider Sami à se relever, ça lui arrache un gémissement. Il paraît que c'est pas prudent de bouger un blessé tant qu'on ne sait pas si un organe vital est atteint. Je ne sais plus très bien ce qu'il convient de faire. Le sang lui dégouline de la bouche et de l'oreille.

– Tu vas pas mourir patron ?!

– Je suis coriace, il me dit dans un souffle, avant de s'évanouir.

« Chacun de nous a en lui deux loups qui se battent.
Le premier représente la peur, l'avidité, la haine.
Le deuxième représente l'amour, la gentillesse.
Celui des deux qui gagne est celui que tu nourris. »
Sagesse amérindienne

Il a dit ça pour me rassurer ?

Tout le monde arrive presque en même temps : le Samu, la police, les badauds.

Les flics font dégager le monde et tendent un cordon jaune pour empêcher qu'on piétine la scène de crime. Moi je suis déjà à l'intérieur et le vieux au déambulateur a tellement l'air de faire partie du décor qu'ils ne l'ont pas remarqué.

Les ambulanciers installent Sami sur un brancard et lui mettent un masque à oxygène.

– Il va pas mourir ? je m'enquiers sans trop me fier à la promesse de coriacité de Sami.

– C'est ton père ? demande un des gars en blouse blanche, au lieu de me répondre.

– Oui, je mens sans hésiter.

Je me rends compte que j'aurais plus de peine s'il mourrait que je n'en ai eu pour le vrai.

– Si vous avez besoin de sang, ou de n'importe quoi, j'en ai, je leur dis.

– Ne t'inquiète pas, on va bien s'occuper de lui.

Les portières claquent et l'ambulance démarre avec son chant lugubre et lancinant.

Et dans mon cerveau brusquement, c'est la nuit.

Quand Enkidu meurt, Gilgamesh cherche à devenir immortel. C'est incompréhensible. Je ne vois pas l'intérêt de vivre pour l'éternité éternelle si les gens qu'on aime le plus au monde sont morts.

J'essaie de me convaincre que Sami est coriace, qu'il va s'en sortir. Et s'il a des séquelles, je m'occuperai de lui, je lui donnerai à boire, à manger, je passerai mon bac par correspondance le temps qu'il guérisse, « *j'irais jusqu'au bout du monde, je me ferais teindre en blonde, on peut bien rire de moi je ferais n'importe quoi*[5] », si Sami le demandait.

Un des flics prend des photos de l'arrière-boutique, des gondoles amochées.

Le vrac est fichu – les céréales, les pâtes, le sucre, les farines. Je ne peux pas empêcher mon esprit pratique de

---

5. Édith Piaf, *Hymne à l'amour.*

prendre le relais même de la circonstance dramatique. J'évalue, j'additionne, je fais mentalement des listes de fournisseurs à appeler, le tout sans bouger d'un cheveu. Va y en avoir pour un paquet de pognon. La porte du coffre est ouverte mais il n'y avait plus rien à l'intérieur, la recette de la matinée est encore dans la caisse. À ça, ils n'ont pas touché.

Un des flics ramasse la barre de fer que j'ai jetée par terre quand les types sont passés par la fenêtre pour s'enfuir.

– C'est pour fermer le volet, je commente inutilement vu qu'il sait sûrement à quoi sert la barre et qu'il ne m'a rien demandé. C'est moi qui… c'était pour le défendre. Je crois que je leur ai fait mal, à un surtout.

– Qu'est-ce que tu as vu ? on me demande.

– Trois types avec des cagoules et des gants et une Yamaha d'enduro noire.

Je leur fournis même le numéro de la plaque en vertu de ma capacité à mémoriser les chiffres qui est comme une première nature chez moi. Je ne parle pas de Stella Dupuis. À cause de cet autre moi-même inconnu qui me l'interdit.

Je veux d'abord savoir ce que Sami en pense. Il sera toujours temps de dire *oui, c'est vrai, j'avais zappé sous le coup de l'émotion*.

Ils tentent d'interroger le vieux Gégé qui est sorti de l'anonymat de son mur. Le témoin parfait en principe. Sauf qu'il est redevenu aussi imperturbable qu'un garde royal devant Buckingham Palace. Tout juste s'il daigne secouer un peu la tête comme quoi il n'a rien vu.

Ça les énerve un peu, les flics, qui, n'étant pas d'ici, ne connaissent pas toutes les personnalités locales. Je tapote discrètement mon doigt sur ma tempe comme quoi le vieux n'a plus beaucoup de matière grise en stock. Histoire qu'on lui foute la paix puisqu'il n'a pas envie de parler.

Pétunia arrive sur ces entrefaites avec une tarte aux fraises en raison de sa surdité protectrice qui lui a permis de faire la sieste en toute innocence. En découvrant le dispositif, elle en lâche sa tarte d'émotion. Les fraises éclaboussent plusieurs jeans et paires de baskets.

– Laissez-moi passer ! Je veux le voir ! Il n'est pas mort ?! elle s'affole.

Les flics ont du mal à la contenir.

– Non madame, il n'est pas mort et d'ailleurs, il n'est plus là. Une ambulance l'a emmené à l'hôpital, lui répond un gendarme pas très psychologue pour la rassurer. Vous êtes de la famille ?

– Une ambulance ? À l'hôpital ? Mais qu'est-ce qu'il a ? C'est grave ?!! Je veux voir le commissaire !

Il n'y en a pas de commissaire, mais elle fait un tel ramdam qu'un gradé, redoutant un nouveau drame du style crise cardiaque, vient la rassurer.

– Calmez-vous madame. Vous êtes qui ? Sa mère ?

– Bien sûr que non ! Quelle idée ?! réplique Pétunia, outrée.

– Z'en faites pas, je lui crie depuis l'intérieur de la boutique où je me trouve avec les forces de police. Quand il est monté dans l'ambulance, il était pas mort du tout. Ils vont nous le requinquer à l'hôpital !

Je dis ça autant pour me rassurer moi-même. Je ramasse le balai machinalement, et je le mets debout contre le mur. Je pense, machinalement aussi, que tout ça aurait bien besoin d'un coup de balai, justement.

– Il y avait beaucoup d'argent dans le coffre de ton père ? me demande le brigadier.

– Non monsieur, y avait rien. Il est allé à la banque hier.

– C'est rare de s'acharner à trois pour finalement rien emporter... dit-il, pensif.

Après avoir bouclé la boutique et m'avoir demandé mon adresse et le toutim, la police a descendu le volet et plié bagage.

« Si tu sous-estimes ton ennemi, t'es sûr d'être baisé au bout du compte. Il ne faut jamais sous-estimer son ennemi. »
Sagesse samarienne

Sami avait sous-estimé le sien. Il n'avait peut-être même pas conscience d'avoir un véritable ennemi.

Une fois la voiture de police partie et le ruban jaune enlevé, les gens ont ramassé quelques fruits et légumes qui n'étaient pas complètement explosés et se sont dispersés. Il n'y a plus rien à voir.

Fanny est parmi les derniers à s'attarder. Elle tournicote. Elle a pris une pomme, l'a époussetée pour la débarrasser d'un peu de sa poussière, et sans plus de façon, elle croque dedans.

– T'es arrivé au bon moment… elle me dit en mâchant.

Si je hausse les épaules, modeste et ténébreux, comme il sied à un héros, c'est parce que je suis en vrac, à mille lieues de toute pensée dragueuse, ce qui facilite le détachement. Et puis ma jambe droite me tracasse, elle n'est pas comme d'habitude, le type a dû casser quelque chose. L'avantage du métal, c'est que je n'ai pas mal.

– Tu boites ? T'as une idée de qui a fait le coup ? Des gens qui le connaissent, non ? Y avait du fric dans la caisse ? Je parie que t'as vu des trucs ? dit encore Fanny en jetant son trognon sur l'herbe de l'autre côté de la rue.

Non, ce n'était pas un braquage, et oui, j'ai vu des trucs, mais je n'ai pas l'intention de lui en parler.

Celui qui cognait comme un malade sur Sami portait une Rolex. Je l'ai aperçue l'espace d'un instant qui dépassait entre la manche de survêt et les gants. Il n'y a pas grand monde qui porte une Rolex dans le coin. Et Georgio est le seul à avoir une bonne raison d'organiser une expédition punitive, il devait crever d'envie de laver son honneur et de donner une leçon à Stella, style *regarde ce que j'en fais, de tes amants !* Et il est le seul à pouvoir payer des gars pour lui donner un coup de main. Peut-être qu'il n'a même pas eu besoin de les payer, il doit avoir des potes d'intolérance qui n'attendent qu'une occasion de se défouler. Pour celui qui dézinguait les rayons à coups de batte, j'ai ma petite idée aussi, mais je suis pas sûr. Je ne sais plus qui a dit que le plus terrifiant avec les tortionnaires et les assassins c'est qu'ils ont l'air d'humains ordinaires.

Ce serait un petit soulagement s'ils ressemblaient à des monstres.

– Eh ! Je te parle ! s'impatiente Fanny. T'as une idée de qui a fait le coup ?

– Possible…

– Ben crache alors, je suis pas d'humeur à jouer aux devinettes.

– Non ? T'es d'humeur à quoi ?

– Pas à ce que tu penses.

– Je vois pas de quoi tu parles, ni comment tu pourrais savoir ce que je pense.

– C'est pas compliqué les mecs.

– Je suis pas *les mecs*, je lui sers en écho à une réflexion qu'elle m'a faite, il y a longtemps.

Elle m'égare. Elle m'éloigne de l'essentiel, Sami… Juju ! Je l'avais complètement oublié !

– Faut que je me grouille, je dis en m'éloignant.

– Tu veux rien me dire, hein ? Tu crois que je vais le répéter, c'est ça ?

C'est exactement ça. Je suis même sûr qu'elle va le répéter. Les filles sont peut-être plus compliquées que les mecs mais pas à ce point-là. Le genre *surtout le répète pas mais untel a dit*, je connais, c'est un classique.

On va dire que je discrimine, je m'en fiche, c'est elle qui a commencé.

Elle se défend d'un doigt d'honneur alors que je n'ai rien dit.

Tant qu'elle est encore à portée de voix, j'essaie quand même de rattraper le coup.

– Tu viendrais voir Sami à l'hôpital avec moi ?

– Pourquoi ? J'en ai rien à foutre de l'épicier, moi.

– T'es vraiment conne, en fait.

– Pareil. Sans *ne* au bout !

J'adore son humour vache. Cette fille a une force inouïe, elle retombe toujours sur ses pieds – encore une expression clivante. Je crois que je l'engueule juste pour savoir comment elle va esquiver. Elle, elle m'engueule… par habitude peut-être, ou par réciprocité. Je reconnais que ce n'est pas romantique-romantique comme préliminaires, mais c'est mieux que pas de relation du tout.

« Au-delà du bien faire et du mal faire existe
un espace. C'est là que je te rencontrerai. »
Djalâl ad-Dîn Rûmî

J'espérais voir la frimousse morfondue de mon Juju écrasée sur la vitre de la maison, mais elle n'y est pas. Je me mets aussitôt à redouter le pire : ou bien il a fait des bêtises, ou bien il est mort.

Juju n'est pas mort.

Juju a dessiné un bonhomme avec un arbre, un soleil, de l'herbe et des bestioles dans l'herbe. Pas très réalistes, les bestioles, un genre d'insectes, disproportionnés par rapport au bonhomme, elles pourraient même le bouffer tout cru si elles s'y mettaient à deux trois.

Ce qui me fait plaisir, c'est qu'il l'a fait au feutre indélébile sur l'écran de l'ordinateur que Vince a oublié la veille. Il y a des chances pour que son propriétaire ne soit pas ravi. Je me demande comment il va s'en dépatouiller sans piquer une colère contre Juju. Je suis curieux même. L'occasion de mesurer si sa prétendue affection repose sur un chouïa d'authenticité. Quoi qu'il en soit, ça risque de me retomber dessus. Heureusement que j'ai un alibi en béton avec la constatation policière.

– J'ai faim, dit Juju, c'est l'heure du goûter.

– Une minute.

Je veux vérifier un pressentiment qui ne me lâche pas depuis le coup de pied que j'ai pris dans le tibia tout à l'heure et je constate qu'hélas j'avais raison de m'inquiéter : le bitoniau qui fixe ma prothèse au moignon est sectionné, ça veut dire que ma jambe est coincée dans la prothèse jusqu'à lundi minimum. C'est un peu flippant parce que j'ai beau me dire que c'est forcément déjà arrivé à quelqu'un, et que par conséquent Paul saura comment me tirer d'affaire, je suis inquiet. Que ça fasse mal, et que ça coûte cher au cas où l'assurance ne couvrirait pas les agressions.

– Je vais le dire à maman que tu me laisses mourir de faim, râle Juju qui n'a que faire de mes problèmes mécaniques.

– Tu sais que t'es chiant quand tu t'y mets ? Je serais toi, je me ferais de la bile un peu. Qu'est-ce qu'il va dire Vince, quand il va voir ce que t'as fait à son ordi ? Tu te crois malin ?

– Il marchait plus.

– Il est éteint ! T'es débile ou tu le fais exprès ?

– Méchant !

– Non, je suis pas méchant. Je suis même d'une patience angélique avec toi. T'as idée de qui t'aime le plus de moi ou de Vince, hein ? Non c'est pas la peine de répondre. Parce que je crois que tu vas être fixé quand il va voir ce que t'as fait à son ordi !

– Tu vas lui dire ?

– Pfff ! Évidemment que je vais pas lui dire, je suis pas une balance, mais c'est tellement moche qu'il va deviner.

Et le voilà qui fond en larmes.

– C'est pas moche, c'est *l'art Tistic* d'abord, il chouine.

Il a le visage ravagé de larmes et de morve quand notre mère rentre du contrôle technique dix minutes plus tard.

– Bon sang de bois, qu'est-ce qui se passe encore dans cette maison ?!

– Comme d'hab, m'man. Tu sais bien que je me dépêche de le torturer sitôt que t'as le dos tourné.

– C'est pas drôle, Kevin.

Je résume les tentatives artistiques de Juju avant de lui raconter ce qui est arrivé à Sami.

– Faudrait aller à l'hôpital, je conclus.

– Bien sûr qu'il faut y aller, elle répond sans hésiter. Allez mets ton blouson Juju…

Rien ne pouvait me faire plus plaisir que sa détermination qui relègue Vince à l'arrière-plan comme s'il faisait partie du décor.

On met un temps fou à arriver à l'hôpital, parce que c'est la mauvaise heure pour la circulation et qu'on a dû faire cinquante fois le tour du parking avant de trouver où se garer – l'hôpital est immense, le parking… ridicule. Une fois les médecins et le personnel garés, il n'y a plus de place pour les visiteurs. Les architectes se sont peut-être dit que les gens viendraient à pied du centre-ville : cinq kilomètres, c'est bon pour la santé. Il paraît que si on marchait davantage, l'hosto serait moins engorgé.

Une fois qu'on est enfin dans le hall immense aux allures de cathédrale, c'est difficile d'empêcher les réminiscences de se jeter sur nous. Des arbustes en pots se frayent des chemins désespérés vers la lumière. Ils ne verront jamais un papillon ni un oiseau, le savent sans doute déjà vu leur aspect anémique.

– On vient prendre des nouvelles de Sami Mohsen, dit Flora. Une ambulance l'a amené tout à l'heure.

La fille cherche sur son écran. Trouve. Demande si on fait partie de la famille.

– Oui, c'est mon père, je simplifie pour gagner du temps, m'attirant le regard insistant de Juju et réprobateur de ma mère.

– Il est en radiologie. Couloir A.

– C'est ton vrai père, Sami ? demande Juju sérieusement alors qu'on s'achemine vers ledit couloir.

– Nan, c'était pour rire.

– La dame a pas ri.

– Nan, z'ont pas le sens de l'humour à l'hosto.

On poireaute dans la salle d'attente du service de radiologie.

Une heure.

À se demander pourquoi ça dure si longtemps. *Parce que c'est plus grave que prévu ? Ils sont en train de l'opérer ? Ils l'ont oublié dans un couloir où il est en train d'agoniser ?*

Ça me fait remonter des colères hospitalières. Quand j'attendais des heures qu'une infirmière vienne m'administrer un anti-douleur, ou qu'une aide-soignante me porte sur le siège des toilettes pour soulager une envie pressante, ça me rappelle quand je finissais par faire sous moi parce qu'elle n'était pas venue à temps. Je me rends compte que ma colère est restée là, enfouie mais intacte, prête à mordre.

– On aurait peut-être pu aller aux urgences pour ta jambe en attendant, dit Flora.

– J'aime mieux attendre lundi. Paul dit que c'est de la mécanique de précision, je suis pas à deux jours près.

En réalité j'ai les boules, mais pas autant que je les ai pour Sami.

Flora a pensé à prendre des muffins au chocolat dans le placard avant de partir, mais Juju les a mangés dans la voiture en venant. Maintenant il s'ennuie, court d'un bout du couloir à l'autre, vient régulièrement demander si *on y va ?* S'entend invariablement répondre *non, on attend pour voir Sami*.

– Je te raconte une histoire si tu veux, je lui propose.

– Nan ! il proteste véhémentement.

Ça m'aurait évité de gamberger.

Je re-crapahute jusqu'à l'accueil et je constate que c'est nous qu'on a oubliés dans un couloir. La réceptionniste n'est même pas désolée, juste débordée, elle n'a pas que ça à faire. Tout juste si elle se souvient de m'avoir vu il y a une heure.

– Mohsen Sami ?... Couloir D, chambre 261.

– Il n'est plus en radiologie alors ?

– ... ?

Je ne la remercie pas. Je tiens ma colère en laisse, c'est déjà bien.

Le temps de rejoindre Flora et Juju et de filer jusqu'au couloir D pour arriver pile au moment où la porte se ferme à notre nez pour un examen par le médecin qui fait sa tournée.

– Y en a pour longtemps ? je demande à l'infirmière, évitant de justesse de prendre la porte sur les doigts.

– Non.

– Mais ça va ? Il a rien de grave ?

– Je suis pas médecin.

Elle n'est pas psy non plus, c'est sûr. Elle aurait au moins pu me mentir que Sami allait s'en tirer, même si elle n'en sait rien. Ça ne mange pas de pain d'aligner trois mots qui font du bien. D'autant que la seconde d'après, Juju trouve le moyen d'en remettre une couche avec son innocence dramatisante.

– Il est mort ?

– Non, il est pas mort !

– Qu'est-ce qu'ils lui font ?

– Ils le réparent.

– Ils vont lui couper les jambes ?

– M'man, sérieux, là, dis quelque chose ou je le massacre !

– Ben quoi ? s'étonne Juju.

Flora aussi s'impatiente. Elle ne pensait pas que ça durerait si longtemps. Elle va devoir faire à manger en rentrant en plus de la route. Elle est de service demain et elle commence tôt.

– On aurait pu aller acheter de la peinture pour la cuisine, elle suggère encore pour dédramatiser.

Sauf qu'on n'est toujours pas parvenus à se mettre d'accord sur la couleur… Bleu, blanc, jaune ?

L'équipe médicale sort enfin de la chambre de Sami.

– Vous êtes de la famille ?

– Oui, répondent Juju et Flora en chœur à ma grande surprise.

– C'est le père de Kevin, ajoute Juju, candide.

Le médecin le regarde perplexe, mais ne s'attarde pas au détail.

– On ne peut rien dire tant que les œdèmes ne sont pas résorbés, dit-il, mais il devrait s'en tirer sans trop de dégâts. Vous pouvez y aller mais il dort, j'ai dû lui administrer un sédatif.

On entre, en file indienne, à pas de Sioux.

– Il est où ? demande Juju après avoir observé un des gisants puis l'autre.

Car Sami est méconnaissable à force d'être boursouflé et pansé. Son nom inscrit sur le tableau au bout du lit le plus proche de la fenêtre écarte le doute. L'autre est occupé par un accidenté presque aussi emmailloté qu'une momie.

Juju essaye de réveiller Sami en lui tapotant la main.

– Il a l'air un petit peu mort, il dit.

– Mais non, dit Flora. Le docteur a dit que ce n'était pas trop grave. Il vaut mieux le laisser dormir maintenant, on reviendra quand il sera réveillé.

Juju ronflote sur la banquette arrière tout le long du chemin du retour. Flora a essayé de me soutirer quelques mots mais elle a compris que je n'avais pas envie de parler, ni d'entendre des mots de réconfort auxquels je ne croirai pas, alors elle a allumé la radio.

Paroles paroles, Emmenez-moi, Il jouait du piano debout, Mistral gagnant… La musique fait son œuvre. Je me tourne vers la vitre pour qu'on ne voie pas mes larmes.

« À m'asseoir sur un banc cinq minutes avec toi
Regarder le soleil qui s'en va
Te parler du bon temps qui est mort et je m'en fous
Te dire que les méchants c'est pas nous… »

J'espère que du bon temps, il y en aura encore, et que les méchants, en dépit de la gentillesse des gentils, s'en prendront un jour plein la tronche et que ça les fera grandir un peu.

J'espère que ce ne sera pas toujours les mêmes qui trinquent.

J'ai dormi tout le week-end avec ma prothèse en alu en me réveillant cent fois.

J'ai rêvé qu'on me coupait la jambe à mi-cuisse parce qu'on n'arrivait pas à me décoincer.

Je me suis réveillé soulagé de constater que j'étais toujours les quatre cinquièmes de moi-même.

À tout hasard, j'ai fait savoir à Dieu que si c'était le prix à payer pour que Sami ne meure pas, j'étais d'accord. Je suis plus à un bout de jambe près. Mais il y a des chances que Dieu soit insensible à ce genre de marché débile vu que ce n'est même pas sûr qu'il existe, déjà.

Béatriz est venue s'enquérir de Sami.

Bernie et Pétunia aussi.

Je les ai rassurés qu'il allait s'en sortir et ils sont repartis rassérénés.

J'aimerais bien l'être aussi. J'aimerais bien croire en quelque chose de beau. Croire que l'homme peut devenir meilleur. Mais certains jours font grise mine et on sait d'avance qu'on ne pourra pas les faire sourire.

Le lundi, Flora a envoyé un mot au lycée pour que je puisse aller voir Paul. Il a fallu que je la rassure que oui, je pouvais me débrouiller tout seul avec les transports en commun, et non, je n'allais pas me perdre.

– Ouh ouh, m'man, j'ai quinze ans !

Tant qu'on était tous les deux, j'en ai profité pour lui demander si elle avait posté les lettres de Juju à Louise.

– Oui, elle m'a répondu avec un soupir qui soulignait combien elle regrettait de ne pas être capable de censure.

– Elle lui a pas répondu, je l'ai consolée. Il va finir par l'oublier.

Une conclusion d'adulte qui m'a donné honte de moi.

J'étais soulagé de voir Paul. Ça ne m'a pas fait mal du tout quand il a dégagé la prothèse. Le moignon était juste irrité d'avoir été enfermé trop longtemps. On l'a enduit de pommade et Paul a remplacé le bouton de déverrouillage de ma jambe. La prochaine fois, je m'inquiéterai moins. J'espère qu'il n'y aura pas de prochaine fois.

J'ai profité de mon mot d'excuse pour aller voir Sami.

L'hôpital Sud ne se trouvant pas exactement près du cabinet de Paul, j'ai dû prendre un bus, puis un autre, puis encore un autre, ce qui m'a pris pas loin de deux heures et demie. Mais j'étais assez fier de m'être dépatouillé comme je l'avais assuré à Flora même si j'étais loin d'être sûr de pouvoir tenir ma promesse quand je la lui ai faite.

J'avais les lettres de Dostoïevski à son frère pour m'occuper pendant le trajet.

« La vie est partout, la vie est en nous et non pas dans le monde qui nous entoure. Près de moi seront des hommes, et être un homme parmi les hommes, et le demeurer pour toujours, quelles que soient les circonstances, ne pas faiblir, ne pas tomber, voilà ce que c'est que la vie, voilà le véritable sens de la vie. Je l'ai compris. Cette idée m'est entrée dans la chair, dans le sang[6]. »

Je crois que la vie de ce type ne devait pas être marrante tous les jours, mais j'aurais sacrément bien aimé le connaître.

Quand j'arrive enfin à son chevet, Sami est encore endormi avec sa tête de chou-fleur violet.

J'ai pensé à mon père que je n'ai jamais vu mort, puisque j'étais moi-même coincé dans le service de chirurgie, mais j'imagine que c'est à peu près à ça qu'il ressemblait, avec des coupures en plus. Ma mère m'a confirmé que le pare-brise ne l'avait pas loupé et qu'il était méconnaissable.

Je reste encore un moment en tête à tête avec Dostoïevski avant que Sami finisse par ouvrir un œil.

Du moins jusqu'à ce que sa paupière fasse un mouvement qui ressemble à un clignement donnant à penser

---

6. Dostoïevski, *Lettre à mon frère Mikhaïl.*

qu'il essaye d'ouvrir un œil. Je ne suis pas sûr qu'il voie grand-chose à travers les fentes qui lui servent de regard.

– Kevin ? murmure-t-il.

Il n'a pas l'air tout à fait sûr.

– Je suis tellement content que tu sois réveillé, patron, j'ai eu tellement peur ! Ils ont dit quoi aujourd'hui ? Tu sors quand ?

– Quand je ressemblerai moins à un légume, il chuinte. Dans cet état, je risque de faire fuir les clients...

– Ils t'ont cassé les dents ?

– Non, je me suis mordu la langue.

– Je parie que tu vas encore me dire que c'est pas leur faute, à ces salauds. Tu vas me dire qu'ils ne savaient pas ce qu'ils faisaient, et tout le tintouin Jésus-christique ?

Sami cligne pour opiner.

– Sur ce coup-là, ça m'étonnerait quand même. Ils auraient pu te tuer *sans savoir ce qu'ils faisaient*. Pourquoi tu t'es pas défendu ? Tu te prends pour Gandhi ou quoi ?

– Non, j'ai seulement fait preuve de sagesse : ils étaient trois.

Il dit que ça lui a réveillé des réminiscences irakiennes qui ne lui étaient pas arrivées à lui-même, mais à des qu'il connaissait. Ce qu'on lui a fait n'est rien du tout comparé.

– Je parie qu'ils vont même pas payer pour ça, je m'indigne.

Et je lui parle de mes soupçons rapport à la Rolex. Je ne l'étonne pas vraiment. L'apparition de Stella qui voulait les empêcher de taper plus fort ne lui a pas échappé non plus. C'est tout juste s'il ne se réjouit pas que ce soit un règlement de comptes, pas une agression raciste.

– Tu vas porter plainte ?

– Ça ne sert à rien. Surtout quand les agresseurs ont le bras long et qu'il n'y a pas de témoins.

– Y a moi.

– Je crains que tu ne fasses pas le poids. Et je ne voudrais pas qu'ils s'en prennent à toi pour t'empêcher de témoigner. Mais rassure-toi, ils ont eu leur vengeance, ils vont me laisser tranquille.

– J'aimerais bien en être aussi sûr.

Je ne lui partage pas ma suspicion au sujet de celui qui bousillait les rayonnages avec ses jambes grêles qui ressemblaient tant à celles de Joël. Les jambes, c'est ma spécialité, je focalise. Je ne suis pas sûr que ça servirait à quelque chose d'en parler à Sami vu que Joël mérite pire que les autres d'être répertorié dans la catégorie du *pauvre type qui ne sait pas ce qu'il fait*.

– Il faut que tu portes plainte, j'insiste, l'assurance te remboursera pas si tu portes pas plainte.

L'argument paraît le convaincre cette fois. Il promet de le faire sans donner de détails ni mentionner la Rolex, ni Stella. En échange, je lui promets de pas en rajouter si on m'interroge. Je suis bien forcé de reconnaître que la pimbêche exhortait les bourreaux à épargner Sami quand j'ai débarqué.

– Tu veux que je t'apporte quelque chose ? Un café ? Que je t'allume la télé ? Tu veux que je te rapporte un livre la prochaine fois ?

– Pas de prochaine fois. Tu vas rentrer chez toi et te concentrer sur ce qui doit être fait pour réussir ton année. Tu n'aurais pas un peu séché les cours pour venir ? Si tu veux vraiment me faire plaisir, ne reviens pas, sauf éventuellement samedi ou dimanche si je suis toujours là. Mais j'espère être sorti avant. Et puis Flora a besoin de toi. Ici, on me dorlote, ça ne m'est pas arrivé depuis longtemps de ne rien avoir à faire, ça ne m'est jamais arrivé, en fait. J'en profite pour réfléchir. Mais tu dois savoir de quoi je parle, même si tu n'avais que dix ans quand ça t'est arrivé…

Je soupire, désemparé.

– Allez zou ! Ils ne vont pas me garder ici cent sept ans de toute façon, ils ont besoin du lit.

– T'es sûr que tu veux pas un truc avant que je parte ?

– File !

Dans le bus je rumine que si Sami s'était contenté de faire le riche et d'en mettre égoïstement plein la vue à tout le monde, personne n'aurait eu l'idée de lui chercher noise et Georgio n'aurait peut-être pas trouvé de complice.

Je me souviens de ce qu'il m'a dit un jour comme quoi comprendre, ce n'est pas forcément approuver.

Être humain, c'est être capable de progresser par rapport au moment où on était dans un berceau, que des fées s'y soient penchées ou pas. Avec de la farine, des œufs et du sucre, certains vont faire une bouillie juste mangeable, d'autres, une tuerie gustative.

Il a dit qu'être humain, c'est renoncer à la pulsion de mort. J'avais envie de me tuer et aussi de tuer des tas de gens quand j'ai eu mon accident : les toubibs, les infirmières qui me parlaient comme à un débile, mes potes, tous ceux qui me regardaient avec pitié, et mon père évidemment, mais un arbre s'en était chargé déjà.

C'est normal de ressentir ça quand on souffre.

En rentrant, j'ai dit à Flora que je voulais être comme Sami plus tard : le genre capable de convaincre les gens qu'après la pluie viendra le beau temps, même quand tout a l'air foutu, le genre capable de faire croire au plus désespéré qu'il peut faire quelque chose de bien de sa vie. Ce genre-là.

Mais je ne jouerai jamais au loto.

Une Yamaha noire a été retrouvée au Pigeonnier, un quartier d'Amiens où on a tant et si bien entassé les gens issus de l'immigration depuis plusieurs générations que les flics n'y vont presque plus. C'est devenu le lieu idéal pour passer par pertes et profits n'importe quel délit.

Le dossier de Sami n'a pas fait exception à la règle. Que Joël Poterre ait participé ou pas à son tabassage n'a en rien soulagé son désarroi. Il a continué à s'alcooliser avec son RSA. Il n'a plus d'autre source de revenus depuis que Céline a trouvé le moyen de se faire verser les allocations familiales sur un autre compte.

Les gendarmes l'ont chopé sur la nationale où il bloquait la circulation après avoir traversé Ailly à poil en brandissant une pancarte avec l'adresse de son compte Instagram. Il a justifié son action en disant qu'il n'y avait pas d'autre solution que de montrer son cul maintenant si on voulait réussir.

Ça a été la première et la dernière chose vraiment marrante qu'il ait faite.

Depuis mon acte de bravoure dont personne n'a été témoin et qui était en réalité un acte désespéré embelli par l'arrivée de la police, je croise Fanny plus souvent. Surtout si je me balade *par hasard* sur le chemin qui longe la rivière où il n'y a pas grand-chose à voir quand Fanny n'y est pas, en dehors de quelques bestioles aquatiques.

Aujourd'hui, elle y est, en train de se rouler un joint. Elle tapote le banc où elle est assise en tailleur pour que j'y prenne place, enlève un de ses écouteurs et me le tend. Surpris par tant de sollicitude, je ne me fais pas prier pour me le loger dans l'oreille. Ce serait débile de ne pas saisir l'occasion de rapprochement.

– Sami va bien ? elle demande.

– Je croyais que tu t'en fichais ?

Elle élude, me propose le joint qu'elle vient d'allumer. Je lui ai déjà dit cinquante fois que je ne fume pas, mais soit elle oublie, soit elle veut me pervertir.

– C'est de la beuh, elle insiste. De la bonne.

– Ah ? Je croyais que c'était juste une roulée mal fagotée.

Elle me sourit ironiquement.

– Je sais pas comment tu fais pour être tout le temps aussi...

J'attends la suite qui promet d'être intéressante. Qui ne vient pas. Et puis si, finalement, après une ellipse, la phrase continue.

– ... alors que t'as pas de jambes.

Comme je devine pas ce qui est tombé dans l'ellipse, je hasarde :

– Ça doit être rapport aux étoiles.

Ça l'intrigue.

– Ouais tu sais, quand je suis né, elles étaient dans la bonne case, tout ça.

– T'es perché, en plus.

Je le prends comme un compliment qui me vitamine un peu. Pas longtemps.

– Elles devaient pas être dans une si bonne case que ça, elle ajoute avec un mouvement du menton vers mes jambes.

Je regrette de lui avoir parlé d'étoiles. Je dois être un optimiste qui s'ignore. Je me concentre sur le son qui m'emplit le tympan gauche et auquel je n'ai pas encore prêté attention. Je m'aperçois que je ne sais même pas ce qu'elle aime comme musique. Elle écoute sûrement de la daube.

Elle écoute de la daube.

Je fais comme si c'en était pas pendant vingt minutes. Vingt minutes d'*Ouh na na* sans moufter, c'est du stoïcisme. De quoi m'illusionner que le moment est peut-être venu d'attaquer le deuxième chapitre. Ma main rampe tout doucement vers la sienne posée sur le banc, profite de l'intermittence de ses yeux clos pour grappiller les centimètres façon un-deux-trois-soleil. J'y suis presque quand le oinj s'éteint et que sa main quitte le banc pour le rallumer.

– C'est bon, hein ? elle dit.

En parlant de la daube.

Il y a un truc qui serait vraiment bon... je pense en lui retournant son sourire. Sauf que le mien grince un peu. Rien ne va : la musique, la beuh, le rôle d'un qui passait par là qu'elle m'assigne depuis toujours, sans plus, alors si je ne peux pas dire ce que je pense...

– C'est quand même un peu de la daube, ton machin, là, Matt bidule.

Elle ne s'y attendait pas, elle m'arrache l'écouteur.

– Va chier ! elle s'offusque. Je voulais juste avoir ton avis sur un truc.

– Ben, je viens de te le donner...

– Sur un autre truc, laisse tomber !

– Dis-moi, steuplaît...

– Trop tard, j'ai plus envie.

Faut que ça tombe sur moi de foirer pour cause d'honnêteté au moment où elle allait me dire quelque chose d'important. C'est simple, je ne comprends pas le mode d'emploi de cette fille. Elle me bassine avec *sa peau contre ma peau*[7], à se demander si c'est pas un message subliminal

---

7. M. Pokora, *Les Planètes*.

qu'elle m'envoie, mais non. Apparemment, ce n'était que pure perversité inconsciente. En plus elle est violente, elle m'a presque arraché l'oreille en même temps que l'écouteur !

L'intégrale de Matt Pokora en boucle, comment ça peut présager d'une romance radieuse ?

J'ai pas d'avenir avec elle, faut que j'arrête de me raconter des histoires.

– Tu vois, je rentre tôt finalement, plaisante ma mère en se pointant vers vingt heures trente alors qu'elle était censée passer la soirée dehors. Et j'ai demandé personne en mariage, elle badine.

On dirait même plutôt qu'elle a envie de pleurer.

Elle m'avait prévenu qu'elle rentrerait tard, que je devais m'occuper de Juju.

Elle s'était pomponnée, elle avait mis une robe alors qu'elle n'en porte quasiment jamais.

– Tu vas le demander en mariage ou quoi ? j'avais plaisanté.

Elle avait haussé les épaules, rougi un peu, souri un peu. On aurait dit une ado à qui les parents demandent des comptes.

Tu vas où ?

Avec qui ?

Qui est-ce qui conduit ?

T'as rechargé ton portable, qu'on puisse te joindre ?

Je potasse un cours d'anglais sur la table de la cuisine pendant que Juju s'amuse avec un robot dont les piles sont mortes, ce qui n'a pas l'air de le gêner plus que ça. Il bouge les articulations manuellement, l'embusque derrière les meubles, lui invente des péripéties. Il est si captivé qu'il ne se retourne même pas quand notre mère entre.

– Vous avez mangé ?

– Non, j'allais justement…

– Je m'en occupe.

Elle prépare une omelette et une laitue avec plein de vinaigre dedans, comme j'aime.

Et elle mange avec nous pour faire bonne figure, mais du bout des lèvres, on voit qu'elle se force.

Après, elle s'installe avec Juju dans le canapé pour lui lire l'histoire des *Trois petits cochons*. Je remarque qu'il est beaucoup moins exigeant avec elle qu'avec moi. Pas un instant il ne proteste qu'il la connaît par cœur ou qu'il est trop grand, alors qu'il a encore écrit une lettre à Loulou – je le surveille maintenant – qu'il m'a demandé de poster, pris d'un doute sur son précédent messager.

Flora lit en surjouant le grand méchant loup qui s'époumone sur la maison en brique du troisième petit cochon. Juju se pelotonne contre elle.

– J'aime bien quand c'est toi qui racontes, lui dit ce petit trou du cul. Kevin, il dit que je suis aussi méchant que le grand méchant loup parce que moi aussi je mange des petits cochons. Il dit que le jambon, c'est du petit cochon. C'est vrai ?

Je milite pour la cause animale.

– Non, c'est pas du *petit* cochon, répond Flora.

Elle croit s'en tirer comme ça, mais Juju flaire l'embrouille.

– C'est de la maman cochon alors ?

– Tu te crois malin Kevin, franchement ?

Je me contente de sourire en haussant les épaules.

– Moi j'en mangerai plus de jambon, si c'est de la maman cochon… ou du papa cochon, décrète mon petit frère.

– D'accord, se résigne Flora. En attendant, tu vas aller dormir et on en reparle demain.

Elle n'en peut plus de faire bonne figure.

Juju proteste un peu, mollement, et se dirige vers l'escalier en traînant des chaussons, quand voilà le timbre de la porte d'entrée qui retentit.

Le portable de Flora a couiné au moins dix fois pendant qu'on dînait et elle l'a ignoré. C'est forcément Vince, son portable ne couinait pas avant. Sûrement lui aussi qui s'acharne à présent sur la sonnette avec l'énergie du grand méchant loup. Comme ça n'a pas l'air de suffire, il tambourine contre la porte.

– Tu lui ouvres pas ? je dis.

Les yeux de Juju, qui est arrivé en haut de l'escalier, posent la même question.

– Allez, on va se laver les dents, bonhomme, je lui dis.

Pour une fois, il ne proteste pas. Il sent que quelque chose cloche. On a tous les deux des souvenirs d'hommes énervés, d'hommes qui boivent et deviennent infréquentables quand ils ont bu. Ou qui meurent parce qu'ils ont bu.

Flora va ouvrir à Vince qui entre comme un fou.

Je fais signe à Juju de ne pas faire de bruit avec sa brosse à dents pour entendre ce qu'ils se disent. Trop content de pouvoir interrompre une activité qui barbe tout le monde, il s'exécute.

Flora écoute ce que Vince a à lui dire, *c'est pas ce que tu crois, elle compte pas, juste un coup en passant, je sais pas ce qui m'a pris, c'est à cause de la pression au boulot, c'est pas important*.

– J'ai rompu avec elle, il conclut.

– Depuis tout à l'heure ?

– Je lui ai envoyé un SMS.

Dégaine son portable, le met sous le nez de Flora qui ne daigne pas y poser le regard.

– Tu veux dire que tu es le genre de type qui rompt par SMS ?

Un quart de seconde s'écoule avant la réponse de Vince, sans doute déstabilisé.

– Mais… mais ça n'a rien à voir avec nous !

Ils disent ça souvent, les mecs, pour se disculper. Ils disent qu'il ne faut pas tout mélanger, que ça n'a rien à voir. Dans les films ils le disent, et c'est toujours un moment pathétique.

– Mais pourquoi tu l'as fait si c'était pas important ?!

Il continue d'aggraver son cas, croyant le défendre.

– Je suis… Elle va être mutée ailleurs, il ajoute.

– Oh, mais ça simplifie ! ironise Flora, magnifique. Écoute, je crois qu'on n'a plus rien à se dire.

Vince insiste. Supplie.

– Tu donnais l'impression de ne pas vouloir t'engager, tu trouvais toujours un prétexte…

– T'es en train de me dire que c'est ma faute si tu t'es tapé ta collègue parce que je me suis pas décidée assez vite ? C'est ça ?

Elle ouvre la porte.

Vince semble avoir épuisé son stock d'arguments. Ça dure encore une petite éternité de commencements de phrases ballottes, *t'es sûre, t'as bien réfléchi, tu ne penses pas qu'on pourrait, je, qu'est-ce que je peux faire pour.*

Flora ne répond à aucune. Vince s'en va.

On entend la porte claquer, le bruit du verrou qu'on tourne.

– Vince viendra plus jamais ? me demande Juju.

– Je crois pas.

Il paraît réfléchir, puis reprend là où on en était avant d'être interrompus, se rince la bouche, crache, argumente sur les cochons, comme quoi il n'en mangera plus, c'est sûr, et va se jeter sous sa couette.

– Dommage que c'est si bon… On pourrait peut-être en adopter un pour le sauver ?

– Oui, bonne idée. Plus tard, on pourrait avoir une ferme et faire ça.

Ça l'apaise, il pense à la ferme, met plein d'animaux en danger dedans, sourit au scénario paradisiaque, finit par s'endormir.

Je descends rejoindre Flora. Elle est assise sur une chaise devant la table pas débarrassée et les résidus d'omelette en train de sécher dans nos assiettes. Elle écrase une cigarette à moitié fumée et en rallume aussitôt une autre. Et quand je lui demande ce qui s'est passé, elle m'objecte que c'est des problèmes d'adultes.

– Faut qu'on se serre les coudes, c'est fait pour ça une famille. Je te signale que je suis ton meilleur ami en plus d'être ton fils.

Alors elle se met à pleurer et me serre contre elle.

– J'ai pas de chance avec les hommes, elle soupire.

Si elle s'était pomponnée un peu plus tôt, c'était pour faire une surprise à Vince.

C'est vrai, dit-elle, que ces dernières semaines, il lui avait demandé plusieurs fois comment elle voyait l'avenir. Elle ne voyait rien, elle était incapable de se projeter. Elle ne pensait pas avoir à se poser la question si tôt. Ça faisait un moment que ça durait, leur histoire, mais ça lui allait bien comme ça, en fait. Le voir trois quatre fois par semaine, passer un week-end avec lui, éventuellement une semaine ou deux de vacances, le meilleur sans le pire.

Vince voulait davantage.

– C'est le monde à l'envers de la part d'un homme, elle commente.

La dernière fois qu'ils s'étaient vus, il lui avait même dit *je suis pas juste un dépanneur de libido.*

– Un dépanneur de libido, j'ai trouvé ça attendrissant presque, tu comprends ? Ça veut dire…

– Oui, je comprends ce que ça veut dire. J'ai quinze ans.

– Pardon, c'est vrai je m'y fais pas…

Elle s'était rendu compte que c'était la nouveauté qui lui faisait peur, elle redoutait de chambouler l'équilibre retrouvé après la mort de mon père. Et puis à force d'y réfléchir, elle en est arrivée à la conclusion que ça valait peut-être le coup d'essayer, et pour lui faire part de sa décision de façon un peu romantique, elle avait décidé de lui faire une surprise. De vive voix.

Aussi a-t-elle fait les vingt-cinq kilomètres qui nous séparent de l'entrepôt d'Amazon…

Elle s'interrompt brusquement.

– Je crois que c'est pas des choses dont je devrais discuter avec mon fils.

– M'man !…

– Oui, je sais, tu es tellement mûr pour ton âge…

Elle hésite, écrase une cigarette. Je pose ma main sur la sienne pour qu'elle n'en fume pas une autre tout de suite. Elle soupire. Elle dit :

– Quand on est amoureux, tout paraît plus coloré, plus intense, on découvre en soi des forces dont on ignorait l'existence...

J'opine, comme un vieux sage, mais à l'intérieur, ça dit *ah bon ? C'est pour tout le monde, ou c'est juste un truc de fille ?* Je pense à Sami, à Stella, je pense à Fanny, *tout est plus coloré, plus intense...*

Comme elle était en avance, elle a garé la voiture sur le parking et elle est sortie fumer. Elle avait envie d'une vraie cigarette, c'est plus glamour, elle trouve.

Elle a attendu, quoi, dix minutes ? Les employés ont commencé à sortir, par vagues. Un peu renfrognés, épuisés sans doute, pressés de rentrer chez eux, sûrement.

Vince a franchi la porte parmi les derniers. Il discutait avec une collègue, ils avaient l'air gai.

Pas si tendue que ça, l'ambiance au travail, s'est-elle dit.

La fille était jolie, enfin, pas vilaine. Non, jolie. Et ça lui a fait un drôle d'effet de voir Vince passer du bon temps sans elle. Mais c'est comme ça dans tous les couples. L'autre ne vous appartient pas.

Elle se préparait à aller à leur rencontre quand Vince a attrapé sa collègue par la taille.

Pour l'embrasser.

Sur la bouche.

Le Vince à qui elle était venue dire *je suis d'accord pour que...*

– Il lui a roulé une pelle, putain ! elle me dit en allumant une cigarette.

Elle est en train de ruiner tous les efforts de ces dernières semaines. Et moi qui ai prétendu à Sami qu'elle avait arrêté grâce à sa vapoteuse...

Le premier réflexe de Flora a été de les prendre en photo avec son portable. Ils sont passés à trois mètres d'elle sans se douter. Elle est remontée dans sa voiture. Hagarde. Avec l'impression d'être un puzzle en vrac. Ils sont montés dans la voiture de Vince et ils ont démarré, alors Flora les a suivis, aussi machinalement qu'elle avait pris la photo.

Je frémis à la pensée qu'elle a conduit en état de commotion sentimentale. Je crois que s'il lui était arrivé quelque chose, j'aurais passé le reste de ma vie à pourrir celle de Vince.

Un peu avant d'arriver à Longueau, ils ont tourné à gauche et Flora a stoppé sa filature, sans réfléchir non plus. Elle a pris la rocade pour rejoindre la route d'Abbeville et elle s'est garée sur la bande d'arrêt d'urgence. Elle ne voulait pas rentrer dans cet état, elle voulait nous faire bonne figure. Elle s'est demandé si Vince avait prévu d'emménager avec la première qui lui répondrait qu'elle était d'accord.

– Quand je pense que si je n'avais pas eu l'idée de la surprise, cet enfoiré serait peut-être venu s'installer chez nous, tu te rends compte ?!

À fond, je me rends compte.

Avant de reprendre la route, elle a envoyé à Vince la photo qu'elle avait prise en lui demandant de plus jamais se trouver sur son chemin. Ça l'a soulagée un peu.

– Voilà toute l'histoire, elle conclut.

Moi aussi je suis soulagé d'être débarrassé de Vince. Mais je suis chiffonné aussi : elle commence à prendre des allures de malédiction familiale, cette déconfiture en amour.

J'espère que Flora ne va pas m'obliger à rendre mon téléphone à Vince…

Sami est sorti de l'hôpital. Désenflé mais avec un visage bleuté qui lui donne des allures de guerrier d'*Avatar*. En moins jeune. En moins musclé aussi.

– Ben dis donc ! Ils t'ont pas loupé, les enflures ! dit Bernie.

– Tu t'es fait faire un lifting au moins ? plaisante Totor.

Pétunia se tord les mains, l'œil humide.

Elle est allée le voir une fois à l'hôpital, au début, quand il était tout boursouflé et gavé de tranquillisants, et ça l'a tellement démoralisée qu'elle a préféré se morfondre à distance.

Aujourd'hui elle se jette dans ses bras en oubliant ses côtes cassées. Sami gémit.

– Oh pardon, mon petit, pardon ! s'excuse Pétunia. Je vais te dorloter, je vais t'aider au magasin, tu n'auras plus rien à faire…

Elle lui parle comme à un enfant, plus du tout comme à un amoureux. On est tous contents de son retour. Il n'est resté à l'hôpital qu'une huitaine de jours, mais il nous manquait. Évidemment, vu l'état de la boutique, il ne va pas pouvoir rouvrir tout de suite, mais on va l'aider, on va...

– Ce ne sera pas la peine, dit Sami.

Et voilà qu'après nous avoir tous remerciés du fond du cœur pour notre accueil chaleureux, il nous fait part de sa décision inéluctable.

– J'ai beaucoup réfléchi, je pars en Irak. Il me reste un oncle là-bas. J'ai besoin d'y voir clair dans mon passé.

L'idée l'avait déjà effleuré de retourner voir sa famille, en 2004, après que Bush avait commencé à faire de la géographie à main armée. Mais à peine son passeport en main, il avait reçu une lettre du nouveau gouvernement irakien l'informant que ses parents avaient péri. Alors, la mort dans l'âme, il avait renoncé. Depuis, il faisait renouveler son passeport tous les dix ans, histoire de ne pas rompre symboliquement le lien. Ou parce qu'il pressentait qu'un jour il y retournerait peut-être, quand il serait prêt. Aujourd'hui il est prêt. Il se rend compte qu'il n'est plus tout jeune, que le temps presse peut-être, qu'il a failli y passer et que ça l'ennuierait de mourir sans revoir le pays qui l'a vu naître. Alors pendant qu'il s'ennuyait à l'hôpital, il a téléphoné à son oncle qui connaît quelqu'un, qui connaît quelqu'un, qui connaît quelqu'un qui travaille au consulat d'Irak à Paris. Il a envoyé tous les justificatifs et les photos avec son smartphone. Le visa est arrivé par Chronopost, et son billet d'avion sur son téléphone.

Sa déclaration nous ratatine tous dans une chape de plomb.

C'est Bernie qui, le premier, se ressaisit.

– C'est normal, on comprend très bien…

Il y a mis beaucoup de politesse et très peu de conviction. Sur le fond, il a raison, Sami est libre. C'est une vérité sur laquelle on ne peut pas barguigner mais où le cœur ne trouve pas son compte.

Pétunia, elle, sort de ses gonds.

– Mais pas du tout ! C'est pas normal du tout ! Je vois pas ce qu'il y a de NORMAL là-dedans, elle chouine, au désespoir. Ta famille… ta famille… ta famille… c'est nous…

Elle achève dans un murmure, incapable de prononcer un mot de plus.

Sami la reprend dans ses bras, dit qu'il donnera des nouvelles, qu'il reviendra.

Une saleté d'intuition me tourmente comme quoi il n'est pas si sûr que ça de revenir et qu'il essaye de nous rassurer. Elle se trouve renforcée quand Bernie lui demande combien de temps il restera là-bas, et que Sami lui répond ne pas le savoir encore, ouvrant la porte au pire.

– Si vous voulez vous servir avant mon départ… Pas mal de choses n'ont pas été saccagées, ce serait dommage de les gaspiller, il dit avant d'ouvrir la porte du magasin dont la police lui a rendu les clés.

La perspective de gratuité en ravigote quelques-uns et une razzia s'ensuit, de paquets, éventrés ou pas, de produits frais, presque pas périmés, et même de boîtes de conserve qui auraient pu attendre le retour de Sami. Il ne reste quasiment rien.

Il n'y a plus personne non plus au moment de passer un coup de balai.

Le surlendemain, Sami a confié les clés à Bernie et il a pris l'avion pour Bagdad.

C'est pile le genre de situation où on doute de l'existence de Dieu quand ce n'est pas déjà fait.

« Ce qui importe, ce n'est pas tellement
ce qui est vrai, mais ce qui aide à vivre. »
Attribué à Nietzsche

Telle une paupière obstinée, le rideau désespérément clos de L'Air du Temps renvoie chacun à son inaptitude à aimer.

Les Carmichaëliens sont retournés faire leurs courses au supermarché où c'est toujours nettement moins bon, souvent plus cher, et assurément plus loin. On mesurait la perte.

– Si on avait été plus sympas avec lui, il serait peut-être resté.

D'autres, au contraire, lui en voulaient.

– Il nous a bien laissés tomber !

J'ai rarement été aussi déprimé de ma vie. Je crois que je fais une tempête de cerveau, rien n'a plus ni queue ni tête sous mon crâne. Je m'efforce en vain de pêcher des résidus d'optimisme dans le bazar de mes réminiscences.

Après quelques jours de marasme, j'envoie à Sami un message d'une banalité affligeante. Du genre euphémisant, qui dit le moins sans tellement suggérer le plus, mais y pense quand même en loucedé. En espérant que l'autre décrypte. On se débrouille comme on peut avec ses sentiments.

J'espère que tu vas bien, prends soin de toi.

Il ne m'a répondu que deux jours après.

Tout va bien. Je compte sur toi pour ne pas lâcher le lycée.

Un peu court. Je ne m'attendais pas à un roman, mais ces treize mots en tout m'ont laissé sur ma faim. Surtout deux jours après, et surtout qu'un texto, ce n'est pas comme voir, respirer, entendre la voix. Ce n'est pas nourrissant.

Je continue pourtant de me bercer de l'illusion que Sami va bientôt s'ennuyer de sa vie d'ici, des gens d'ici, de ceux qui l'aiment, de nous, de moi.

La semaine suivante, il m'a envoyé quelques selfies souriants devant les monuments d'ancestralité notoire. Du style clichés de touriste. Il ne va pas se mettre aux selfies lui aussi ? Sauf que la guerre et les attentats lui ont foutu de sacrées raclées et qu'il n'y a pas beaucoup de touristes qui choisissent Bagdad comme destination. Je me suis documenté sur Internet et j'ai frissonné de savoir Sami là-bas avec son immarcescible gentillesse.

Je suis forcé de constater qu'en dépit de la guerre qui bousille pas mal de choses, Bagdad a de beaux restes, bien plus beaux que ceux de nos cités ouvrières, bien plus ensoleillés aussi, le genre de restes qui pourraient donner à Sami envie de rester là-bas.

Et j'ai commencé à douter.

– T'as des nouvelles de Sami ? me demande Béatriz chaque fois que je la croise joggant dans une des ruelles de la cité.

C'est-à-dire très souvent.

– Il s'éclate, je lui réponds, chaque fois aussi. Il n'a pas pris de vacances depuis trente ans, alors t'imagines.

Je fais comme si tout était normal. Comme si Sami était juste un mec en vacances qui a pris l'avion, et qui prolonge un peu pour que ce soit écologiquement cohérent.

Je passe de moins en moins de temps sur mon travail de classe. De moins en moins de temps sur le chemin qui longe la Somme pour essayer de voir Fanny. Je recommence à me sentir battu d'avance et à être persuadé que tant qu'elle n'a pas vu mes moignons, c'est pas la peine que je me fasse un film. La plupart des gens ne supportent pas de voir des moignons. Ma propre mère ne le supportait pas au début. Et je ne peux quand même pas les montrer à Fanny de but en blanc, du style *au fait, t'as déjà vu des moignons ?* ou bien *au fait, je voulais te montrer un truc*, et bim, je remonte une jambe de pantalon et je déboîte une prothèse…

Il y a un moment où ça va se poser, c'est sûr, avec Fanny ou avec une autre.

Bianca ne comprend rien à ce qui m'arrive.

Je lui ai dit que je n'étais pas sûr que cette idée de film sur Carmichaël alias Liverpool-sur-Somme tienne la route finalement, et que je n'avais toujours pas le moindre commencement d'intrigue centrale, *sauf que ça va forcément se terminer mal et j'ai pas envie d'en rajouter une couche en ce moment.*

– Il faut s'accrocher quand on fait un film, elle dit. Le chemin est toujours semé d'embûches, il faut y croire envers et contre tous.

– Style Don Quichotte, quoi ? Je suis pas sûr d'être ce genre de type, désolé.

Elle a encore insisté, comme un coach qui tente de remonter le moral de ses troupes, comme quoi on ne renonce pas avant même d'avoir commencé.

Mais j'ai fait preuve d'un tel défaitisme de mauvaise foi qu'elle a fini par renoncer.

– Je croyais que t'étais pas comme les autres, elle a conclu, écœurée.

Je n'ai de plaisir à rien. Flora s'en est aperçue. Elle connaît la cause de mon marasme mais elle n'a pas essayé de me rassurer. La vérité, c'est qu'elle n'est pas brillante non plus. Elle n'a pas fini de ruminer la trahison de Vince et n'est pas loin de jurer qu'on ne l'y reprendra plus. Autant dire que m'entretenir dans l'idée que Sami va rentrer en bonne et due forme est au-dessus de ses forces. Au-dessus de ses croyances surtout.

– Pourquoi il vient plus, Vince ? demande Juju sans se rendre compte qu'il enfonce ses clous à la suppliciée.

C'est moi qui lui réponds, mais sans éprouver la délicieuse satisfaction qu'on éprouve à avoir raison.

– Je te l'avais bien dit qu'il nous aimait pas, non ? Je te l'avais pas dit ?

Juju finit par comprendre que ce genre de question fait souffrir notre mère, alors il change de mire.

– Il est parti chercher une fiancée, Sami ?

– Tu sais que t'es fatigant, mon petit pote. Tu pourrais pas arrêter de poser des questions auxquelles on ne peut pas répondre ?

– Personne peut répondre ?

– Non, personne.

– Même pas le père Noël ?

– Ça, j'en sais rien, mais t'as qu'à lui écrire pour lui demander. Puisque tu l'as rencontré, il te répondra sûrement.

Il a posé sur moi un regard qui tue.

Il grandit.

Je suis allé me balader près des anciens bouts d'usine où il y avait des mômes dessous qui fumaient et qui buvaient je ne sais quoi. J'ai eu envie de les engueuler mais je me suis retenu. Ça aurait changé quoi ? J'allais pas muter vieux con à quinze ans. J'ai préféré rebrousser chemin pour pas voir ça.

J'ai remonté la Somme vers les cités ruinées de courants d'air que plus personne n'habite même illégalement. Seuls les pigeons y nichent encore et s'y reproduisent aussi allègrement que les rats. Alignés sur la crête des toitures, ils discutent ou roupillent de concert. La décrépitude profite au moins à quelques-uns.

Après avoir croisé des poules d'eau et deux foulques, je me suis retrouvé à l'endroit où le chemin de gravier se fait dévorer par la végétation, où habite Pétunia.

Elle est dans son jardin justement, penchée sur ses framboisiers. Elle est confite de souvenirs et porte son gilet rouge à grosses fleurs. Je suis tellement au bout de ma vie que l'envie me prend d'aller bavarder avec elle, seuls des résidus de fierté m'en retiennent.

Mais elle m'a vu et elle me fait signe d'approcher. Je me fais d'autant moins prier qu'une odeur de tarte flotte depuis sa cuisine. Aucun désespoir n'est censé résister à une tarte de Pétunia même si ça ne doit me requinquer que le temps de quelques bouchées. J'enjambe le muret grillagé et je m'installe sur une chaise de jardin pendant qu'elle disparaît et revient avec un plateau, du cidre, des assiettes, et la tarte.

– C'est pas vous qui l'avez faite ?

Elle avoue. Elle n'a plus le cœur à en faire des vraies. Elle n'est pas non plus maquillée, ni pomponnée, et elle a grossi. On mange quand on est malheureux. On mange cette foutue tarte sans joie et en silence. Je chipote les dernières bouchées et j'abandonne le trottoir dans l'assiette.

– Tu as des nouvelles ? me demande Pétunia.

– Non.

– Moi non plus.

Un énorme silence nous terrasse, troué par les cris de bestioles joyeuses, indifférentes à nos tourments.

– Ça va pas fort, hein ? dit Pétunia.

– C'est pas olympique.

– Il n'y a pas toujours d'électricité pour recharger les portables là-bas, tu sais ? elle tente pour me remonter le moral.

Ce n'est pas faux, mais je suis sûr que ce n'est pas la vraie raison du silence de Sami.

Comme on ne sait plus quoi se dire qui ne serait pas consternant, on ne dit plus rien.

On regarde un héron se poser sur le rivage. Un type pêche non loin. Les hérons n'ont rien contre un pêcheur qui ferait le boulot à leur place, mais ledit pêcheur n'est pas du même avis et lance un caillou vers l'échassier qui, dépité, s'envole.

Bernie continue de retaper la boutique avec entrain et de prendre soin du chat.

– Sami va faire une de ces têtes quand il va rentrer, il me dit fièrement.

Pathétique.

– C'est presque plus beau qu'avant, tu ne trouves pas ?

Le malheureux.

Je comprends mieux les histoires de père Noël que les adultes nous inventent. L'émerveillement des mouflets les contamine et leur entretient l'illusion.

Je ne vaux guère mieux. J'ai cent ans. Je suis plus vieux que le vieux au déambulateur, sans le passé qui va avec et intrigue tout le monde pour me consoler d'être vieux. Être réduit aux souvenirs à son âge, ça va, mais au mien… Dans mes moments les plus sombres, je sens monter en moi des pulsions terroristes contre Georgio et Stella Dupuis.

Mon quotidien prend des allures de fil barbelé.

Je n'ai plus envie de travailler en classe. C'était pour rendre fier Sami que je voulais réussir, alors à quoi bon s'il ne revient pas ? À quoi bon tout ?

Mes doutes se transforment peu à peu en certitude : Sami ne reviendra pas.

Je réfléchis à faire don de mon corps à la science pour qu'un autre ado bénéficie des parties de moi-même qui fonctionnent et en fasse meilleur usage.

Même les seins de Fanny ne me font plus d'effet.

Avec elle, je fais comme ma mère faisait avec Vince : un pas en avant, deux en arrière, et ça ne ressemble pas à une valse, ça ressemble à rien, et y a même des chances pour que ça finisse en eau de boudin.

En fait, en vertu du *malheur qui n'arrive jamais seul*, ça a déjà commencé à se terminer mal.

Des nouveaux ont emménagé dans la partie la plus pourrie de la cité. La gratuite, où il ne peut venir à l'idée de personne de réclamer un loyer tellement c'est avarié. Dans une des maisons dont la municipalité avait muré la porte pour éviter que l'occupation se reproduise avec tous les risques qu'elle comporte.

Les nouveaux ont fait comme tous les nouveaux qui s'installent sans crier gare, ils sont passés par-derrière.

Ils sont si nombreux dans cette famille que je n'ai pas encore réussi à compter. Du genre huit, au moins. Mais il y en a un surtout dont je me serais passé, il s'appelle Cyril et il est tout de suite devenu mon problème.

Dès le premier jour où il a traversé la cité pour aller acheter ses clopes au Bilboquet avec ses cheveux noirs ondulés et son corps musclé tout empaqueté de noir, le genre badass, le genre Jon Snow déboulant dans Carmichaël.

Déloyal. Les autres n'ont plus qu'à se suicider.

Il n'est là que depuis une semaine, et Fanny me reconnaît à peine quand je la croise.

Y a vraiment plus de petite bonne étoile disponible, là ?

– C’est pas par là qu’elle habite !

C’est la deuxième fois que je retrouve mon Juju en train de longer dangereusement la voie ferrée. Il a revu Loulou l’autre jour, à la télé. Dans les bras de ce salaud impuni de Georgio interviewé par France 3 rapport à ses ambitions politiques. Une gosse, plus une femme décorative à ses côtés pour rameuter l’électorat. Loulou faisait la tronche devant la caméra, normale. Georgio a même eu de la chance de ne pas se prendre un coup en direct. Mon Juju en revanche a fondu en voyant sa moue froncée et son regard de tueuse en herbe.

Il a recommencé à parler d’elle.

– Où qu’elle est ? Pourquoi je la vois pus ? Je l’aime, je m’ennuie qu’elle est pus là. Vous avez pas le droit de m’empêcher.

Constatant nos mines consternées, et impuissantes, il profite désormais du moindre moment d’inattention pour prendre l’escampette.

– C'est par où alors ? il demande.

– Me prends pas pour un con, Juju. J'ai pas que ça à faire de te courir après ! Tu veux pas mourir quand même ? Elle habite trop loin.

– C'est pas vrai ! Elle habite là-haut, elle me l'a dit.

D'ici, on aperçoit les hauts d'Ailly, ce qui doit aiguiser son imagination. Son sens de l'orientation n'est pas si mauvais d'ailleurs, il a pris le bon chemin, le plus court, même.

Il faut longer la voie ferrée, remonter sur le pont et traverser la Somme pour rejoindre les Terres de la Chapelle.

– Pourquoi les gens qu'on aime ils s'en vont ou bien ils meurent ? il chouine.

On est sur la même longueur d'onde, sauf que lui parle de sa petite amoureuse, de notre père, de Vince peut-être même. J'espère que non.

– Mourir, c'est dur d'éviter, je lui réponds, pris au dépourvu.

– C'est nul.

Juju trouve tout nul en ce moment. L'école c'est nul, la pluie c'est nul, le soleil c'est nul si on peut pas sortir, même les raviolis sont nuls, c'est dire la gravité de sa mélancolie. Je ne prends pas la peine de le détromper vu que je suis du même avis. Je me contente de le tenir solidement par la capuche de son sweat pour l'empêcher de se re-carapater.

– Ça va, chuis pas un chien.

Je le lâche, mais pas du regard, prêt à bondir s'il feinte.

– Peut-être qu'il est mort, Sami ? m'asticote Juju.

– Peut-être.

– Ça te fait rien ? il s'étonne.

– À ton avis ?

– À mon avis, ça te fait rien, sans ça t'irait le chercher, me répond ce petit trou du cul.

Je préfère l'ignorer. Je me doute qu'il dit ça pour ne pas être tout seul à morfler. On devient méchant quand on est malheureux. Et même parfois terroriste, plus tard.

On est en train de longer la vieille usine désaffectée quand j'ai l'impression d'entendre du bruit à l'intérieur. Juju semble avoir entendu aussi, il tend l'oreille et cesse de m'asticoter.

On dirait un gémissement. Je pense aussitôt au chat que Sami avait retrouvé enfermé sauf que… on ne dirait pas tout à fait un cri de chat. Ça pourrait être aussi un gosse qu'on torture.

Je mets un doigt sur mes lèvres et on s'approche en catimini d'un volet roulant déglingué. Là, entre deux lames de bois, je vois ce que nul n'est censé voir : un couple qui se fait du bien.

Le mec, pantalon sur les chevilles, mains sur les seins de la fille adossée au mur. Mais c'est fini. Le voilà qui se rafistole déjà en m'offrant un bref trois quarts profil, celui de Jon Snow ! Ce qui dans un premier temps me réjouit, je vais pouvoir cafter à Fanny que la place est prise. Je déchante vite en découvrant l'heureuse élue.

C'est Fanny ! *Ma Fanny*, qui se rhabille, beaucoup plus lentement que son lover. J'ai juste le temps d'entrevoir sa chatte, imberbe. Il ne me vient que des mots répugnants qui me tournent en rond dans la tête, me donnent envie de pleurer, vomir, cogner, mourir.

– Qu'est-ce qui font ? demande Juju.

Je réalise que je ne suis pas le seul à assister au spectacle. Mon petit frère s'est mis sur la pointe des pieds.

– Viens, c'est interdit aux moins de seize ans.

– C'est interdit à toi aussi alors.

– Ouaip, allez zou !

– Mais y faisaient quoi ? Hein, y faisaient quoi ?

Je ne sais vraiment pas quoi lui répondre. Je suis tellement démoli que rien ne me vient. Et puis un gosse qui revendique le père Noël n'est sûrement pas prêt pour un cours d'éducation sexuelle de cet acabit.

– Y faisaient comme le loup avec Chaperon rouge ?

Je me dis que je suis peut-être allé un peu loin dans ma réinterprétation du conte. Je lui ai raconté une version édulcorée, pourtant.

Juju prend mon silence pour un aveu.

– Si c'est ça alors, faire l'amour, c'est nul !

– Fais-moi plaisir, Juju, lâche l'affaire.

– C'est ça, faire l'amour ?

– Oui et non, mais plutôt oui. Et maintenant, tu vas mettre ça dans un tiroir, le refermer et n'en parler à personne. D'accord ?

– Et qu'esse tu me donnes en échange ?

– Je te traiterai pas de petit trou du cul pendant une semaine.

– C'est nul.

– Ben oui, c'est nul. Y a des tas de choses nulles. Grandir, c'est nul ! Les adultes, c'est nul. On devrait les enfermer quelque part pour les empêcher de faire n'importe quoi, tu crois pas ?

Je vomis ma bile et mes envies de meurtre.

– Chais pas, me répond Juju.

Qui réfléchit un peu avant d'ajouter :

– Mais pas maman, hein ?

– Non, pas maman.

– Sans ça, qui c'est qui nous ferait à manger ?

– Ben oui.

Devant L'Air du Temps, le vieux au déambulateur est en train de se rouler une cigarette avec du papier maïs comme si la boutique était ouverte. Les habitudes ont la vie dure. L'épicerie a un petit air triste de commerce désaffecté qui ne sera jamais réaffecté. Trois types en profitent pour se payer une petite tranche de rigolade harceleuse aux dépens du vieux Gégé. Pour se distraire.

Ils ne sont pas d'ici. C'est rare que des étrangers s'égarent dans la cité. Sans doute des clients d'Alvin, bien sapés, qui viennent de l'autre bout d'Ailly, peut-être même de Breilly. On était en primaire ensemble avec Alvin. Moi en CP, lui en CM2. Il était nul en tout, sauf en maths. *Le reste va me servir à rien*, il disait. Il avait des perspectives d'avenir. Il s'y est collé tout de suite après son BEP vente : il vend de tout, beuh, snow, ecstasy, speed, GHB, ké, LSD…

Ma colère aussitôt se déporte, je serre les dents, les poings. Ça n'échappe pas à Juju qui grimace, je lui ai fait mal en serrant malgré moi.

– T'es en colère, mon Kevin ? il dit.

J'opine.

– Tu pleures ? il dit.

Je ne m'en étais pas aperçu. J'essuie mes yeux d'un revers de manche. J'ai une furieuse envie d'en découdre.

Le vieux est en train de se baisser tout doucement pour ramasser le paquet de tabac qu'il a laissé tomber. Alors qu'il vient tout juste de parvenir à s'accroupir pour mettre la main sur son paquet, l'autre toujours agrippée au déambulateur, un des désœuvrés en profite pour envoyer le paquet balader plus loin, d'une pichenette.

Et les voilà tous les trois pliés.

– Bouge pas, je dis à Juju en me dirigeant vers le vieux pour l'aider à se relever. Vous êtes vraiment trop cons ! je dis aux mecs qui s'arrêtent net de rire.

Il y en a un qui s'approche – pas le moins balaise.

– Tu t'en prends à lui parce qu'il est vieux, ou parce qu'il est infirme ? je lui demande. Les deux peut-être ?

Et je me mets en position, poings et bras repliés. La scène de l'usine a fait déborder la rage accumulée en moi depuis le tabassage de Sami et son départ en Irak. L'occasion de castagne qui se présente est une aubaine que je ne peux pas laisser échapper. Je balance un coup de poing dans la mâchoire du type balaise. Ça me fait un mal de chien aux jointures, mais la douleur me provoque une décharge d'adrénaline.

– T'es taré, me réplique le type en m'explosant l'arcade sourcilière.

Qui se met aussitôt à saigner spectaculairement. Ça fait hurler Juju de terreur.

Je m'apprête à enchérir quand Alvin nous rejoint.

– Oh ! Qu'est-ce que vous foutez ? C'est chez moi ici, on fout pas le bordel, ça attire l'attention. Allez, on dégage...

Après un regard haineux à mon encontre, le type se résigne et s'éloigne avec les trois autres.

Juju se jette dans mes bras, la lèvre tremblante, et le vieux Gégé me fait un petit geste de remerciement avant de prendre tout doucement le chemin de chez lui.

– T'as raison, c'est nul de grandir, me dit Juju. J'aime pas les bagarres. Pis t'as dit tout à l'heure qu'il faut tuer les adultes alors j'aime mieux pas être adulte.

– Non, j'ai pas dit ça, t'as mal compris.

– Si, tu l'as dit.

– Non, je l'ai pas dit.

– Si, tu l'as dit.

– T'es qu'un petit trou du cul... Je saigne beaucoup ?

– Ouais. C'est dégueu. Tu vas pas mourir ?

« Je suis resté seul et j'ai eu peur. Ma vie était brisée en deux […]. Me créer de nouveaux liens, m'inventer une nouvelle existence ? Cette seule pensée me répugnait. Je compris pour la première fois que je ne pourrais les remplacer par personne, que je n'avais aimé qu'eux au monde, et qu'un nouvel amour n'était pas seulement impossible, mais impie. Autour de moi, j'ai senti le froid et le vide… »

Dostoïevski, *Lettre à mon frère Mikhaïl*

Joël Poterre ne sort quasiment plus de chez lui, se nourrit de pâtes ou des restes que les bonnes âmes déposent devant sa porte. Au moins ne risque-t-il pas de finir dévoré par ses chiens vu qu'il n'a même plus de chien.

Je ne vaux guère mieux que lui.

Dans mon cerveau, il neige.

Sami est parti, Flora s'est fait larguer ou tout comme, Fanny est amoureuse d'un connard.

Il y a des moments où la vie met le paquet côté emmerdes et où se retirer du monde devient la plus pertinente des options. Se retirer de la vie ou alors. Je ne sais plus quoi en faire de toute façon et je m'en fous de mourir. Il paraît qu'on va en enfer quand on se tue mais ça m'est égal, j'ai pas peur de l'enfer, j'y suis allé déjà, et c'était pas la peine de naître pour rien faire d'intéressant.

Je ne vais plus au lycée que de-ci de-là. Flora ne s'en est pas aperçue, ça ne lui vient pas à l'idée. Elle a confiance. Il ne lui a pas échappé que je suis un peu ailleurs depuis le départ de Sami, sans plus. Elle a encore pas mal de chagrin dans la tête qui la préoccupe.

Quand elle rentre du travail et que je suis déjà chez nous alors qu'elle ne m'attendait pas avant l'arrivée du car de dix-huit heures quarante-trois, je la mythonne que je n'ai pas eu cours parce que le prof de maths est absent.

Si ça arrive deux jours de suite et qu'elle s'étonne à nouveau :

– Oui, il est encore absent, ils cherchent un remplaçant, ils trouvent pas.

– C'est curieux que tes heures de maths soient toujours placées en fin de journée.

– Oui, c'est nul même, on a l'esprit moins vif en fin de journée.

Je mens avec conviction pour pouvoir végéter tranquille devant la télé comme un vieux jusqu'à ce que mort s'ensuive. Je m'instruis. Pas avec les mêmes programmes que le vieux, je regarde *Les Princes de l'amour* parce que Fanny les regarde.

– Je sais que c'est nul mais ça m'amuse de voir jusqu'où ça peut être nul, elle m'objecte pour minimiser.

Un des princes ressemble à l'autre enfoiré de Jon Snow, alors je regarde comment l'autre enfoiré s'y prend pour draguer. Ça me taraude. Comment on drague, comment on baise. Non seulement c'est de mon âge mais quand on envisage la mort comme une option, c'est encore plus obsédant. Je veux pas mourir puceau.

Les princes ont chacun deux filles à leurs basques et chaque fin de semaine ils en éliminent une pour qu'on leur en envoie une autre. Faut pas s'étonner si l'humanité patauge.

Je complète ma culture avec quatre heures de *Touche pas à mon poste* et ça règle son compte à la journée. Je n'ai pas la moindre idée de ce qui pourrait redonner du goût à ma vie, mais au bout d'une dizaine de jours, j'ai moins envie de me suicider. Ce qui est inquiétant, si on réfléchit au régime que je me suis infligé.

En ouvrant *Le Sous-sol* au hasard, je tombe sur ça :

« Je me rongeais, je me déchirais à belles dents, je buvais longuement mon amertume, je me rassasiais tant qu'enfin je ressentais une sorte de faiblesse honteuse, maudite, où je goûtais une volupté très réelle. »

La volupté n'étant malheureusement pas au rendez-vous, je me dis que tant qu'à être au bout de mon rouleau, avant de me jeter dans la Somme et de me laisser couler, je pourrais peut-être tenter deux ou trois trucs.

J'ai fait une liste. Comme Juju pour le père Noël. Et comme Sami quand il est devenu millionnaire, mais en moins long.

J'ai décidé,

premièrement, d'essayer la beuh,

deuxièmement, de prendre une cuite,

troisièmement, de faire les deux en même temps,

et je me suis endormi un peu rasséréné d'avoir un projet d'envergure.

Le lendemain, je suis allé voir les types sur le terrain vague où ça discutait sérieux pour savoir qui fait quoi et dans quelle équipe. Je n'ai jamais compris pourquoi on perd autant de temps à tergiverser. On dirait que les gens ne se rendent pas compte à quel point c'est génial d'avoir des jambes et de patauger dans la boue et d'avoir mal aux mollets après et de se dépêcher d'en profiter.

Il m'arrive encore parfois de rêver que je cours pour m'entraîner. Comme avant. Comme un dératé. À m'en déchirer la cage thoracique. Je cours pour la médaille olympique, je cours si longtemps et si vite que j'attrape des crampes dans les gastrocnémiens, et je les masse avec de l'arnica. Et ça me réveille.

Les volleyeurs me regardent en coin. Adossé au mur de soutènement, Alvin nous contemple, avec l'arrogance seigneuriale du dealer qui maîtrise la situation. Celui avec qui je me suis battu l'autre jour est là, je ne pensais pas le revoir. Il est peut-être d'Ailly finalement, il vient peut-être d'emménager, c'est bien ma chance…

Il vient me dribbler tout près, menaçant.

– T'en reveux ? il dit.

– J'allais te poser la même question.

J'ai encore un pansement sur l'arcade. J'ai eu un mal fou à dissuader Flora qui voulait m'emmener me faire recoudre. Le mec arrête de dribbler, pile devant moi, dents serrées.

– C'est pas toi que je viens voir, je lui dis, c'est Alvin.

Il se retourne, incrédule, et fait signe à Alvin qui s'approche, nonchalant.

– Tu veux quoi ?

Par respect pour Sami, j'ai décidé de me la jouer écolo et de m'en tenir aux substances naturelles.

– Je veux juste deux joints, tout faits. Je ne suis pas doué pour rouler et je suis pressé, je m'en fous si c'est plus cher.

Alvin me regarde le temps qu'il faut pour montrer qu'il hésite, m'évalue, et qu'il a tout pouvoir pour faire la pluie et le beau temps, et par conséquent, si tel est son bon plaisir, pour m'envoyer paître.

– Je reviens, dit-il finalement à la volée, j'en ai pas pour long !

Je le suis jusque chez lui, cité cinq, la plus proche de celle des pigeons.

Il me dit d'attendre devant la petite porte en bois grillagée qui donne sur le jardin devant la maison.

Il me dit de préparer trente euros.

Il traverse ce qu'on pourrait appeler une pelouse, entre dans la baraque, en ressort deux minutes après mains dans les poches, sifflotant.

On fait quelques pas. Il me tend un paquet de tabac à rouler.

– Tu prends la marchandise dedans et tu mets le fric à la place.

Je m'exécute, je lui rends le paquet de tabac et les splifs vont rejoindre le briquet dans une poche zippée de mon sac à dos, celui avec lequel je vais au lycée en temps normal.

On fait encore quelques pas avant de se séparer.

– Si y a un blème je te casse la gueule et celle de ton petit frère et je baise ta mère en plus, me prévient Alvin.

J'opine. Je ne le connais pas beaucoup, mais assez pour être sûr qu'il ne ferait pas de mal à Juju et Flora.

Je fonce à L'Air du Temps où Bernie est en train de peaufiner son œuvre comme tous les soirs après avoir bossé sur ses chantiers.

– Je prends du soda, je le mythonne.

Les boissons dans l'arrière-arrière-boutique, c'est tout ce qui reste après que Sami a dit à tout le monde de se servir avant son départ. Bernie n'est pas sans savoir qu'il serait d'accord pour que je me serve mais il s'étonne. C'est la première fois que je viens.

– N'abuse pas. C'est pas terrible, le soda, pour la santé.

– C'est mieux si je prends de la bière ?

Bernie me sourit en coin pour convenir qu'il l'a méritée celle-là. Il creuse un peu quand même.

– Y a pas lycée aujourd'hui ?

– Mon prof de maths est malade.

Quand un mensonge tient la route, autant servir le même à tout le monde, ça évite les complications de recoupement. Quand je ressors de la réserve avec un pack de bières fourré dans mon sac, c'est tout juste si Bernie relève le nez du pinceau qu'il est en train de nettoyer au white-spirit.

– J'ai pris des bières, du coup, je lui dis.

– Très drôle, il me répond, persuadé que je le charrie.

Je n'ai plus qu'à redescendre jusqu'à la rivière en surveillant les alentours tel un Sioux.

Je m'introduis par une vieille porte branlante dans le bout d'usine où Fanny baisouillait avec son prince de l'amour. Je m'installe à l'autre bout pour que mes réminiscences me fichent la paix.

C'est bucolique presque. Toutes sortes d'herbes s'en donnent à cœur joie, on dirait un jardin intérieur. Les hirondelles vont et viennent par les failles de la toiture, colmatent les nids où elles fonderont bientôt une famille. Je suis en bonne compagnie pour allumer le premier splif de mon existence.

Vu que je n'ai jamais fumé, à part la cigarette que j'ai roulée avec le vieux Gégé le soir où Stella mettait le grappin sur Sami, j'aspire comme un malade pour être sûr que ça me fasse de l'effet. Je me mets aussitôt à tousser, comme un malade aussi. La fumée me sort par le nez, j'éternue, c'est infect. Ce serait trop couillon de renoncer alors que j'ai à peine commencé. Je tire plus doucement, je tâche de me convaincre d'harmonie : je suis cerné d'herbes folles, j'aspire de l'herbe encore plus folle, tout baigne.

À la troisième taffe, je tousse moins, j'aspire, j'avale la fumée. Le décor se met à tanguer. Je suis un héros, un explorateur des tréfonds de moi-même, je me rengorge.

Je décapsule une bière, je tire sur le splif, je bois, je m'applique – je m'applique toujours dans ce que je fais. J'écrase le mégot, j'allume l'autre, j'ouvre une deuxième canette, tout me fait marrer.

Je revois Cyril pantalon baissé, je me marre, je revois Fanny, la chatte de Fanny, sa chatte de bébé épilée comme dans les pornos, je me marre, je pense à Sami, qui se paye du bon temps, en Irak, je me dis c'est vrai qu'il a le droit après tout, mon Sami, la vie est une farce de toute façon, c'est Shakespeare qui le dit, c'est même plus la peine de dire quoi que ce soit après, je comprends Shakespeare, je comprends Sami, j'ai presque envie d'écouter du M. Pokora.

Je me marre.

Je suis foncedé.

Un monde inconnu se déploie. Celui de tous les foncedés de la Terre, celui de mon père. Si tous les foncedés de la Terre se donnaient la main… En réalité ils l'ont fait déjà, ils ne s'en rendent pas compte mais on peut voir le résultat tous les jours aux infos. Les infos des foncedés de la Terre.

Je me marre.

C'est confortable de vivre comme ça. Tout le monde peut. Même moi, je peux. C'est d'ailleurs peut-être le seul bon moyen de pas se tuer et de pas se faire de la bile pour tout, vu qu'on s'en fout de tout. Je vais leur montrer quel genre de type je peux être. Je peux être comme eux, *il est des nôô-ôtres, il a bu son verre, et caetera...* J'ai quinze ans et je comprends tout, Shakespeare et Dostoïevski sont mes potes, ce n'est pas tout le monde qui a des potes aussi haut placés.

J'abandonne mon sac aux hirondelles et je grenouille jusqu'au Bilboquet retrouver les autres foncedés.

Je commande une bière que le patron refuse de me servir parce que je suis mineur. C'est pas grave. Je décapsule une canette que j'ai apportée et j'entame la conversation avec deux piliers de bar. Pas la moindre idée de ce que je leur raconte. Tout le monde s'en fout de ce qui se dit devant le zinc de toute façon, personne ne s'en souvient exactement. Sauf quand il est question d'aller casser la gueule à un type gentil pour qu'*il rentre chez lui*.

Le patron veut me virer de son établissement, il dit qu'il est responsable si jamais un flic vient s'approvisionner en clope ou en Millionnaire. Il y en a plein qui viennent maintenant, qui se persuadent que le Bilboquet est bourré de tickets gagnants, à cause de Sami.

Je me marre.

Le monde est une farce, Shakespeare avait raison. Rien n'est important. Rien.

L'envie me prend soudain d'aller voir Fanny et de lui proposer des trucs sexuels, il n'y a pas de raison qu'elle ne soit pas d'accord. Je sens le truc possible. Et puis le Bilboquet, on fait le tour en cinq minutes, je perds le fil tellement je me marre.

Je m'en vais.

Et voilà que par un coup du sort, je tombe sur elle. En même temps c'est normal, vu que je suis devant chez elle. Je me demande comment je suis arrivé là.

– Casse-toi, elle me dit avant même de savoir ce que je veux.

Je me marre. Je suis blindé à toute épreuve, le monde est une farce, dans un tel monde tout est possible.

– Casse-toi ! elle me redit.

Je n'avais pas vu sa mère qui est là, fenêtre ouverte à laver les carreaux, et se mêle de nos affaires.

– Tu comprends le français ? Elle veut pas te voir.

J'argumente. Pas la moindre idée de ce que je dis. Il est question de Dostoïevski je crois, ou de Shakespeare, je ne sais pas. Mes neurones sont si bien imbibés du cocktail bière-beuh qu'une pensée centrale les accapare : rien n'est important.

Je me marre.

Qu'elles croupissent !

J'oublie pourquoi je suis venu jusque-là. Je retourne dans l'usine siffler une canette. Je ramasse un mégot pas entièrement consumé, je l'allume, je tire dessus, la beuh n'a plus de secret pour moi, je pourrais écrire une thèse dessus. Je suis bien. Je pisse contre un mur où beaucoup ont pissé avant moi. Le mur se met à tanguer, vraiment pas solide cette usine, je vomis. Je vomis encore.

Je me marre moins. Ça tangue.

Je vomis.

Je vomis.

Je ne sais plus du tout ce qui se passe.

« Regarde le soir comme si le jour y devait mourir ;
et le matin comme si toute chose y naissait. Que ta vision soit
à chaque instant nouvelle. Le sage est celui qui s'étonne de tout. »
André Gide, *Les Nourritures terrestres*

Quand ma mère est rentrée du travail, je n'étais pas là.

Elle s'était si bien habituée à me trouver en train de boviniser sur le canapé devant la télé ou ma tablette qu'elle a dû s'étonner de ne pas voir surgir le moindre morceau de moi-même après le passage du car de dix-huit heures quarante-trois.

Elle a attendu, attendu, puis elle a emmené Juju faire le tour des cités. Il s'est trouvé des gens pour lui dire que son fils n'avait pas l'air d'aller très bien la dernière fois qu'ils l'avaient vu, ils ne se rappelaient plus quand exactement, *tout à l'heure, il y a un moment,* c'est toute la précision qu'elle a pu obtenir. Si ça se trouve, la mère de Fanny a cafté que j'étais bizarre. Mais un ado qui prend une cuite, ça n'a rien d'extraordinaire, ça étonne juste un peu plus de ma part, *fallait bien que ça arrive un jour*.

Ça n'a pas dû rassurer Flora qui devient folle d'inquiétude.

– Il n'a jamais bu de sa vie, elle murmure.

Les gens se retiennent de rigoler, *ce que les mères peuvent être naïves...*

Elle a refait le tour, traînant toujours Juju râlant qu'il veut jouer à *Mario*, quand soudain saisie d'intuition maternelle, elle se dirige vers l'usine désaffectée et colle un œil à travers les vitres cassées. Elle ne voit tout d'abord rien de plus que le décor qui a bousillé mes illusions amoureuses contre un mur. Mais mon petit frère en ayant fait autant un peu plus bas, l'œil aguerri par l'expérience, déclare :

– Il est évanouillé.

Flora entrevoit alors le désolant spectacle. Fait le tour en courant sans lâcher Juju et me découvre affalé dans mon vomi et les canettes vides. Elle tâche de me relever, de me faire tenir debout.

– Il a fait l'amour ? demande Juju.

– Qu'est-ce que tu racontes !? Va chercher quelqu'un, vite !

– Qui ?

– N'importe qui ! Un homme ! Il est lourd.

– Il est mort ?

– Non ! Dépêche-toi !

Flora est parvenue à me traîner presque jusqu'à la porte quand Juju revient cinq minutes plus tard avec Bernie. Qui me charge sur son épaule comme un sac de pommes de terre pour me transporter jusque chez nous.

– C'est juste une cuite, faut pas t'inquiéter, dit Bernie. Je serais toi, je mettrais un seau à côté de lui, il suggère. Au cas où.

Flora le remercie mais ne parvient pas à suivre le conseil qu'il lui a donné : elle s'inquiète, elle appelle SOS Médecins. Qui arrive deux heures plus tard, lui demande soixante-dix euros et confirme le diagnostic de Bernie : c'est juste une cuite.

– Votre fils se drogue ? ajoute le médecin.

– Jamais de la vie !

– Il a les pupilles bien dilatées quand même. Dites-lui d'arrêter de mélanger le cannabis avec l'alcool.

– Mais il ne boit pas, insiste Flora pathétiquement, il ne fume pas non plus, il a horreur de ça, elle ajoute d'une voix de moins en moins assurée.

Le médecin hausse les épaules et s'en va, après lui avoir demandé si elle voulait qu'il lui prescrive un somnifère et qu'elle lui ait répondu, offusquée, *non merci !*

Elle pleure en silence devant le bol de pâtes à la carbonara qui tournicote dans le micro-ondes quand je finis par ouvrir un œil, pour vomir encore. Elle se précipite pour mettre le seau sous le jet verdâtre juste à temps, m'essuie la bouche comme à un mouflet et entreprend de me narrer les morceaux de souvenirs manquants.

Il est beau, l'homme de la maison.

– Arrête m'man, aggrave pas mon cas sans ça je vais encore vomir, je lui dis. Je le ferai plus. Jamais. Promis juré !

Je suis hélas bien placé pour savoir que c'est ce que disent les ivrognes quand ils ont la gueule de bois.

– Tout compte fait, je vais vomir encore un peu, je dis.

En attrapant le seau.

Le lendemain après-midi, je commence à ressusciter et à me réincarner en légume. Un des pires, style salsifi, ou navet, ou brocoli de cantine. La moitié de mes neurones s'est fait la malle et chaque geste me réclame une énergie folle.

Mourir n'est plus une de mes priorités.

J'ai compris pourquoi les gens boivent : c'est agréable, ça relativise ce qui va mal, et ça donne une illusion de puissance, au début. Ça me fout les jetons de l'avoir compris. Parce que si on boit pour relativiser ce qui va mal au lieu de s'atteler pour que ça aille mieux, la croix est déjà faite sur les lendemains qui chantent.

« Chaque seconde qui s'écoule est une victoire. Transformer mon temps en victoires. N'avoir avec les autres que des rapports de générosité ; parce que c'est la position la plus haute et la plus solitaire. »
Jean Giono, *Le Poids du ciel*

Le surlendemain, ma gueule de bois rampait vers la case des souvenirs et je suis allé voir Fanny, pour m'excuser.

Comme je suis incapable de me rappeler tout ce que je lui ai dit en état d'ivresse, je veux juste m'assurer qu'elle ne m'aime pas encore moins qu'avant. J'ai tellement honte d'avoir bu que je n'arrive plus à lui en vouloir pour Jon Snow. Si j'étais une fille, je craquerais peut-être aussi pour Jon Snow. Les filles sont souvent attirées par les gros machos décoratifs. Je parie que je serais ce genre de fille.

Fanny trouve mes excuses bizarres. Elle a trouvé bizarre aussi de me voir bourré, mais surtout, elle s'en fiche. Elle n'est pas à son top non plus. Depuis l'usine, Jon Snow l'ignore.

C'est la deuxième fois qu'un sentiment de soulagement se mélange si intimement à ma compassion.

– Ce fils de pute drague Béatriz ! Bé-a-triz, elle s'étrangle, non mais tu te rends compte ?! Une vieille meuf toute rafistolée qu'a même plus de dents !

La *vieille meuf* a vingt-trois ans et le prince de l'amour ne l'a jamais vue avec ses chicots. Avec ses dents toutes neuves, ses cheveux blonds, ses muscles de joggeuse, la vieille meuf est canon.

Je ne le dis pas à Fanny parce qu'elle est malheureuse et je ne veux pas en rajouter, et surtout, c'est elle que je préfère de toute façon, mais l'infortune amoureuse n'excuse pas tout.

– C'est vrai que ses dents sont fausses. Mes jambes aussi sont fausses. On n'a pas le droit de vivre, du coup ?

Saisissant l'indélicatesse, Fanny déglutit mais ne moufte pas. Elle hausse juste les épaules pour se donner contenance comme quoi je comprends décidément rien à rien.

Je soupire.

Je rêve qu'elle pourrait avoir envie de se venger du prince de l'amour. J'ai de plus en plus envie de tenter ma chance. Ça ne se fait pas de profiter du désarroi d'autrui ? Non. Mais Fanny et moi, c'est une si longue non-histoire que ce n'est pas pareil. Soit elle me jette comme d'habitude, ce qui lui laisse le beau rôle, soit elle ne me jette pas. Je m'en fiche de prendre un râteau. J'ai l'habitude. On s'en remet.

Je rentre chez moi réviser. Comme un fou. Je regarde des vidéos sur mon portable, je profite des cent dix gigas de mon nouveau forfait, je potasse les articles, je m'aperçois qu'on a découvert l'anatomie complète du clitoris en 1998. Mille neuf cent quatre-vingt-dix-huit ! Alors qu'on sait tout ou presque sur la teub depuis des siècles, à part le plaisir prostatique qu'on vient de découvrir. Mais je m'en fous de la prostate, il n'y a que les vieux qui en ont. Il paraît que deux filles sur trois n'ont pas d'orgasme quand elles font l'amour, ça donnerait envie de devenir féministe.

Ça y est, je suis prêt, tout excité par mes nouvelles compétences, je ne veux pas attendre que ma ferveur retombe. Je m'habille de propre, je me vérifie dans le miroir. Je vais pas jusqu'à me trouver beau gosse, mais presque.

La mère de Fanny s'en va à dix-huit heures pour faire le ménage aux Galeries Lafayette.

Je guette son départ.

Et je toque. Une fois, deux fois, trois.

Un tas de *je me disais bien* se jette aussitôt sur moi pour me prouver que mon entreprise est vouée à l'échec. Je leur fais la sourde oreille, je trouve des explications : Fanny écoute de la musique au casque, elle ne m'entend pas.

Je tente un lancer de cailloux par la fenêtre ouverte. Une poignée. Des petits. Mon cœur s'emballe et ma confiance prend un coup dans l'aile. Toutes sortes de scénarios désagréables me traversent *Elle va te rire au nez, passer après le prince de l'amour, tu réalises le défi ? Tu crois au père Noël ? Tu vas pas y arriver.* Des expressions toutes faites prennent la relève, *de la coupe aux lèvres* mute *de la croupe aux lèvres*... Je rougis, je pâlis, « *un trouble s'éleva dans mon âme éperdue*[8] », des images de douves remplies de piques me collent le vertige.

– Qu'est-ce que tu veux ? finit par crier une voix excédée.

– J'ai un truc à te montrer.

– Si c'est ta bistouquette, ça m'intéresse pas !

C'est pas gagné. Je me demande pourquoi elle a pensé tout de suite à ça. Elle est extralucide ou quoi ? Je regarde autour de moi. Par chance, il n'y a personne dans la rue.

Je refrappe.

Elle apparaît dans l'encoignure de la fenêtre, le cheveu en bataille, les yeux rouges.

– Steuplaît...

– T'as de la chance que je m'emmerde et que ma mère est pas là. C'est ouvert.

Il se passe toutes sortes de trucs dans mon corps – dont un, archi-classique – sur lequel je ne m'attarde pas.

– Je suis dans ma chambre ! me crie Fanny quand j'ai refermé la porte derrière moi. Monte, j'ai pas envie de descendre.

Ça se goupille crème, *c'est presque louche, je me disais bien...*

Traqueux comme un acteur sur le point d'entrer en scène, je gravis les échelons. L'avantage des jambes en alu,

---

8. Racine, *Phèdre*.

c'est qu'elles ne risquent pas de muter coton. Toujours voir le bon petit côté.

Je découvre le capharnaüm de la chambre de Fanny : posters, revues, tubes de rouge à lèvres, crayons, vêtements, chaussures, photos scotchées aux murs, dessins, annotations au feutre sur le papier peint, fer à friser, trois peluches lapin, ours blanc, ours brun, Barbie entassées dans une boîte de rangement en plastique transparent, et au milieu : Fanny. Allongée à plat ventre sur son lit, qui regarde un truc sur sa tablette. Elle porte un tee-shirt long. Impossible de voir si elle a quelque chose en dessous, je présume que non et ça me fout la testostérone en pelote.

Ça se voit qu'elle a pleuré, sans doute pas à cause de ce qu'elle regarde.

– C'est génial, tu connais ? elle dit.

– C'est quoi ?

– *Le Journal d'une ado hors norme.*

– Nan. Tu te sens ado hors norme ?

Elle hausse les épaules.

– Qu'est-ce que t'as de si intéressant à me montrer ?

Je n'en mène pas large mais ce n'est pas le moment de tourner autour du pot, c'est plutôt celui ou jamais.

– Pas exactement te montrer, c'est un truc que je voudrais te faire. Je voudrais… te faire grimper aux rideaux.

Je n'en reviens pas moi-même d'avoir prononcé ça. Mon idée de base, c'était de lui dire que je voulais la *faire jouir*, mais au dernier moment j'ai trouvé que ça faisait trop SVT alors j'ai opté pour plus ringard.

Je crois qu'elle a néanmoins saisi l'idée générale.

– J'en étais sûre, putain ! Où tu vois des rideaux ici ? Casse-toi !

– Non mais, attends…

– Casse-toi !!!

Elle bondit hors du pieu et me pousse vers l'escalier. Je résiste.

– Arrête ! Tu vas me faire tomber, t'as pas de pitié pour les handicapés ou quoi ?

– Fais chier, Kevin ! T'es handicapé quand ça t'arrange.

– Personne saura, je te jure. Personne. Je dirai rien. Personne sur cette planète, même pas Dieu si ça se trouve… Enfin Dieu, on peut peut-être pas l'éviter, mais comme c'est pas sûr qu'il existe…

– Blablabla blablabla ! Casse-toi !

– Sans déconner, Fanny, même Jon Snow saura rien, sauf que ce sera bien fait pour sa tronche, tu crois pas ?

Elle laisse échapper un petit rire. Elle a compris de qui je parlais.

– Jon Snow ? T'es con, Kevin. De quoi tu te mêles ? Tu te prends pour Zorro ? Superman peut-être ?

– Je me mêle pas. Moi si je sortais avec toi, je m'en foutrais de Béatriz. De toutes les autres, je m'en foutrais. Déjà je m'en fous alors qu'on sort même pas ensemble.

– T'es un tocard, Kevin, et ça a rien à voir avec tes jambes, mais après Cyril, t'imagines…

Très bien, j'imagine très bien.

– J'aime mieux pas imaginer. Je crois que tu devrais au moins me laisser une chance, je te jure de pas me servir de ma teub. C'est toi qui vois…

Elle me regarde soudain avec une lueur d'intérêt. Me semble-t-il.

– Pour les sextoys, j'ai besoin de personne…

– On s'en fout des sextoys, tu paries que je te fais un truc que personne t'a jamais fait ?

Je prends des risques, au flan, si ça se trouve j'ai vu que la fin dans l'usine. Et puis moi non plus je l'ai jamais fait, ni ça ni rien.

– Non, dit Fanny.

– Tu veux pas ?

– Non, on parie pas.

Ça veut dire oui, putain ! Ça veut dire oui ! Ça veut dire oui !

– D'accord, je dis, sobre, en passant ma main dans mes cheveux comme font les mecs dans les films, style *cette meuf crève de désir pour moi, normal.*

En réalité, rien n'est normal et c'est génial que ce ne soit pas normal !

Fanny mouche son résidu de chagrin, fait tomber sur le lino les trucs qui étaient sur le lit, range son ordi sur l'étagère, et remonte son tee-shirt, un peu. Elle n'a rien en dessous ! Je m'émoustille.

– Te fais pas des films, elle me prévient. C'est juste parce que je m'emmerde.

– D'accord, pas de film.

– Je compte jusqu'à trente, elle dit encore, s'il s'est rien passé à trente, tu te casses et t'arrête de me harceler.

– Trente, c'est pas beauc...

– Un, deux, trois, quatre...

Je m'agenouille au bord du lit, je pose mes lèvres, ma langue, mes mains sur sa peau, je m'applique. Comme dans tout ce que je fais, toujours. C'est... impressionnant, la vue, l'odeur, la douceur, le goût.

– Neuf, dix, onze, douze, quatorze, heu... treize...

Elle compte moins vite, revient en arrière. On dirait que ça lui plaît. À moi aussi, il y a un fossé de la théorie à la pratique et je suis en train de le franchir.

– Dix-huit, dix-neuf, vingt, dix-huit...

Elle gémit, un peu. Je lui fais mal ?

– Vingt-cinq, vingt-quatre, vingt... t'arrête pas, putain !

Je continue, doucement, Fanny se tortille, respire plus vite.

– Il te l'a fait ?

– Ta gueule, Kev, t'arrête pas...

Fanny dit *oui, oui.* Fanny murmure, *oui, oui, oui.* Il paraît que souvent les filles simulent pour nous faire plaisir, mais c'est pas le genre de Fanny de faire semblant par gentillesse, pas son genre non plus de le faire pour rire, elle n'a pas d'humour, Fanny, c'est dommage d'ailleurs.

Soudain, elle gémit, longuement, et me repousse, doucement.

Je suis sens dessus dessous, c'est cent fois mieux que dans les films, mille fois mieux. Ça a l'air cool d'être une fille !

– Où t'as appris à faire ça ? elle me dit mi-ébahie, mi-gênée, en rabattant son tee-shirt sur ses cuisses et partant à la recherche d'un jean dans son joyeux foutoir.

– Bah ! je réponds, en rejetant la tête en arrière comme dans les films quand le mec se dit *cette meuf crève de désir pour moi, normal,* sauf que je n'ai pas de mèche pour accentuer l'effet et alors qu'en réalité, rien n'est normal. T'as aimé ? je lui demande, affectant un calme olympien, alors que j'ai une trique d'anthologie.

– Oui, bon, te monte pas la tête, hein.

– Je demande juste.

Je ne me fais pas d'illusion, je savoure la grandeur du moment. Mon cerveau est en train de le graver en lettres magiques dans ma mémoire pour que je m'en souvienne à l'instant où la mort viendra me cueillir, et où tout ce qui était important défilera. Je suis OKLM, fier de moi, je m'émancipe. Je n'ai plus rien à voir avec le type qui s'alcoolisait de désespoir dans l'usine désaffectée. Presque.

Comme quoi y a pas que les jambes dans la vie.

> *« Si tu parviens à te connaître totalement, si tu peux affronter honnêtement et durement à la fois tes côtés sombres et tes côtés lumineux, tu arriveras à une forme suprême de conscience. Quand une personne se connaît, elle connaît Dieu. »*
>
> Djalâl ad-Dîn Rûmî, *Le Livre du dedans*

Je n'ai pas cherché à remettre le couvert. J'ai fait ce que Fanny me demandait, j'ai arrêté de la harceler, j'ai jamais commencé d'ailleurs, elle exagère. J'ai évité soigneusement sa rue et même le chemin qui longe la Somme jusqu'au banc au cerf blanc qu'elle affectionne.

Je ne me suis pas fadé *Raisons et sentiments* en classe sans en prendre de la graine. Ce qui s'est passé l'autre jour, c'est un peu comme le pilote d'une série : je suis bien conscient que si le pilote n'est pas à la hauteur, il n'y aura pas de suite. En attendant, j'ai beau être toujours puceau, je suis dans l'exaltation de moi-même.

Je suis retourné au lycée et j'ai rattrapé mon retard. Flora, me voyant bosser *d'arrache-pied* – encore une expression qui fait de l'humour noir –, a dit qu'elle était fière de moi. C'était pour m'encourager à poursuivre mon effort, mais ça m'a fait plaisir parce qu'elle a l'air d'y croire, c'est sa façon de me dire qu'elle m'aime. Moi aussi, je suis fier de moi.

– Je suis désolé, me suis-je excusé auprès de Bianca que j'avais fait pâtir de mes états d'âme, j'ai pété un câble l'autre jour.

– J'ai pas été très cool non plus, elle m'a répondu. Je pensais pas ce que j'ai dit. Je crois définitivement que t'es pas un type ordinaire.

– J'ai réfléchi à notre scénario si t'es toujours d'accord pour qu'on l'écrive ensemble. J'aimerais bien raconter l'histoire d'un type qui a perdu l'intégrité de lui-même suite à un accident...

– Par exemple, ses jambes ?

– Ou autre chose, c'est pas obligé, les jambes.

– Super, c'est tendance, le récit autobiographique en plus. Les gens adorent mater la vie des autres sans en avoir l'air.

– Sauf que là, c'est un film.

– Oui. Du coup, c'est moins tendance... et puis c'est pas très gai.

– Au début non, mais après, il a un but, il évolue.

– Oui ! Il pourrait tomber amoureux par exemple…

– On va pas faire une love story non plus, je proteste.

Mais Bianca n'entend pas l'objection.

– … d'une fille rousse qui n'en aurait rien à secouer de lui…

Elle se fiche de moi ?

– Bon, ben on a le point de départ déjà, elle sourit. On a l'été pour broder un synopsis solide pour la rentrée de septembre.

Le car s'est arrêté à Carmichaël et j'ai dû descendre.

Ça fait du bien d'avoir un petit projet d'avenir avec quelqu'un.

Sami est parti au bout du monde, ça fait presque un mois maintenant. J'ai repensé au conte oriental des deux rêveurs où un type part au bout du monde chercher un trésor qui était sous son nez depuis toujours – il paraît qu'un écrivain en a fait un best-seller en brodant autour, sans préciser que l'histoire venait du bout des temps.

Dans le conte, le type revient.

Une douzaine de nycthémères plus tard, Totor a cru voir une silhouette derrière la fenêtre du premier étage de L'Air du Temps. Il a filé prévenir Bernie qui est le seul à avoir les clés pour être sûr que ce n'était pas des cambrioleurs. Personne n'y croit, aux cambrioleurs. Mais au père Noël finalement, il y en a quelques-uns qui aimeraient bien y croire.

Et si c'était vrai ? Et si Sami était rentré ?

Bernie, arrivé sur les lieux, n'ose pourtant pas se servir de sa clé.

– Si c'est des cambrioleurs, vaut mieux appeler les flics. Mais si c'est Sami, on va peut-être attendre un peu avant de s'introduire chez lui sans prévenir.

– On pourrait l'appeler alors ? propose Totor. T'as son numéro ?

Non, Bernie ne l'a pas. Aussi invraisemblable que ça paraisse, personne n'a le téléphone de Sami. C'était superflu puisque Sami était toujours là si on avait besoin de lui.

– Y a que le gosse qui l'a.

Le gosse, c'est moi, et pour l'instant, je dors.

– Il a forcément un fixe, insiste Totor, pour le commerce.

Bernie cherche dans les pages jaunes électroniques, regarde à *Mohsen* sans rien trouver, puis à *épicerie à Ailly-sur-Somme* sans rien trouver, puis à *L'Air du Temps*, le trouve enfin, mais entretemps il s'est persuadé que ce n'est pas une bonne idée de l'appeler parce qu'il a dû rentrer tard et qu'il vaut mieux le laisser dormir.

– C'est pas faux, convient Totor. Surtout qu'il est peut-être pas seul. Il a peut-être ramené une petite femme de là-bas, hein ? Du coup, on aurait l'air cons.

– De toute façon, se rassure Bernie, c'est sûrement pas des voleurs. Il n'y a rien à voler à part l'écran plat, alors bon courage…

Il appelle son client pour lui dire qu'il ne pourra pas venir travailler aujourd'hui et m'envoie un SMS pour ne pas me réveiller avec la sonnerie. Ça me réveille. Je débarque dix minutes plus tard, les nerfs en bataille et les cheveux pareil, sans avoir pris le temps d'une tartine et après m'être cassé la figure en enfilant mon jean.

J'ai du mal à croire à la bonne nouvelle. Je trouve bizarre que Sami ne m'ait pas prévenu de son retour pour que je puisse m'en réjouir à l'avance, comme le renard.

Je me demande si ce n'est pas un imposteur qui roupille là-haut à sa place.

Je me demande s'il est juste venu récupérer des affaires ou s'il est revenu pour de bon.

Je résiste à lui envoyer un SMS sur son zéro six, parce que depuis le temps qu'on l'attend, on n'est plus à une heure près. Les autres sont déçus, mais d'accord.

Il est midi.

On est de plus en plus nombreux et de moins en moins silencieux. Le vieux Gégé, Béatriz qui fait des allers-retours en footing pour se calmer, Pétunia, maquillée pomponnée pour l'occasion, la femme de Bernie qui n'a pas de petit vieux à visiter avant dix-sept heures, plus les autres bénéficiaires de ses largesses millionnaires. On dirait qu'on attend le Messie, ou Godot, ou Mbappé.

– Il faut l'accueillir dignement, dit soudain Pétunia. On a prévu quelque chose ?

On se regarde, un peu couillons, comme si notre présence était un cadeau en soi.

Pétunia décide d'aller faire une tarte.

– Vous me prévenez quand il sort, pas comme l'autre fois, hein ? elle ajoute avant de s'éloigner.

Une heure passe encore.

On commence tous à s'énerver.

– T'es vraiment sûr d'avoir vu quelque chose ? demande Bernie à Totor.

– C'était pas un reflet ? Des fois on croit voir des trucs et puis...

– T'étais à jeun ?

– À huit heures du matin, oui, quand même, se vexe Totor.

Il était à jeun, mais à présent, il doute. La silhouette du premier étage, comment être sûr que c'était Sami ? C'était peut-être un reflet dans la vitre, ou un truc ésotérique du style ectoplasme, ou pire : un mirage psychiatrique ! Cette dernière hypothèse le fait tellement flipper qu'elle lui donne soif, il commence à envisager d'aller faire un tour au Bilboquet.

– Et pourquoi on ferait pas un match en attendant ? propose Bernie, craignant que ça ne dégénère.

Les autres trouvent l'idée bonne et commencent à former les équipes de volley. Comme d'habitude dans ces cas-là, ça tergiverse. Patrick ne veut pas être dans l'équipe de Bernie et Françoise ne veut pas entendre parler de Régis. Il y en a qui ne savent pas jouer, d'autres n'en ont pas envie. Tous les mecs veulent Béatriz dans leur équipe mais Béatriz ne peut pas se couper en deux et elle refuse de choisir.

– On n'a qu'à tirer à pile ou face, elle propose.

Ils viennent de se mettre d'accord sur la répartition quand le volet de l'épicerie commence à s'ouvrir en grinçant. Un silence de cathédrale nous enveloppe. Plus personne ne moufte, sauf les hirondelles.

Quinze centimètres.

Le chat qui était devant à attendre, comme nous, en profite pour se faufiler sous les lattes métalliques.

– Tu es là, toi ? murmure la voix ensommeillée de Sami.

C'est lui !

Cinquante centimètres.

Des jambes velues avec des mules de cuir au bout apparaissent.

C'est lui, lui, lui ! Mon cœur joue les marteaux de foire.

Un mètre.

Un mètre cinquante.

Un mètre quatre-vingts.

Et c'est Sami tout entier qui apparaît, un peu endormi encore, ébloui aussi, stupéfait par ce comité d'accueil inattendu. Une vague s'approche, les mains se tendent.

Sami, ému, serre, ou poke, ou étreint, c'est selon.

Je tétanise, mon corps ne m'obéit plus.

– Tu vas bien mon garçon ? dit Sami en me serrant dans ses bras, l'œil brillant.

– Oui patron, je lui murmure en me retenant de chialer à cause des autres.

– Je t'ai déjà dit cent fois, mille fois, je t'ai déjà dit mille fois...

– Oui Sami.

– Je suis content de te voir, tu m'as manqué, il dit.

Et il pose sa main sur mon épaule en guise de solennité, et ça m'électrise le cœur.

Bernie interrompt nos effusions, anxieux.

– Qu'est-ce que tu dis de la boutique ?

Sami se retourne. Cette nuit, il est rentré par la petite porte des livraisons, et ce matin il a traversé le magasin dans la pénombre pour ouvrir le volet, il n'a rien vu.

À présent que la lumière est à son aise à l'intérieur, il ne peut plus ignorer les murs frais repeints et les rayonnages retapés, prêts à accueillir de nouvelles marchandises. Ça le bouleverse tellement que sa gestuelle se désordonne, exactement comme le jour où il avait appris sa mauvaise bonne fortune au loto. Les seuls mots qui lui viennent surgissent du passé.

– *'Iinah jamil*[9] !

– Ah mais tu parles arabe ?! s'étonne Béatriz, candide.

Sami sourit, se tourne vers Bernie.

– Je te dédommagerai, mon ami, lui dit-il.

– C'est hors de question ! se rebiffe Bernie. L'assurance va sûrement payer, et on mettra ce qui dépasse sur le compte du prêté pour le rendu.

Et d'argumenter que charité bien ordonnée doit s'assurer que le bénéficiaire ne se sente pas redevable.

C'est si imparable que Sami n'a plus qu'à s'incliner. Pétunia arrive sur ces entrefaites avec un torchon aux coins noués ensemble et revêtue de son gilet rouge à grosses fleurs qui ressemblent à des pétunias.

– Je vous avais demandé de me prévenir !

---

9. C'est magnifique ! انه جميل

– Il vient juste de…

– Oui, bon, elle élude en se dirigeant droit sur Sami en brandissant son torchon. Elle est un peu chaude encore, elle dit.

Attention, bonheur !

ÉPILOGUE

« Tu dis : Je m'en retourne. Non, ne t'en retourne pas.
Tu dis : Je vais de l'avant. Non, il n'est pas de chemin pour avancer.
Ne cherche pas de secours auprès d'un autre que toi-même.
Le remède à ta blessure est la blessure elle-même. »
Djalâl ad-Dîn Rûmî, *Odes mystiques*

Le jour déclinait.

Quand le ciel est devenu tout à fait sombre, les chauves-souris ont rappliqué avec leur vol dentelé. À croire qu'elles attendaient derrière le rideau de la nuit.

Une fête s'est improvisée dans et devant la boutique sauf que cette fois, ce n'était pas Sami qui régalait. Chacun a contribué à l'auberge espagnole en fonction de ses moyens en apportant qui un gâteau, qui un pâté ou du cidre, ou autre, la belle ambiance. On n'a pas fait d'omelette involontaire parce qu'il n'y avait plus d'œufs dans les rayons. Mais en voyant Totor s'enfiler bière sur bière, Bernie l'a prévenu que cette fois, il ne fallait pas compter sur lui pour le ramener. D'ailleurs, on ne trouvait plus la brouette.

Ma mère a fini par se radiner avec mon Juju. Pimpante, et un trait de khôl sous les yeux, à se demander en quel honneur vu qu'elle ne se maquille pas pour travailler.

Elle a hésité à serrer la main de Sami ou à l'embrasser. En temps ordinaire, elle ne fait ni l'un ni l'autre mais la circonstance exigeait de la nouveauté. Sami a résolu le dilemme en la serrant dans ses bras comme il l'avait fait pour ses plus intimes.

J'aurais pu me réjouir trop tôt que la distance entre eux devenait un peu moins définitive, mais j'ai grandi, et j'ai appris que rien n'est plus fragile qu'une promesse.

Il n'empêche que Flora a rougi.

Comme si les concours de circonstances ne suffisaient pas et qu'il fallait des conjonctures étoilées et des trigones à Vénus pour que leurs trajectoires deviennent inéluctables, voilà que Loulou soudain débarque sur sa trottinette électrique, et fonce droit sur Juju en brandissant un papier chiffonné.

C'est une lettre. Ou plutôt un dessin. S'il dessine toujours aussi mal, il y a un vrai effort de ressemblance dans ce portrait de sa bien-aimée. *Mon amour*, a-t-il légendé. *Ton Juju*, a-t-il signé.

Loulou a l'air d'avoir apprécié. C'est la première fois qu'on lui envoie une lettre d'amour. Les autres ont dû finir à la poubelle, comme je le pensais.

Mais Juju est le seul à se réjouir. Personne ne veut d'ennui avec une mouflette fugueuse dont la mère fricote avec le RN. La question se pose de savoir qui va se dévouer pour la ramener dans ses pénates.

Flora estime que c'est de son ressort en tant que mère de Juju.

Sami estime que c'est du sien attendu qu'on n'aurait pas Loulou sur les bras sans son histoire avec Stella. En revanche, il ne déborde pas d'enthousiasme à la pensée d'aller se jeter dans la gueule du loup.

– On n'a qu'à y aller ensemble, dit Flora.

Ça prend le chemin de se goupiller tout crème quand Stella Dupuis arrive au volant de sa Mini rose, provoquant un moment de grande intensité dramatique. Elle se dirige vers Sami d'un pas décidé. C'est la première fois qu'il la revoit depuis son lynchage.

On retient tous nos respirations.

Mais Stella bifurque au dernier moment pour se camper devant sa fille.

– On y va !

– Non ! répond la gamine qui n'a pas l'intention de partir sans faire au minimum un esclandre. Je suis avec mon amoureux. Je dis rien, moi, quand t'as un amoureux.

Stella réprime une grimace. Elle sait qu'elle n'est pas en odeur de sainteté dans le quartier et qu'au vu des prétentions électorales de son éréniste, elle se doit de faire bonne figure. Sauf que la bonne figure ne lui vient pas spontanément.

C'est encore Flora qui prend les choses en mains.

– La petite peut rester. Je vous la ramènerai tout à l'heure.

Stella Dupuis sait de quoi Loulou est capable si elle l'emmène contre son gré. Il va falloir la faire monter de force dans la voiture, un vrai désastre électoral.

– D'accord, elle dit.

Elle remonte dans sa Mini rose et démarre en faisant crisser les pneus pour montrer qu'elle n'est quand même pas n'importe qui.

– Salope ! grince le vieux Gégé entre ses dents.

Il est évidemment hors de question que *je me réjouisse trop tôt,* mais le regard reconnaissant que Sami pose sur Flora pour sa gestion de la situation est de nature frétillante.

Jon Snow est là, l'air de ne pas bien savoir ce qu'il veut. Fanny, Béatriz ? Béatriz a envie de le faire tourner chèvre et ne lui accorde pas même un regard, elle prend sa revanche de moche devenue belle. Fanny veut se dédommager de l'affront et me couve de son regard bienveillant.

Mais il ne faut pas compter sur moi pour me *réjouir trop tôt*. Comment je pourrais me fier à une fille qui écoute M. Pokora et regarde *Les Princes de l'amour* ?

– T'aimes vraiment ça, M. Pokora ? je demande à Fanny.

– Je sais pas. Oui. Quand j'écoute un truc, je l'écoute à fond, jusqu'à saturation. Peut-être qu'après j'en aurai marre et j'écouterai autre chose.

– OK. Et avec les mecs, c'est pareil ?

Elle hausse les épaules en me souriant.

Comme tout le monde veut savoir ce que Sami a fait, ce qu'il a vu, et pourquoi il est finalement revenu de son pays lointain, il nous raconte son voyage, *sans les détails parce que ce serait trop long*.

Il dit qu'il n'avait pas du tout anticipé à quel point il se sentirait dépaysé dans ce pays qui l'a vu naître.

Il dit que les odeurs lui ont sauté à la gorge et qu'elles lui ont donné envie de pleurer.

Il dit qu'il ne se souvenait pas que l'air était si sec à Bagdad et qu'au début il avait l'impression de suffoquer.

Il dit qu'il s'est senti vaincu. Comme si son retour faisait de ses trente années d'exil une inutile parenthèse. Il a essayé de se rassurer qu'il allait s'habituer. Mais la guerre avait tout dévasté, et tout avait tant changé. Il y a désormais beaucoup moins de femmes dans les rues – silhouettes furtives, voilées, vêtues de noir souvent. Autrefois elles étaient partout et elles n'étaient pas voilées.

Il dit qu'il a retrouvé un oncle et qu'il a parcouru avec lui la ville immense, défigurée par les bombes et sillonnée de murs de béton, où vivent huit millions d'Irakiens.

Il dit qu'à l'entrée des grands magasins, à l'entrée des bureaux, partout, on est fouillé. Partout des panneaux expliquent comment repérer un terroriste : *il a les mains dans les poches, il est fraîchement rasé*. C'est pour rejoindre les soixante-douze vierges et les éphèbes qu'il se rase.

Il dit que les fils électriques reliés à des générateurs privés pour palier les coupures de courant pendent partout comme des guirlandes, en moins joli.

Il dit que dans certains quartiers, les tanks ont tellement bousillé le réseau d'eau potable qu'elle ne coule plus que deux heures par jour dans les robinets. Le reste arrose inutilement les entrailles de la ville.

Il dit qu'un immeuble se dresse maintenant à l'endroit où se trouvait la maison de ses parents.

Il dit que la rue Mutanabi, qu'il a tant fréquentée adolescent, est une des seules qui ressemble encore à son souvenir. C'est là qu'il avait rencontré Rana. Elle lisait *Le Livre du dedans* de Djalâl ad-Dîn Rûmî devant l'étal d'un bouquiniste. Elle avait dix-huit ans et lui dix-neuf.

Il dit qu'il s'est demandé où trouver la force de recommencer à être irakien.

Un soir, son oncle a évoqué les liens du sang : puisqu'il était revenu, Sami pourrait faire profiter sa famille de sa réussite, en épousant sa fille par exemple. Se découvrant à nouveau volaille à plumer, Sami a viré sur le compte de l'oncle le solde de ces fichus millions et il a fui. Comme il avait fui trente ans plus tôt, mais avec des papiers et aussi avec la certitude qu'il faisait le bon choix.

Il n'aurait pas pu vivre dans un pays où une petite fille vaut moins cher qu'un dromadaire.

« Étant non plus le voyageur, mais l'être ; non plus celui qui traverse, mais celui qui est ; non plus celui qui va d'un point à un autre, mais celui qui demeure[10]. »

Celui qui demeure, c'est ce que Sami a décidé d'être.

Il dit que l'amour, c'est quand même ce qui se fait de mieux sur cette planète, et en plus c'est gratuit dans tous les sens du terme. De toute façon, on ne peut jamais savoir de quoi demain sera fait. Personne ne sait. Chance, pas de chance, amour, mort, joie, perte…

La vie de Sami – la nôtre aussi – ressemble à la légende du cheval blanc : il a dû fuir l'Irak, pas de chance. Il a gagné au loto, quelle chance ! Il s'est fait tabasser, pas de chance. Les Carmichaëliens se sont rendu compte qu'ils l'aimaient, quelle chance… Maintenant, on va profiter de nos jours.

---

10. Giono, « Les Grandeurs libres ».

« Je viens de cette âme qui est à l'origine de toutes les âmes
Je suis de cette ville qui est la ville de ceux qui sont sans ville
Le chemin de cette ville n'a pas de fin
Va, perds tout ce que tu as, c'est cela qui est le tout. »
Djalâl ad-Dîn Rûmî, *Les Quatrains*

Je remercie le CNL pour l'attribution d'une bourse d'écriture.

Je remercie Thierry et Charline pour leur enthousiasme, leurs pertinentes remarques, et les échanges chaleureux si essentiels à un·e auteur·rice.

Je remercie Paul Chartier pour ses précieux conseils sur les amputés et les prothèses.

« À vue de soleil il est midi. Treize heures, peut-être. L'heure de brûler.

Un silence qui rend fou et un horizon désespérément liquide et bleu, à perte de vue. À perte de vie.

Aucun autre repère hormis la course du soleil, la nuit qui tombe.

Si ça se trouve, on est déjà morts et on ne s'en rend pas compte.

– T'es vraiment fêlé !

Ironie d'une telle phrase venant de Jeff.

Très vite, on n'est plus arrivés à se mettre d'accord sur le nombre de jours qui nous séparait du naufrage. Alors Jeff a commencé à faire des traits au couteau sur une boîte de conserve vide. Une barre pour un jour et une en travers le septième jour pour marquer la semaine. Pourtant, j'ai du mal à croire à ces traits indélébiles. Il a dû se tromper. On ne peut pas être abandonnés depuis plus de deux semaines sur ce rafiot au milieu de l'océan sous quarante à quarante-cinq degrés Celsius.

On a enroulé nos tee-shirts humides autour de nos têtes et on s'est recroquevillés sous ce qui reste de toile. Il semble qu'on dérive vers le nord, j'ai plutôt l'impression de tourner en rond. Nos pensées aussi tournent en rond.

– Vous croyez qu'ils nous ont cherchés ? dit Léo pour la je-ne-sais-combientième fois.

– 'videmment.

Évidemment. Alors pourquoi pas un avion, pas un drone, pas un bateau de croisière, de fret ou de pêche n'a-t-il encore été fichu de nous localiser ?

***

Je me fustigeais d'être parti, de m'être laissé séduire par cette virée maritime entre mecs. Je n'avais rien d'autre de prévu et mes potes en avaient envie, moi j'avais envie d'être avec eux. Et puis c'était la première fois qu'on partait ensemble, sans adulte. Autant dire la porte vers la liberté, ou presque. Disons, un été de liberté avant la fac, déjà.

Proche de Jeff, nous ne l'étions pas vraiment, mais je reconnais qu'on avait profité toute l'année du fric et des relations de son père qui ouvraient toutes les portes : clubs, soirées privées, alcool, sexe, drogues. Une tentation irrésistible pour les trois adolescents avides de plaisirs que nous étions et dont les parents peinaient parfois à boucler les fins de mois.

Pour fêter l'obtention de son bac, le père de Jeff lui a prêté son yacht, pendant dix jours.

Charlie n'en revenait pas.

– Douze mètres ! Vous vous rendez compte ? On n'aura peut-être plus jamais une occasion pareille !

Certain que mon père désapprouverait, je l'avais mis devant le fait accompli.

– Je pars une dizaine de jours avec mes potes.

– Avec ton milliardaire ? il m'a répondu le sourire en coin.

Il est ébéniste, mon père. Ils sont ébénistes de père en fils dans ma famille. L'argent et le pouvoir qui va avec, ça n'a jamais été leur truc.

Il m'avait mis en garde.

– Ce garçon n'a ni limite, ni morale. Il se sert de vous, m'a-t-il dit.

– Il se sert de nous ? Comment ça ?

– Il s'en fiche des gens. Il s'ennuie.

Une phrase qui, sur le coup, m'avait fait hausser les épaules.

Mon père s'était remis à poncer sa planche.

Aujourd'hui, je pense à lui.

Et je pense à Clara. Clara, gracieuse et magnifique avec qui jamais je n'ai osé échanger plus de quelques mots pathétiquement anodins. Ce qui n'a pas empêché mon amour de grandir en la regardant et en l'écoutant. Clara est si intelligente, comment aurait-elle pu s'intéresser à moi, si ordinaire ? A-t-elle appris la disparition de quatre élèves de sa classe quelques jours après l'annonce des résultats du bac ? S'en est-elle émue ? »

(extrait du début du roman)

Cet ouvrage a été achevé d'imprimer du bon pied
pour le compte des éditions Thierry Magnier
par l'Imprimerie Floch à Mayenne en mai 2023
Dépôt légal : juin 2023
NBJ/00143.01.00001.001
N° d'impression : 102677
Imprimé en France